À PROPOS DE L'AUTEUR

Le jour, quand elle ne s'occupe pas de ses enfants ou de ses trois chats, Elisabeth Hobbes enseigne l'histoire à ses élèves. Le soir, c'est l'histoire qui revit sous la plume de cette éternelle romantique, à travers des romans intenses et sulfureux à la passion communicative.

La belle et l'écuyer

ELISABETH HOBBES

La belle et l'écuyer

Traduction française de
HÉLÈNE ARNAUD

Les Historiques

HARLEQUIN

Collection : LES HISTORIQUES

Titre original :
A MIDSUMMER KNIGHT'S KISS

HARPERCOLLINS FRANCE
83-85, boulevard Vincent-Auriol, 75646 PARIS CEDEX 13
Service Lectrices — Tél. : 01 45 82 47 47

www.harlequin.fr

ISBN 978-2-2804-4336-4 — ISSN 1159-5981

Ce livre a été écrit pendant une période de grands chamboulements. Un grand merci à Rosemary et Peter pour leur aide.

Chapitre 1

Yorkshire, 1374

Rowenna Danby comprit qu'elle allait avoir de gros ennuis dès qu'elle entendit le gloussement des oies. Elle se figea, perchée sur la plus solide branche du poirier, la main encore tendue vers le fruit mûr à point qu'elle avait repéré. Du coin de l'œil, elle aperçut soudain une masse blanche qui approchait d'un pas déterminé. Quelqu'un avait lâché les oies, et elles s'empressaient de rejoindre leur havre interdit préféré : le verger où se trouvait justement Rowenna. Reprenant ses esprits, Rowenna se hissa un peu plus haut sur la branche et, du bout des doigts, parvint à décrocher la poire qui lui échappa pour tomber dans l'herbe épaisse.

— Merdaille ! lâcha-t-elle en voyant le fruit rouler par terre.

Heureusement pour Rowenna, personne n'était là pour l'entendre utiliser le juron favori de son père. On n'aurait pas manqué de lui rappeler vertement qu'une dame ne dit pas ce genre de choses. Elle s'assit sur la branche, puis se suspendit dans le vide jusqu'à pouvoir se laisser couler au sol. Étouffant un petit cri, elle perdit l'équilibre et s'affala entre les racines dans un bruit d'étoffe déchirée. En cherchant à ralentir sa chute, elle s'égratigna même les paumes et les genoux. Elle jura de nouveau, sous le coup de la douleur, certes, mais surtout parce qu'un grand trou béait au bas de sa jupe déjà bien abîmée. Rowenna cracha sur sa main blessée et la frotta contre son corsage avant de ramasser la poire. Les autres fruits qu'elle avait trouvés au pied de l'arbre avant d'apercevoir son trésor sur la plus haute branche étaient encore proprement entassés contre le tronc.

Dans son dos, les gloussements excités se rapprochaient. Rowenna hésita un instant. Si elle s'enfuyait maintenant, elle pourrait échapper aux bêtes, mais Lady Danby ne manquerait pas de la battre si elle revenait sans les poires… Elle ramassa donc les fruits dans les plis de sa jupe tachée d'herbe et se retourna, prête à courir jusqu'au manoir de Wharram.

Trop tard. Une douzaine d'oies lui barraient la route. Leurs petits yeux mauvais luisaient, animés par une étincelle de gloutonnerie et de détermination. Les cris excités firent place à un cacardement oppressant.

— Allez-vous-en ! lança Rowenna en tapant du pied par terre, sans provoquer la moindre réaction chez les volatiles.

Elle serra un peu plus son précieux chargement et recula contre le tronc du poirier.

— Pscht ! Partez ! Ce sont *mes* poires !

Les hideuses créatures prirent clairement sa terreur pour un défi et s'approchèrent davantage, finissant par l'encercler. Dos à l'arbre, Rowenna ne pouvait plus s'enfuir. Elle fouilla dans sa jupe et prit le plus petit fruit pour le jeter le plus loin possible, dans l'espoir de détourner l'attention des volailles. Son projectile improvisé disparut dans un tourbillon de plumes, ce qui ne fit que confirmer à Rowenna qu'elle possédait bien ce que les bêtes voraces convoitaient. À présent que les oies savaient où trouver leur déjeuner, elles marchèrent sur leur proie avec une étonnante rapidité. Rowenna tenta une nouvelle fois de les intimider, en vain. Si elle voulait passer, ce serait au prix de nombreux coups de bec…

Rowenna ravala un sanglot paniqué et se prépara à courir quand une silhouette aux cheveux bruns attira soudain son attention. Une bouffée de soulagement lui monta à la gorge.

— Robbie ! Aide-moi !

Son cousin Robbie se dirigeait tranquillement vers le ruisseau, au bas du village. Entendant son nom, il tourna la tête pour voir qui l'appelait et sourit quand il vit Rowenna prise au piège. Une étincelle amusée illumina ses yeux habituellement si sérieux.

— Tu as des ennuis, B-Brioche ?

— Tu v-v-vois bien que j'ai d-d-des ennuis, espèce de nigaud ! répliqua Rowenna dans une parfaite imitation du bégaiement de son cousin.

Bien sûr, Robbie n'avait rien d'un nigaud, mais Rowenna détestait qu'on l'appelle par ce surnom. Et son cousin traversait depuis quelque temps cette période pénible que connaissent tous les garçons de treize ans, quand leur croissance trop rapide les rend pataudes et lents. Il dut se vexer car il se détourna d'elle et reprit sa route.

— Où vas-tu ? cria Rowenna, prise de panique.

Il lui lança un coup d'œil hautain, manifestement blessé.

— Si tu t-t'amuses à m'insulter, je ne vois pas l'intérêt de t'aider.

Une vague de culpabilité envahit Rowenna. Robbie avait toujours eu honte de son bégaiement. Parfois, quand il était en compagnie d'inconnus, il pouvait passer des heures sans parler. D'ailleurs, il avait sans doute bien assez de soucis en tête, ce jour-là, sans qu'on le provoque en plus…

— Robbie, je suis vraiment désolée, crois-moi. Tu sais bien que je ne t'ai jamais pris pour un nigaud. Je t'en supplie, ne reste pas planté là à te moquer de moi !

Robbie finit par approcher, avec une lenteur exaspérante et calculée – sans doute pour lui faire payer sa méchanceté. Un nouveau sourire flottait néanmoins sur ses lèvres. Oncle Roger disait souvent que Rowenna était la seule à savoir le faire sourire ; mais en cet instant, elle lui aurait volontiers fait ravaler sa bonne humeur d'une claque bien sentie.

— Tu as l'air coincée, Brioche. Lady Trique ne va pas être contente quand elle verra dans quel état tu as mis tes jupes.

Rowenna sentit les larmes lui monter aux yeux. Le surnom que Robbie et elle donnaient en secret à leur grand-mère lui rappela soudain ce qui l'attendait quand Lady Danby verrait ce qu'elle avait fait de sa robe et des fruits qu'on l'avait envoyée chercher.

— Arrête de plaisanter ! Depuis quand les futurs chevaliers abandonnent-ils les demoiselles en détresse ?

Robbie fronça les sourcils et Rowenna sut qu'elle avait touché son point sensible. Son cousin rêvait depuis toujours de devenir chevalier, comme son père et son grand-père avant lui.

— Je suis désolée, murmura-t-elle, de peur de l'avoir de nouveau blessé.

— Sachez, Lady Rowenna, que vous devrez une faveur à votre chevalier, s'il vous porte secours.

— Je te donnerai une poire, promis. Pas une de celles que j'ai ramassées par terre : j'en ai cueilli une belle au sommet de l'arbre.

Elle lui sourit avec toute l'élégance féminine dont elle était capable. L'un des rares sujets sur lesquels sa mère et Lady Danby s'accordaient était que Rowenna devait apprendre à se comporter convenablement, pour faire honneur au rang de son père au sein de la guilde. Ainsi, elle avait appris très jeune à faire une révérence digne de ce nom et à montrer aux hommes à quel point elle les trouvait fascinants – que ce soit vrai ou non.

Robbie croisa les bras et leva les yeux au ciel avec une grimace. Était-elle allée trop loin en tentant de le flatter ? Il avait plus l'habitude d'être surpassé par ses adversaires quand il s'entraînait à la lance ou de recevoir des coups de pied dans les chevilles quand ils jouaient ensemble à la balle dans les prés. Les garçons du village se retenaient toujours avec elle, mais Rowenna ne s'embarrassait pas de tant de délicatesse. Ainsi, la plupart de ses adversaires préféraient lui céder la balle plutôt que de se retrouver à la pointe de ses bottes solides. Peut-être devrait-elle se montrer plus douce, à l'avenir ; au moins avec Robbie.

— S'il te plaît, supplia-t-elle. Je ne veux pas avoir de problèmes et c'est une très belle poire !

Rowenna baissa les yeux vers les plis de sa jupe, en direction des fruits qu'elle serrait toujours contre elle. Robbie leva de nouveau les yeux au ciel mais, cette fois, il sourit.

— J'ai plus l'impression de me retrouver avec Ève qui me tend le fruit défendu qu'avec une dame de la cour qui me demande un service. Mais je s-suppose qu'Ève ne souriait pas aussi b-bêtement. Enfin… Je ne peux pas te laisser là…

Il fit tournoyer une épée imaginaire et s'écria :

— Ne craignez rien, belle Lady Rowenna ! Sir Robert Danby vous sauvera de ces ignobles créatures !

Dans un mugissement guerrier, il s'élança vers Rowenna en faisant de grands gestes. Les oies s'éparpillèrent dans un battement d'ailes, fouettant la jupe de Rowenna sur leur passage. Robbie bondit à droite et à gauche pour éviter les coups de bec. Un cri de douleur lui échappa quand l'une des oies parvint à lui pincer la cuisse. Enhardie, Rowenna se mit à crier à son tour pour effrayer les bêtes et se précipita aux côtés de Robbie. Il la prit par la taille et manqua de lui faire lâcher son chargement de poires. Ils s'échappèrent ensemble et, secoués par un incontrôlable fou rire, se laissèrent tomber à l'abri, dans l'herbe haute et les bruyères.

Lorsqu'elle parvint enfin à reprendre son souffle, Rowenna se redressa et frappa Robbie sur le bras.

— Aïe ! Pourquoi tu fais ça ? Je t'ai aidée !

— Mais tu ne t'es pas pressé !

— Tu étais s-si drôle, tassée contre ton arbre, avec les yeux écarquillés alors que t-tu essayais d'avoir l'air brave…

— *Et* je t'ai dit cent fois de ne plus m'appeler Brioche. Tu sais que je n'aime pas ça, marmonna Rowenna, le menton appuyé contre ses genoux relevés.

Son père disait qu'elle était un peu ronde et sa mère, qu'elle s'affinerait en grandissant. Mais cette éventualité paraissait bien loin aux yeux de Rowenna, du haut de ses onze ans.

— Lady Brioche ! répliqua Robbie, moqueur. Vous avez de la boue sur le visage.

— Et toi, tu as de la crotte d'oie sur ton pantalon.

— Et tes cheveux sont de la p-paille !

— Toi, ton visage, ce n'est qu'une grosse tache rouge !

— Mais on reste quand même plus beaux que les jumelles, ou Henry et John.

— Et plus malins.

Ils se dévisagèrent un instant, ayant retrouvé leur humour et réparé leur honneur blessé en insultant les frères de Rowenna et les sœurs jumelles de Robbie. Henry avait dix-sept ans, John, quatre et les jumelles, presque sept. Étant les plus proches en âge, Robbie et Rowenna avaient grandi ensemble. Au fil des ans, ils étaient devenus presque inséparables.

— Eh bien, belle Lady Rowenna, reprit son cousin, essoufflé d'avoir trop ri, je crois pouvoir réclamer la récompense de mes s-services…

Rowenna ouvrit les pans de sa jupe pour lui montrer son butin. Elle tira du lot la plus belle poire et la lui tendit.

Robbie mordit dedans alors qu'elle la tenait encore dans sa main. Rowenna contempla son trésor à regret. Robbie, qui avait le don inexplicable de deviner ses pensées les plus secrètes, poussa la poire dans sa direction.

— On partage, dit-il.

Rowenna mordit à son tour dans le fruit et se lécha les lèvres pour ne perdre aucune goutte du jus sucré. Le regard de Robbie suivait avec gourmandise chacun de ses mouvements et un frisson étrange traversa Rowenna. Il subissait peut-être les désagréments qui accompagnent le début de l'âge d'homme, mais sous ses boutons et sa barbe encore trop clairsemée, Robbie cachait un beau sourire et une gentillesse à toute épreuve. Il avait été le meilleur ami de Rowenna depuis toujours.

Elle caressa doucement son bras, là où elle l'avait frappé et fut surprise de sentir des muscles sous ses doigts. Elle retira alors sa main, doucement, non sans suivre la fermeté inattendue de son biceps. Qu'est-ce que cela ferait de l'embrasser ? songea-t-elle. Si seulement elle avait eu la présence d'esprit de lui promettre un baiser, à la place de la poire… Cette pensée soudaine surprit Rowenna et elle ne sut ce qui l'inquiéta le plus : le fait d'avoir songé à une telle chose, ou de ne pas ressentir la moindre honte.

Mère lui avait dit qu'elle se marierait bientôt. C'était pour cela qu'on l'exhortait à se comporter en dame. Ses parents la menaçaient souvent de l'envoyer vivre dans leur maison d'York, pour qu'elle côtoie les épouses et les filles des membres de la guilde, plutôt que les enfants du village.

Robbie la faisait rire plus souvent que tous les autres garçons. Il ferait un bon mari et leurs parents seraient ravis de les savoir ensemble… Ils pourraient s'installer à Wharram, pas loin de la maison. Perdue dans ses pensées, Rowenna tendit la poire entamée à Robbie, l'esprit empli d'images d'un avenir auquel elle songeait vraiment pour la première fois.

Sa rêverie fut interrompue par l'arrivée de sa mère, qui venait de quitter la maison de Robbie. Dès qu'il l'aperçut, le garçon se leva et courut vers elle.

— Tante Joanna, est-ce que M-M… ?

Il s'interrompit, incapable de finir sa phrase. Rowenna sentit son estomac se nouer sous le coup d'une angoisse soudaine.

— Ta mère va très bien, répondit Joanna en serrant Robbie contre son propre ventre arrondi. C'est pour cela que je suis ici : le bébé est né. C'est une autre fille.

Le regard de Robbie s'illumina. Après que Lucy Danby eut fait trois fausses couches, son nouveau bébé avait survécu !

— Je vais rester avec ta mère jusqu'au retour de ton père, reprit Joanna. Va annoncer la bonne nouvelle à ton grand-père. Je te rejoindrai avec Ro.

Robbie partit en courant sur ses longues jambes. Rowenna ramassa ses poires et accompagna sa mère à un rythme bien plus lent. Elle ne se souciait plus des fruits abîmés, de ses mains écorchées ou de la déchirure de sa robe. Il allait y avoir du travail et un nouveau bébé à choyer… Ce serait bien suffisant pour lui faire oublier l'étrange sensation que le sourire de Robbie avait fait naître en elle.

Les grands-parents de Robbie étaient installés dans la grande salle. Lady Danby était penchée sur sa broderie et Lord Danby écoutait un conteur, les yeux mi-clos. Tous deux sursautèrent quand Robbie fit irruption en courant.

Il ralentit le pas et s'arrêta au milieu de la pièce. Un grand feu brûlait dans l'âtre, ce qui paraissait excessif étant donné que la journée était plutôt douce pour un début d'automne. Sans doute supportait-on moins bien le froid en vieillissant, songea Robbie. De toute manière, même s'il avait gelé dehors, il aurait encore préféré cela aux flammes qui crépitaient avec un éclat menaçant. Ses cousins se moquaient souvent de sa peur du feu qui l'empêchait même de mettre un pied dans la forge d'oncle Hal.

— Regarde dans quel état tu es, mon garçon ! s'écria Lady Danby avec une grimace. Pourquoi est-ce que tu viens nous déranger ? Mon mari t'a dit que tu pouvais rentrer : ton travail est terminé pour aujourd'hui. Pourquoi n'es-tu pas chez toi ?

Lucy avait insisté pour que Robbie commence son entraînement comme page de son grand-père. Elle n'avait pas voulu l'envoyer trop jeune chez un seigneur inconnu. Robbie aurait préféré rester dans le petit manoir confortable de ses parents, à l'autre bout du domaine, mais dès que les crampes de l'accouchement avaient saisi sa mère, on l'avait envoyé se promener. Il ravala la réplique cinglante qui lui monta aux lèvres en voyant la fine canne que sa grand-mère utilisait pour marcher – et pour punir ses petits-enfants ou tout gamin du village qui la contrariait.

Il prit une profonde inspiration et annonça lentement la naissance, en faisant de son mieux pour ne pas buter sur les mots. Parfois, il avait l'impression que ses lèvres étaient une barrière qui refusait de s'ouvrir en dépit de ses efforts. Et c'était encore pire quand il était nerveux, ce qui arrivait souvent en présence de sa grand-mère.

— Une autre fille ? Lucy doit être aux anges, remarqua Lord Danby.

Il se leva et se dirigea vers Robbie. Ses yeux vides se plissaient à chaque fois qu'il frappait le sol de sa canne pour s'orienter.

— Un fils eût été mieux, lâcha Lady Danby, les lèvres pincées. Quel dommage que Roger doive rentrer chez lui pour découvrir qu'il a une fille de plus !

Robbie dut se mordre la langue pour garder le silence.

Ses sœurs jumelles avaient sept ans de moins que lui, et cette nouvelle fille avait mis six ans à venir. Il savait à quel point sa mère souffrait de ne pas pouvoir donner naissance à un fils, même si son père assurait qu'il était heureux comme cela.

— Quoi qu'il en soit, cela n'explique pas ton accoutrement, mon garçon, poursuivit Lady Danby.

Robbie baissa les yeux sur son pantalon. Il avait en effet de la crotte d'oie sur les pieds et des taches d'herbe aux genoux. Ses doigts étaient encore tout poisseux de jus de poire.

— Q-Quelqu'un a lâché les oies dans le verger et elles attaquaient R-Rowenna.

Lady Danby lui lança un regard assassin. Quelle qu'ait été son excuse, elle n'aurait sans doute pas convenu de toute manière. Robbie aperçut soudain les jumelles, qui guettaient la scène de loin, derrière un rideau, et comprit immédiatement qui avait dû lâcher les oies.

— Au moins, cela explique pourquoi la cuisinière attend ses poires depuis le début de l'après-midi. Et où est cette petite paresseuse ?

Robbie n'eut pas à répondre, sauvé par l'arrivée de Joanna et Rowenna. Dès que Joanna partit pour aller veiller sur Lucy, non sans avoir ordonné à Robbie de rester là, Rowenna fut appelée auprès de Lady Danby. Elle raconta son aventure d'une voix tremblante et livra les poires, que l'on ne trouva pas assez belles. La cuisinière les emporta néanmoins pour les cuire.

— Rowenna Danby, tu es une honte pour la famille, conclut Lady Trique en attrapant sa canne. Je pensais que tu avais fini par apprendre à te comporter convenablement, mais ce n'est de toute évidence pas le cas.

— Ce n'est pas avec un comportement convenable qu'on va cueillir des fruits ou chasser des oies ! répliqua Rowenna.

Robbie ne put retenir une grimace. Sa cousine ne savait jamais quand tenir sa langue. C'était désespérant.

— Quelle malpolie ! Tends ta main, tu recevras deux coups pour la peine.

Lady Danby, glaciale, frémissait de colère. Rowenna laissa échapper un petit gémissement. Néanmoins, elle tendit bravement la main comme on le lui demandait. Sa paume était déjà écorchée et très rouge. Le sang perlait par endroits. Les coups de canne seraient encore plus douloureux que d'ordinaire…

— Ce n'était pas sa faute ! s'écria Robbie en se précipitant vers sa cousine pour la protéger. Mes s-sœurs ont lâché les oies ! Si vous voulez punir Ro, vous devriez les punir aussi !

Lady Danby jeta un petit coup d'œil aux jumelles qui jouaient à présent près du feu et les appela.

— Est-ce que votre frère dit vrai ? demanda-t-elle.

Anne acquiesça timidement. Lisbet, que tout cela semblait amuser au plus haut point, baissa les yeux pour cacher son sourire et frotta les dalles du bout du pied. Elles étaient parfaitement identiques, et ressemblaient beaucoup plus à leur père qu'à leur mère. Les seules différences notables entre les deux fillettes étaient les cheveux un peu plus raides d'Anne et la petite marque de naissance que Lisbet portait sur la main gauche. En les regardant, Lady Danby parut s'adoucir.

— Quelles méchantes filles… Si jamais vous recommencez, je devrai vous punir. Maintenant, retournez jouer en silence.

Les jumelles, soulagées, partirent en gloussant.

— Tends la main, Rowenna, répéta la vieille femme.

Robbie, étouffant de rage et d'impuissance, vit sa cousine obtempérer. Elle ferma les yeux. La canne s'éleva dans un sifflement et s'abattit, lui arrachant un cri inarticulé. Rowenna ferma le poing sous le coup de la douleur puis, des larmes perlant au bord de ses paupières, étendit de nouveau les doigts. Le second coup la fit hurler. Sur sa chair meurtrie, un filet de sang dessina une ligne rouge.

— J'espère que cela t'apprendra à te comporter en dame. Tes parents font assez d'efforts pour t'inculquer les bonnes manières, il me semble, déclara Lady Danby. Ce sera déjà suffisamment difficile de te trouver une place en société, avec le déshonneur qui entache ta famille, sans que tu gâches tes maigres chances !

Rowenna rougit de plus belle mais, au grand soulagement de Robbie, elle eut la sagesse de ne pas répliquer.

— Maintenant, à toi, Robbie. Tends ta main pour ton insolence.

Courageusement, Robbie soutint le regard de sa grand-mère. Il serra les dents et retint son souffle. Ce ne fut pas sans fierté qu'il parvint à subir son châtiment sans le moindre cri. Quand Lady Danby se redressa, il ferma lentement son poing brûlant, la salua avec respect et demanda l'autorisation de se retirer. Ce ne fut qu'après avoir quitté la pièce qu'il laissa ses larmes couler et qu'il coinça sa pauvre main sous son autre bras pour étouffer la douleur.

En dépit de cette scène humiliante, le repas du soir fut joyeux. Le père de Robbie, Sir Roger, rentra au coucher du soleil. Il se rendit immédiatement au chevet de Lucy, puis alla présenter ses respects au manoir de Wharram et fit sauter les jumelles dans ses bras jusqu'à ce qu'elles étouffent de rire. Il serra ensuite chaleureusement Robbie dans ses bras.

— Lucy risque de m'en vouloir, lui dit-il avec un grand sourire. J'ai bien peur d'avoir mené ma mission à bien…

Une vague d'excitation traversa Robbie. Il n'avait parlé à personne de ce que son père était allé faire, ce jour-là, même s'il lui était toujours difficile de cacher quoi que ce soit à Rowenna.

Son père lui confia le nom d'un grand seigneur et de son château avec solennité.

— Nous en parlerons davantage ce soir, à la maison, ajouta-t-il.

Dès qu'il fut libéré, Robbie partit à la recherche de sa cousine et l'entraîna dans le jardin de Lady Danby, bien décidé à lui annoncer sa grande nouvelle avant les autres. On lui avait servi plus de bière que d'habitude au souper, et il avait la tête qui tournait un peu.

Ils s'installèrent côte à côte sur le banc de pierre et écoutèrent pendant quelques instants le bêlement des moutons sur la lande. Rowenna caressa du bout du doigt la paume meurtrie de Robbie.

— Je suis désolée qu'elle t'ait battu aussi, déclara-t-elle sans cesser de faire courir ses doigts sur la peau de Robbie. C'est ma faute…

Son geste était fait pour l'apaiser, mais Robbie sentit son cœur se serrer. Depuis quelque temps, il avait bien remarqué que la vue des jambes des filles du village, sous leurs jupes, éveillait dans son corps une foule de sensations inquiétantes. Avant ce jour, Rowenna ne lui avait jamais fait cet effet-là – et il n'était pas certain d'apprécier cette nouveauté.

Il se concentra donc sur sa main à elle et dénoua le ruban bleu qu'elle avait enroulé sur ses plaies pour les panser. Sa peau s'était fendue en trois endroits et l'extrémité charnue de ses doigts, là où elle s'était éraflée en tombant, bleuissait déjà. Avec le temps, ses blessures cicatriseraient, mais elles étaient encore à vif. La rage que Robbie avait dû ravaler devant sa grand-mère lui remonta à la gorge, plus vive que jamais.

— Je ne regrette pas, rétorqua-t-il. Mais pourquoi

as-tu été si insolente avec elle ? Tu aurais pu t'éviter ce deuxième coup de trique.

— Pourquoi devrais-je me taire quand elle se montre aussi injuste ?

Rowenna le dévisageait d'un air rebelle et exaspéré.

— Est-ce qu'avoir r-raison vaut toute cette douleur ? demanda Robbie avec douceur.

— Parfois, oui. Lady Trique n'avait pas à nous punir. Elle l'a juste fait parce qu'elle ne nous aime pas.

Rowenna noua de nouveau le ruban autour de sa main et serra le poing. Sa moue était plus farouche que jamais.

— Elle ne gronde jamais Anne et Lisbet autant que nous ou John. Elle les adore ! Mère dit que c'est parce que Père n'est pas son vrai fils. Elle considère que je ne suis pas de son sang. En revanche, je ne comprends pas pourquoi elle te déteste aussi. Elle aime pourtant ton père, et elle sera fière quand il héritera du titre.

Robbie sentit son cœur se gonfler de pitié. Oncle Hal était un bâtard : le fils illégitime de Lord Danby. Jamais il ne pourrait s'élever en société ou obtenir un titre ; pas plus que ses enfants.

— Elle me croit stupide parce que j'ai d-du mal à parler, marmonna-t-il.

— Mais tu n'es pas stupide du tout ! répliqua Rowenna en le regardant droit dans les yeux. Tu es intelligent, courageux *et* gentil. Rien qu'aujourd'hui, tu es venu deux fois à mon secours. Merci, Sir Robert.

Robbie ne put contenir son excitation plus longtemps.

— Oui, je deviendrai Sir Robert, un jour ! lança-t-il. Père a réussi à me trouver une place d'écuyer. Mais il va encore falloir que je sois page pendant deux ans, pour devenir écuyer à quinze ans et pas quatorze.

— Tu t'en vas, alors ? demanda Rowenna à mi-voix.

— Bien sûr ! Pourquoi ne partirais-je pas ?

Sa cousine se détourna avec une petite moue boudeuse.

— Tu deviendras forcément Lord Danby, quand ton heure viendra. Tu pourrais te contenter de rester ici…

— Non, je refuse d'attendre de recevoir mon titre sans rien faire. Il faut que je le mérite. Je *veux* servir un autre seigneur.

— Dans ce cas, je suis contente pour toi. Après tout, c'est ce que tu as toujours voulu !

Elle lui sourit, mais son regard resta voilé et un peu triste.

— Où pars-tu ?

— À Wentbrig. Je vais entrer au service de Sir John Wallingdon, qui a fait vœu d'allégeance à De Lacy de Pontefract.

— C'est tellement loin ! soupira Rowenna d'un air rêveur. Deux fois plus éloigné qu'York.

Robbie contempla le ruisseau, même s'il faisait trop sombre pour voir la lande au-delà. Il avait passé toute sa vie entre le manoir de Wharram Danby et le village de Ravenscrag. Il n'était allé qu'une seule fois jusqu'à York, quand sa famille avait été invitée dans la maison de ville d'oncle Hal ; et jamais il ne s'était aventuré plus loin. À présent qu'il allait partir, il se rendait compte qu'une partie de son cœur resterait toujours ici, sur ces terres qu'il aimait tant.

Rowenna, elle, était songeuse. Ses yeux semblaient pétiller de rêves lointains.

— J'aimerais tellement pouvoir partir avec toi, murmura-t-elle. Tu vas découvrir le pays tout entier pendant que je resterai coincée ici…

Robbie lui prit la main et fut surpris par la force avec laquelle elle serra ses doigts. En dépit de tous les problèmes qu'elle s'attirait, il tenait énormément à sa cousine.

— Tu me manqueras encore plus que les autres, avoua-t-il. J'écrirai à Père et je lui demanderai de te lire toutes mes lettres.

— Peut-être que je ferai des efforts pour apprendre

à lire, dans ce cas, répondit Rowenna. Père veut que je connaisse mes lettres au moins autant que Mère insiste pour que j'apprenne à coudre ou à danser. De toute manière, il va falloir que je progresse si je veux un jour devenir une dame et satisfaire Lady Trique.

Puis, imitant la voix glaciale de leur grand-mère, elle ajouta :

— Une fille de bâtard sans manières vaut à peine mieux qu'une fille de cuisine ! Il faut songer à trouver un époux…

Robbie était incapable d'imaginer sa meilleure amie en femme accomplie. Pour lui, elle resterait toujours la fille un peu sauvage qui courait dans les prés et jouait à la balle avec les gamins du village ; ou celle qui salissait ses jupes en jouant au loup. De toute façon, il avait aussi du mal à imaginer le chevalier qu'il espérait devenir. Il aida Rowenna à se relever et se campa face à elle. Elle lui sourit en serrant une fois de plus sa main dans la sienne et Robbie sentit la chair de poule envahir son bras. Elle était plutôt jolie, songea-t-il.

— Moi, je pourrais t'épouser, déclara-t-il dans un élan de noblesse.

Sa cousine éclata de rire.

— Oui, marions-nous ! Nous passerions notre temps à rire !

Robbie ne comprit pas immédiatement. Le mariage n'était pas censé être une affaire amusante. Ce devait être une union passionnée capable de rendre le monde entier jaloux comme celle de ses parents, ou sérieuse et austère comme cela avait été le cas pour ses grands-parents. Non. Il ne pouvait pas épouser Rowenna. Une fois de plus, Robbie se dit que la vie était bien injuste pour une fille de bâtard. Rowenna n'était tout de même pas responsable de la naissance de son père.

— Peut-être que je trouverai un seigneur prêt à t'épouser et à faire de toi une lady pour de bon. Lady Brioche…

Il baissa la tête juste à temps pour éviter un revers de la main amusé et tous deux contemplèrent un instant le ciel en silence. Les étoiles illuminaient le manteau de la nuit comme des diamants sur une mante de velours. Robbie cueillit un bouton de rose et le tendit à sa cousine.

— Nous serons toujours amis, tu sais. Même si je deviens un noble chevalier, et même si tu continues à grimper aux arbres…

Rowenna dénoua le ruban qui couvrait sa main et l'échangea contre la rose.

— Tiens. Tu m'as demandé une faveur, tout à l'heure. Prends ça. J'espère qu'il te portera plus chance que la poire…

Robbie enroula le ruban et le glissa dans la bourse qu'il portait à la ceinture.

— Je rentre dès demain à Ravenscrag avec ma mère, reprit Rowenna. Tu viendras nous voir avant de partir ?

— Bien sûr.

Le père de Robbie lui avait dit qu'il pouvait partir dès qu'il le voulait, mais il pensait attendre quelques semaines encore. Il porta la main de Rowenna à ses lèvres et déposa un léger baiser sur les doigts de la jeune fille, comme on le lui avait appris, avant de la saluer très bas. Étonnamment, elle ne sourit pas. Au contraire, son visage prit un air sérieux qu'il ne lui avait encore jamais vu.

— Promets-moi de ne pas m'oublier.

Robbie joignit sa main blessée à la sienne, paume contre paume. Ils restèrent immobiles quelques instants, main dans la main, et une nouvelle vague d'affection pour Rowenna l'envahit.

— Je te le promets. Nous serons toujours amis.

Elle le gratifia d'un grand sourire. Sans prévenir, elle se pencha et l'embrassa sur la joue. La chaleur laissée par son baiser s'éternisa, bien après qu'elle eut disparu dans la maison.

Roger était assis dans la cuisine quand Robbie rentra chez lui. Son père leva les yeux en l'entendant passer la porte.

— Viens, dit-il. Nous devons parler.

Il lui indiqua la chaise voisine. Robbie s'y laissa tomber, surpris par le ton si sérieux de son père. Roger avait déjà rempli deux verres de vin. Il en faisait tourner un entre ses doigts. Ses mains étaient étrangement différentes : l'une avait la peau rose, très lisse et sans duvet. Robbie n'avait jamais osé lui demander pourquoi.

— Quelque chose ne va pas pour Mère ? murmura-t-il, inquiet.

— Non, Lucy va très bien. Elle dort. Je veux te parler de toi et tu ne devras répéter à personne ce que je vais te dire.

Roger se leva et fit les cent pas dans la pièce. Robbie sentit son cœur s'emballer en voyant l'agitation de son père.

— J'ai beaucoup réfléchi à la manière de te présenter la chose, reprit Roger, mais ce n'est pas un aveu facile à faire…

— Quel aveu ?

Roger se resservit du vin et vida sa coupe d'un trait.

— Robbie, lâcha-t-il finalement. Je ne suis pas ton père.

En un éclair, le monde entier parut s'écrouler. Robbie but une gorgée de vin, mais c'était comme si son esprit avait quitté son corps, car l'alcool passa, insipide, sur sa langue sans qu'il s'en aperçoive. Il pensa un instant que son père plaisantait, qu'il avait pu commettre une erreur, mais Roger le dévisageait avec tant de gravité que toute protestation était inutile.

— Nous nous sommes toujours demandé si tu allais

te souvenir de ta petite enfance, avant que je rencontre ta mère. Mais cela n'est jamais arrivé.

Roger jouait encore nerveusement avec sa coupe. Soudain, Robbie baissa la tête.

— Maintenant que tu m'as dit cela, je s-suppose que tu vas me chasser ?

— Non, Robbie. Tu ne pars pas en exil, coupa Roger. Tu *veux* t'en aller.

Robbie contempla la cuisine si familière. Il n'avait aucun souvenir avant cette maison de pierre emplie de rires et d'affection ; mais soudain, c'était comme si les murs se refermaient sur lui.

Sa gorge se noua sous le coup d'une insurmontable douleur. Il n'avait pas l'habitude de crier ou de s'emporter et le passé lui avait prouvé que son bégaiement empirait quand il perdait son calme.

— Pourquoi tu m'en parles m-maintenant ? demanda-t-il à mi-voix.

— Tu as le droit de savoir la vérité.

— J'aurais dû la connaître bien plus tôt !

Roger lui tendit la main mais Robbie, le cœur brisé, l'ignora. Ce père, qui l'avait relevé quand il tombait, qui avait joué avec lui et lui avait appris tout ce qu'il savait, ne fit pas un geste de plus pour apaiser sa souffrance. Juste une main tendue.

— Tu étais trop jeune pour comprendre, avant, et nous avions peur que la vérité ne t'échappe. Nous devions penser à nos réputations. Mais tu es presque un homme, à présent. Tu dois savoir qui tu es.

Robbie serra les poings. La réputation de Roger était bien le cadet de ses soucis. Son univers entier venait de voler en éclats ! Il se dressa d'un bond et sa chaise tomba sur les dalles dans un fracas qui le fit tressaillir. Le vin lui montait à la tête, aggravant le tumulte qui faisait déjà rage en lui.

— Sois raisonnable, le rabroua Roger. Assieds-toi.

Robbie le dévisagea, surpris par son ton autoritaire, mais ne bougea pas.

— Est-ce que Sir John est mon père ?

Roger fit non de la tête.

— Alors, qui est-ce ?

— Ce n'est pas important.

— Ça l'est pour moi !

— Je comprends, mais ce n'est pas à moi de te le dire, répondit Roger avant de détourner la tête. Tu dois bien comprendre que cela ne change rien : je n'ai pas d'autre fils.

Robbie jeta un coup d'œil à la porte fermée de la chambre de sa mère, soudain horrifié. Si le bébé avait été un garçon, il l'aurait sans doute déjà supplanté.

— Tu es mon seul héritier, Robbie. Il est déjà arrivé que des titres soient transmis à des fils adoptifs en l'absence de descendant mâle légitime.

Roger ponctua cette déclaration d'un sourire, comme si cela suffisait à effacer des années de mensonges. Robbie avait souvent été surpris par la propension de son père – non, son beau-père – à traverser la vie avec nonchalance, sans réellement se soucier de rien. Ne comprenait-il pas qu'il venait de détruire tout ce en quoi Robbie avait cru ?

— Tu ne m'as pas adopté, répliqua-t-il. Tu as caché la vérité.

Il sentit ses membres se mettre à trembler.

— William de Pickering ne jure que par les liens du sang. Son fils Horace verra peut-être les choses d'un autre œil quand il deviendra comte à sa suite, mais révéler la vérité maintenant serait beaucoup trop risqué. Mieux vaut garder le secret encore un moment.

— Tu penses vraiment que cela justifie le mensonge ? s'écria Robbie. Et si je décidais de parler, moi ? De refuser mon héritage ?

— Dans ce cas, Wharram passerait dans des mains

étrangères à ma mort. Tout ce que ma famille a créé serait perdu, répondit sèchement Roger. Tu ferais vraiment cela ?

Les terres que possédaient les Danby, y compris Ravenscrag, le village où vivait Rowenna, dépendaient de l'autorité de William de Pickering. Que Robbie se soucie ou non de qui occupait le manoir – et il n'était plus certain de s'en préoccuper –, de nombreuses personnes dépendaient des Danby. Un autre noble, étranger à la région, pourrait se montrer moins généreux ou moins juste avec les serfs et les paysans. Robbie ne pouvait pas se permettre d'ignorer la destinée de tant de personnes. Il secoua donc lentement la tête.

— Est-ce que quelqu'un d'autre sait ? demanda-t-il.

— Hal et Joanna. Et mes parents, bien sûr.

C'était donc pour cela que Lady Trique n'avait jamais eu la moindre affection pour lui ! Il n'était pas plus de son sang que Rowenna…

— Ta réputation est sauve, lâcha-t-il entre ses dents. Je n'en parlerai à personne et je resterai ton héritier. Mais je pars dès demain matin pour Wentbrig.

— Inutile de précipiter ton voyage.

Roger paraissait surpris, et troublé. Il passa nerveusement la main dans ses cheveux, une habitude que Robbie avait prise aussi. Il dévisagea cet homme, à qui il ressemblait tant. Ce n'était pas étonnant que personne ne se soit jamais douté de rien.

— Bien sûr que si : je dois partir. Tu as fait ton devoir et tu m'as trouvé une place. Je dois la prendre.

Il avait promis à Rowenna de lui rendre visite et répugnait à trahir sa parole, mais il était incapable de la regarder en face, maintenant qu'il savait tout. Comment pourrait-il lui cacher une telle révélation ? Son avenir lui était inconnu, cependant une chose était sûre : il ne pouvait plus vivre à Wharram.

Il salua donc froidement son beau-père.

— Transmettez mes excuses à ma mère pour ne pas être allé la voir avant de partir. Adieu, Sir Roger.

Il quitta rapidement la pièce et, dès que la porte fut refermée, fondit en larmes.

Chapitre 2

Juin 1381

Son nom était Mary Scarbrick, et il l'aimait plus qu'il n'aimait sa propre vie. Robbie Danby savait sans l'ombre d'un doute qu'elle était la femme qu'il voulait épouser. Elle avait des cheveux tellement blonds qu'ils paraissaient presque argentés et des yeux aussi bleus que les saphirs de sa mère. Certes, Robbie ne la connaissait que depuis un mois, mais cela avait été un mois rempli de plus de passion et de désespoir que le reste de son existence.

Alors qu'il chevauchait en direction d'York avec la suite de son maître, Sir John Wallingdon, Robbie n'avait que deux passe-temps : réfléchir à l'identité mystérieuse de son père (comme à chaque fois qu'il croisait un noble ou un chevalier) et rêver de Mary. D'ailleurs, il avait largement le temps de se plonger dans ses pensées, car les troupes des divers seigneurs convergeant vers York s'étiraient sur plusieurs lieues le long de la route, avançant au ralenti.

Mary était là, quelque part, mais Robbie avait perdu de vue la voiture dans laquelle elle était installée. Les femmes changeaient régulièrement de véhicule pour discuter. En tant que suivante de Lady Isobel, l'épouse de Sir John Wallingdon, Mary se devait d'accompagner sa maîtresse partout où elle allait.

Robbie soupira en songeant à la moue gracieuse de

ses lèvres, à son nez un peu retroussé, à la blancheur de porcelaine de ses joues. Aucune autre femme, dans le royaume, n'était aussi proche qu'elle de la perfection. Il serait capable de grandes choses en son honneur, il le savait. Il pourrait écrire des poèmes qui feraient fondre un cœur de pierre. Si seulement elle le laissait approcher, il consacrerait sa vie entière à son bonheur !

Tout ce qu'il avait à accomplir pour cela, c'était réussir à lui parler sans que sa langue se change en plomb.

Tant qu'il restait simple écuyer attaché à un vieux chevalier riche, peu de chose jouait en sa faveur, certes. Mais un jour, il serait anobli à son tour. Il deviendrait Sir Robert et hériterait du titre de Lord Danby, baron de Danby et Westerdale. Cette perspective serait certainement plus séduisante aux yeux d'une jeune femme accomplie.

Comme à chaque fois que Robbie songeait à son futur héritage, son estomac se noua. Il avait gardé le Grand Secret enfoui en lui, comme promis, mais tous les jours qui passaient lui rappelait son mensonge perpétuel. Il vivait sous un nom qui n'était pas le sien. Comment pourrait-il mentir à son épouse au sujet de ses origines ?

Depuis qu'il rêvait de charmer Mary, la détermination de Robbie à gagner son titre par lui-même avait grandi. Il se voyait souvent passer la porte de Wharram Danby à son bras et retrouver sa maison d'enfance. Bien entendu, sa mère aimerait la jeune femme autant qu'il l'aimait lui-même. Même la vieille Lady Trique serait obligée de céder face à une promise aussi élégante, en dépit de sa haine pour Robbie. Ses sœurs rivaliseraient d'attentions pour s'attirer les faveurs de la jeune fille et ses cousins seraient forcément jaloux de voir une telle beauté à ses côtés.

En tout cas, les garçons. Robbie ralentit un peu son cheval et d'autres cavaliers le dépassèrent d'un air agacé. Que penserait Rowenna de la femme dont il était tombé amoureux ? Il avait du mal à imaginer leur rencontre – elles avaient pourtant le même âge. À présent qu'il revenait dans le Yorkshire, il faudrait qu'il prenne le temps de rendre visite à sa cousine. Dans toutes les lettres qu'elle lui avait envoyées ces dernières années, elle ne cessait de lui dire à quel point elle regrettait que ses parents ne l'amènent pas plus souvent dans leur maison d'York.

Soudain, une voix moqueuse tira Robbie de sa rêverie.

— Un problème, Danby ? Tu ne sais plus monter à cheval ? Ou bien tu comptes finir le voyage au pas ?

Il serra les dents et se tourna vers l'écuyer qui l'avait rattrapé. Cecil Hugone avait été à la fois le rival et l'ami de Robbie depuis qu'ils avaient rejoint la maison de Sir John, à six mois d'intervalle. Ils avaient servi comme pages ensemble et étaient devenus écuyers en même temps. Les longues heures d'entraînement sous le regard sévère de leur maître les avaient transformés au fil des ans. De garçons un peu efflanqués, ils étaient devenus des hommes musclés. Robbie était certes plus grand et plus fin qu'il ne l'aurait voulu, mais Cecil, lui, était resté râblé et plutôt petit.

Robbie prit une profonde inspiration dans l'espoir de dominer son bégaiement et répondit :

— Je pensais j-juste te donner la chance de me dépasser sans que tu aies besoin de t-tuer Éclair à la tâche.

Cecil eut une petite moue vexée et Robbie sut qu'il avait touché juste. Son camarade avait horreur qu'on lui rappelle qu'il n'était pas le meilleur en tout.

— On sait tous les deux que mon Éclair pourrait battre ton Bayard sans même se fatiguer ! Tu pensais à une femme, n'est-ce pas ? Et je parie même que je sais qui c'est…

Robbie sentit ses pommettes s'empourprer. Il regretta comme souvent de ne pas avoir de barbe plus fournie pour cacher son embarras. Le mince duvet qui couvrait ses joues n'y suffisait pas.

— Tu vises bien haut pour un pauvre écuyer du Yorkshire, reprit Cecil avec un haussement de sourcils.

Bien sûr qu'il savait quelle femme occupait ses pensées ! Oui, il visait haut… Sir John n'avait pas d'enfants et sa nièce allait un jour hériter de sa fortune. L'homme qui saurait gagner le cœur de Mary Scarbrick ne manquerait jamais de rien et tous les employés de Sir John, qu'ils soient jeunes ou vieux, se pâmaient devant elle depuis qu'elle avait quitté son couvent un mois plus tôt pour entrer au service de Lady Isobel. Cecil aussi avait des vues sur elle, bien sûr, et Robbie était certain que son ami se battrait bec et ongles pour se voir accorder sa main. La simple pensée qu'il puisse réussir suffisait à donner des insomnies à Robbie.

Avec ses cheveux d'or et sa barbe chatoyante, Cecil s'attirait les regards intéressés de toutes les femmes qu'il rencontrait. Il était le troisième fils d'une famille venue de France, sa mère étant la seconde femme d'Edward Longshanks. Cecil était charmant, beau et affable – mais Robbie savait que cette façade cachait une détermination farouche. Il était comme un renard lâché dans un poulailler.

Roger, devenu Lord Danby depuis la mort de son père, pouvait aisément faire remonter son titre de noblesse à trois générations ; mais Robbie, lui…

Il fronça les sourcils. Le mensonge auquel il participait depuis si longtemps lui pesait nuit et jour, tout comme le fait qu'il ignorait encore le nom de son vrai père. En dépit de ses nombreuses lettres à ses parents dans lesquelles il exigeait, suppliait qu'ils lui disent enfin toute la vérité, tout ce qu'il avait réussi à apprendre était que l'homme en question était noble. De fait, en espérant obtenir la main de Mary, Robbie visait encore plus haut que Cecil l'imaginait.

Son compagnon éclata de rire, prenant sans doute l'air déconfit de Robbie pour une réponse. Il rejeta la tête en arrière dans un geste nonchalant qu'il voulait faire passer pour naturel, mais auquel il s'entraînait souvent quand il pensait être seul – Robbie l'avait vu faire de nombreuses fois.

— C'est ça ! Tu n'oses pas te redresser sur ta selle parce que tu as peur que ton gourdin se casse en deux ! s'exclama Cecil.

Robbie réprima une grimace. Il ne supportait pas la grossièreté des autres écuyers. En ce qui concernait Mary, ses intentions étaient pures et, de toute manière, il était toujours resté chaste. Il avait envie d'épouser cette femme, pas de la traiter comme une simple conquête que l'on peut abandonner, comme le faisait si souvent Cecil avec ses amantes – si on en croyait ses vantardises. Néanmoins, l'affliction que son compagnon décrivait si vulgairement venait parfois troubler Robbie. C'était une chose naturelle. Certaines nuits, il avait l'impression qu'un poignard brûlant perçait ses reins et il avait parfois été tenté de rejoindre l'une des servantes qui lui faisaient les yeux doux pour soulager ce besoin. Ses avances auraient été reçues de bonne grâce, il en était certain. D'après ce que racontaient les autres, il était sans doute le seul homme au château à ne pas courir les lits dès la tombée de la nuit.

Robbie détendit l'attache de sa cape et savoura la caresse de la brise dans son cou. On n'était encore que début juin, mais il faisait déjà bon ; il pouvait au moins attribuer au soleil une part de la chaleur qui envahissait son corps.

Au fil des ans, Robbie avait appris à communiquer par gestes pour éviter de bégayer sans cesse. Un hochement de tête, un clin d'œil, un haussement d'épaules ou un sourire suffisaient souvent à faire comprendre ce qu'il voulait dire, et cela lui évitait de s'attirer le mépris des autres qui prenaient son défaut pour une preuve de bêtise. Il avait aussi compris que l'humour était sa meilleure arme contre les provocations de Cecil : c'était un bon moyen de couper court à la conversation. Une autre stratégie efficace consistait à retourner ses moqueries contre lui.

— C'est vrai, répondit-il donc avec une moue faussement modeste. Je pense même me faire fabriquer une selle spéciale, plus longue à l'avant, pour accueillir mon membre trop imposant… Heureusement pour toi, tu n'as pas besoin de t'inquiéter de ce genre de choses !

Cecil eut un petit rire froid et le frappa à l'épaule.

— Bien visé ! Alors dis-moi : tu pensais à la belle Mary, n'est-ce pas ?

Il se pencha vers lui d'un air de conspirateur et ajouta à mi-voix :

— Tu te demandes ce que ce serait de l'embrasser ? De plonger ta tête au creux de ses jolis seins… ou entre ses cuisses souples ?

— Pas du tout ! s'écria Robbie, choqué.

Cecil eut un sourire encore plus amusé.

— Comment ? Tes rêves sont encore plus salaces ? Tu voudrais glisser ton nez dans la fossette arrondie de ses… ?

— Tais-toi si t-tu veux qu'on reste amis !

Robbie se redressa sur sa selle et porta la main à son épée.

Cecil jeta un coup d'œil à son arme, puis haussa les épaules.

— Pardonne-moi.

Robbie reprit ses rênes, les dents serrées. S'il lui en fallait beaucoup pour s'énerver, sa colère était rarement longue à refluer.

— Si t-tu veux tout savoir, je me d-demandais si Mary s'entendrait bien avec ma cousine Rowenna.

— Une cousine ! Est-elle jolie ?

Robbie n'avait revu Rowenna que durant une brève visite à York, deux ans après être entré au service de Sir John. Il se souvenait d'une jeune fille de treize ans, encore trop sauvage et manquant de l'élégance attendue d'une lady, mais qui promettait déjà de devenir très belle en mûrissant. Un flot de boucles sombres se dessina devant ses yeux, accompagnées d'un corps rondouillet et d'un regard déterminé.

Il s'amusa un instant à imaginer la rencontre entre Cecil et elle. Rowenna avait passé tant d'années à le battre à leurs jeux et à lui lancer des répliques cinglantes… Soudain, Robbie songea au genre de *jeux* que Cecil pourrait lui faire découvrir et un frisson glacé le parcourut. C'était comme si quelqu'un venait de lui verser un seau d'eau froide dans la nuque. La simple idée de Cecil s'intéressant à Rowenna lui déplaisait profondément. Il haussa les épaules avec autant de nonchalance qu'il put et répondit :

— Elle est peut-être belle. Cela fait cinq ans que je ne l'ai pas vue. Elle m'écrit de temps en temps pour me donner des nouvelles de la maison.

Cecil eut une moue découragée.

— Une femme de lettres. Je suppose qu'elle sait aussi lire, qu'elle a le teint pâle et le front ridé à force de se concentrer sur sa plume !

— C'est possible. Mais je ne pense pas qu'elle soit devenue si sérieuse. Elle avait l'habitude de nous attirer toutes sortes d'ennuis quand on était petits. Une fois, elle m'a poussé à conduire la charrue dans le ruisseau et…

Il s'interrompit. Cecil n'écoutait déjà plus. Robbie en fut soulagé. Aux yeux de Cecil, les femmes n'étaient bonnes qu'à danser, badiner et être séduites. Une jeune femme studieuse l'ennuierait ; alors que les descriptions que Rowenna avait faites à Robbie de la vie du Yorkshire, dans ses nombreuses lettres, avaient toujours su réveiller en lui d'agréables souvenirs de la maison.

Néanmoins, l'image d'une calme femme de lettres, un peu timide et réservée, ne correspondait pas du tout à la Rowenna qu'il avait connue. Elle ne correspondait pas non plus à l'humour piquant de ses récits. Les messages qu'elle lui avait envoyés étaient vivants, laissant deviner entre les lignes une nature pétillante et joyeuse que la vie tranquille du village ennuyait parfois. Oui, Rowenna avait toujours croqué la vie à pleines dents – plus que lui-même – et Robbie l'aimait pour cela. Dès l'enfance, il avait apprécié ses efforts pour le tirer de sa solitude, même si c'était pour lui attirer des ennuis. Elle seule en avait été capable.

Il avait eu hâte de la retrouver, à son dernier passage dans la région. Il aurait aimé partager toutes ses aventures avec sa meilleure amie, mais Rowenna était alors trop occupée à inculquer un peu de bon sens à son petit frère pour le voir. Cette fois, dès qu'il aurait accompli ses devoirs à York, il s'empresserait de se rendre à Ravenscrag pour lui rendre visite.

— Allez, viens, Rob ! Inutile de lambiner au milieu du cortège ! lança Cecil. C'est déjà assez frustrant de venir au nord alors que des combats éclatent partout dans le sud du pays. Si en plus nous devons voyager au rythme de deux grands-mères en plein marché… Faisons suer un peu ces chevaux !

Robbie jeta un rapide coup d'œil par-dessus son épaule, comme si cela suffisait à lui faire entrevoir les soulèvements qui agitaient le royaume depuis que le nouvel impôt par tête était entré en vigueur. Comme Sir John était vieux et préférait se reposer chez lui plutôt que de se battre, ses hommes avaient échappé aux combats que l'on disait sanglants.

— Le dernier arrivé au pont paie sa tournée de vin ce soir ! cria Cecil avant de talonner vigoureusement sa monture.

Robbie le regarda partir. Il pouvait se permettre de lui laisser un peu d'avance : il était bien meilleur cavalier et s'entendait beaucoup mieux avec les chevaux que son ami.

Il avait aimé ces animaux dès que son beau-père l'avait fait monter sur son immense destrier, au grand dam de sa mère. Robbie prit le temps de caresser Bayard sous sa bride d'encolure – il adorait ça – et donna un coup de talon dans ses flancs. Le cheval redressa la tête et soupira, pressé de se dégourdir les pattes.

Robbie retrouva le sourire en songeant au tournoi que l'on préparait pour tous les nobles assemblés à York. Il prendrait part au bohort – le jeu réservé aux écuyers. Sans pour autant céder au péché d'orgueil, il savait qu'il était meilleur que Cecil au combat à l'épée et au tir à l'arc. S'il parvenait à gagner quelques épreuves, il aurait peut-être enfin l'occasion d'attirer l'attention de Mary.

Il fit claquer sa langue, lança Bayard au galop et partit à la poursuite de Cecil. Sans surprise, il atteignit facilement le pont en premier.

York n'avait pas beaucoup changé depuis la dernière visite de Robbie. Après la petite ville marchande, près de la demeure de Sir John, les rues étroites de la cité, bordées de hauts bâtiments, avaient quelque chose d'oppressant. Tandis que la troupe avançait, Cecil et Robbie se trouvèrent de nouveau côte à côte. Robbie montra à son ami le chantier de la nouvelle Maison de la Guilde, qui allait remplacer le Hall de la ville. Elle ne serait hélas pas terminée pour accueillir les festins et les banquets prévus pour le mois à venir.

— Je n'étais encore jamais venu à York, remarqua Cecil. Est-ce que les femmes méritent qu'on ouvre les cordons de sa bourse, ici ? Tu vas devoir me trouver une taverne propre, où on ne risque pas d'attraper des puces ou la variole…

Cette condescendance exaspéra Robbie. Il connaissait bien la ville et sa mère avait travaillé avec suffisamment de brasseurs pour qu'il sache que la bière d'York était tout à fait correcte.

— Je peux te faire découvrir les meilleures tavernes de la ville, répondit-il. Mais je ne connais pas beaucoup de femmes ; en tout cas, pas le genre qui t'intéresse. Je n'étais qu'un garçon quand je suis venu pour la dernière fois ! La seule femme que je connaisse vraiment à part ma mère est ma tante Joanna et elle t'arracherait les yeux si tu essayais de la séduire…

Cecil éclata de rire et passa un bras autour des épaules de Robbie.

— Dans ce cas, nous devrons découvrir ces nouveaux plaisirs ensemble, n'est-ce pas ? Mais pas ce soir. La journée a été longue et je suis fatigué. Le seul lit qui m'attire, pour l'instant, est le mien.

Ils passèrent lentement dans la cité pour atteindre les berges de la plus petite des deux rivières qui la traversaient. L'auberge que Sir John avait réservée pour ses gens se trouvait dans les murs, assez proche de la lice et des prés dans lesquels se dérouleraient les festivités, mais suffisamment loin pour ne pas subir la puanteur des ruelles ou les cris matinaux des marchands.

Robbie s'installa dans ses quartiers. Il partageait sa chambre avec Cecil, deux pages et quatre serviteurs. Il aurait de loin préféré avoir plus d'intimité, mais la petite pièce mansardée, partagée à huit, ne lui laissait que peu d'espace.

— J'aurais tellement aimé camper avec les autres chevaliers, maugréa Cecil. Tu ne regrettes jamais que Sir John soit trop vieux pour participer aux tournois ? Ou qu'il n'en ait pas plus envie ?

Robbie lâcha un petit soupir d'assentiment. Il aimait beaucoup son maître, bien que Sir John se soit depuis longtemps retiré du service actif du roi. Les écuyers et serviteurs avaient été navrés d'apprendre qu'ils logeraient dans une auberge et pas sur le campement ; mais Robbie, en inspectant son matelas à la recherche de puces, ne put que saluer la prouesse de l'intendant de Sir John. La chambre était propre, tout comme les paillasses – ce qui n'était pas une mince affaire. Il déverrouilla le petit coffre dans lequel il transportait ses affaires et compta ses économies. Le ruban de Rowenna, à la couleur fanée depuis longtemps, était toujours enroulé dans un coin de la malle. Robbie le caressa du bout des doigts en se souvenant de leur dernière soirée ensemble, quand elle le lui avait donné.

Le jour où il avait appris la vérité sur sa naissance. Encore maintenant, l'amertume montait en lui quand il songeait à la trahison de Roger ou à sa nonchalance quand il lui avait dévoilé le Grand Secret. Ils s'étaient séparés fâchés, ce soir-là. Robbie était alors hors de lui et son beau-père avait fait semblant de ne pas comprendre pourquoi… Depuis, ils ne s'étaient revus qu'une fois lors d'une brève visite de Roger à Wallingdon quatre ans plus tôt. Ils avaient été obligés de se parler, malgré leur rancœur, en présence de Sir John – et, bien sûr, ils n'avaient pas pu mentionner leur dispute en public. Robbie était tenu de se rendre à Wharram pendant le tournoi, mais l'idée de se retrouver une fois de plus face à son beau-père le terrifiait. Cela pouvait attendre.

Une fois installé, Robbie redescendit l'escalier et entreprit de déballer l'armure que son maître ne portait plus pour la polir. On finit par l'appeler pour le repas. Cecil et lui s'installèrent dans la salle bruyante, et Robbie écouta d'une oreille les prières marmonnées par Sir John tout en essayant d'apercevoir Mary. Hélas, il apprit que la voiture qui transportait l'épouse de son maître et ses suivantes avait voyagé plus lentement qu'eux et qu'elle n'arriverait que le lendemain. Et, même après cela, les femmes mangeraient à la table du maître, dans le petit salon réservé pour leur usage personnel…

Cecil paya sa tournée de vin comme promis, et sans trop rechigner. Les deux amis discutèrent avec leurs compagnons des récentes émeutes. Certains chevaliers prenaient fait et cause pour les rebelles, tandis que les autres étaient choqués que l'on puisse ainsi s'opposer à la volonté du roi.

Robbie mangea son ragoût de porc épaissi à l'orge avec enthousiasme. Il écouta les plaisanteries grasses que les autres hommes faisaient à présent. Ils étaient à la fois vulgaires et pleins d'esprit. Même sans le moindre bégaiement, Robbie n'aurait rien eu à ajouter à la conversation… Déjà, le repas s'achevait et la maisonnée commençait à se disperser. La stricte séparation entre les hommes et les femmes prenait fin. Quelqu'un se mit à jouer de la flûte et Robbie se cala au fond de son siège, se contentant d'écouter les autres discuter. Puis il laissa ses pensées dériver de nouveau vers le sujet qui l'avait tant préoccupé pendant le voyage. Mary et Rowenna. Elles seraient bien obligées de s'apprécier, n'est-ce pas ? Comment pourrait-il en être autrement, puisqu'il les aimait toutes les deux de tout son cœur ?

Il commença à composer dans sa tête un poème pour Mary. Aurait-il le courage de l'écrire et de le lui faire parvenir ? Peut-être qu'il prendrait sa plume, avant de s'endormir. Ce n'était qu'un texte sans prétention, mais Mary avait des goûts simples et lisait très peu. Sans doute ses efforts – et sa concision – sauraient-ils éveiller l'intérêt de la jeune femme.

Cependant, la chaleur le lassa vite et il laissa Cecil le convaincre de jouer aux dés avec lui dans leur chambre. Ils étaient déjà au pied de l'escalier quand on frappa avec insistance à la porte de l'auberge. Le propriétaire se précipita pour ouvrir.

— Tout est plein. Je n'ai plus de chambres, lança-t-il.

— Je ne veux pas de chambre, répondit-on depuis la rue. Est-ce que maître Danby est ici ?

Robbie se figea, surpris d'entendre son nom – et prononcé par une femme, en plus. Il devinait une silhouette enveloppée dans une cape, sur le seuil, mais l'aubergiste lui cachait son visage. Cecil, qui le précédait dans l'escalier, sourit et poussa un petit sifflement appréciateur.

— Tu n'as pas perdu de temps pour te trouver une distraction, ce soir ! Je croyais que tu ne savais pas où trouver des filles… Où l'as-tu dénichée, celle-là ?

Il ponctua sa remarque d'un geste obscène qui fit rougir Robbie.

— Je n'ai p-pas appelé de femme. Ça d-doit être une erreur…

Humilié, Robbie n'osa pas croiser le regard de son ami.

Il lui fit signe de monter sans lui et s'approcha de l'inconnue, sa curiosité piquée au vif. La femme portait une cape bleu sombre en laine légère, et un large capuchon était rabattu sur son visage, masquant ses traits. Elle gardait la tête modestement baissée et les mains jointes devant elle.

— Je s-suis maître Danby. Q-qui me demande, à cette heure ?

L'inconnue repoussa son capuchon pour dévoiler de jolies boucles noires emprisonnées sous une simple coiffe blanche. Elle releva la tête et ses yeux sombres aux longs cils examinèrent Robbie avec attention. Elle parut surprise pendant un instant, puis se fendit d'un grand sourire qui fit apparaître de petites fossettes au creux de ses joues.

— Je sais qui tu es, dit-elle. Tu ne me reconnais pas ? Je suis Rowenna, voyons !

— B-brioche ?

Robbie ne put se retenir : le vieux surnom de sa cousine passa ses lèvres sans qu'il puisse s'en empêcher, au milieu de tous les autres mots piégés dans sa gorge. La jeune femme qui le dévisageait, avec ses sourcils bien dessinés, son nez droit et ses pommettes saillantes n'avait plus rien à voir avec la Rowenna un peu boulotte qu'il avait connue. Et elle n'était pas non plus la petite souris pâle que Cecil avait imaginée. En fait, Robbie n'était même pas certain que la personne qui lui faisait face soit vraiment sa cousine.

Elle était d'une beauté stupéfiante.

Les sourcils de la jeune femme se froncèrent avec agacement quand elle entendit son ancien surnom. Son regard s'embrasa. Son sourire se figea, puis disparut complètement. Et Robbie retrouva la moue colérique qu'il connaissait depuis toujours.

En un instant, tous ses doutes s'évanouirent : c'était bien elle ! Il se prépara à recevoir un coup sur le bras et commença à balbutier des excuses maladroites, mais Rowenna le fit taire d'un geste impérieux et retrouva le sourire – bien plus vite que ce à quoi Robbie s'attendait. Elle redressa le menton, les épaules rejetées en arrière. Son énervement fit place à une froideur un peu distante qui n'était pas sans rappeler Lady Trique.

— Je pensais que tes années d'entraînement t'auraient au moins appris les bonnes manières, déclara-t-elle.

Son ton avait quelque chose d'étrangement digne et hautain, surtout venant de la fille qui avait l'habitude de lui crier dessus à la moindre dispute.

— Je suis désolé ! J'ai été s-s-s…

— Surpris de me voir ? acheva-t-elle pour lui.

Robbie se crispa instinctivement, la gorge nouée par une soudaine angoisse. Rowenna plaqua une main sur ses lèvres, qui étaient devenues plus charnues et plus rouges avec les années. Puis elle lui prit le bras avec douceur.

— Pardonne-moi, Robbie, murmura-t-elle. Je sais que tu as horreur qu'on finisse tes phrases à ta place. Je suis navrée…

Ses doigts glissèrent le long de la manche du vêtement de Robbie pour s'arrêter sur son poignet. Ils étaient chauds sur sa peau. Robbie sentit les poils de son bras se redresser à ce contact inattendu. Il fit de son mieux pour chasser son trouble et sourit pour lui montrer qu'elle ne l'avait pas offensé ; alors qu'intérieurement, il frémissait de honte en voyant qu'il n'était même pas capable d'accueillir son amie d'enfance sans bégayer.

— Je pense que nous nous sommes blessés m-mutuellement. On est q-quittes, parvint-il à dire sans trop hésiter.

Il fut d'ailleurs touché que Rowenna attende patiemment qu'il finisse. Elle le couvait d'un regard de braise, comme un merle curieux qui guette un ver. Puis elle inclina gracieusement la tête sur le côté, dévoilant un cou délicat aussi blanc et lisse que de la crème fraîche.

— Je suis d'accord, reconnut-elle. Dans ce cas, cousin, salue-moi comme il convient.

Elle attendit de nouveau.

Une flamme vint lécher tout le corps de Robbie. Il était clair que Rowenna voulait le laisser prendre les devants et donner le ton de leurs retrouvailles, mais il ne savait pas quoi faire. Il ne s'était pas préparé à cela... N'écoutant que son instinct, il se pencha d'abord pour enlacer celle qui était son amie mais s'écarta d'un geste brusque, le cœur battant. La prendre dans ses bras après tout ce temps lui paraissait étrange, beaucoup trop intime. Un baiser sur la joue serait sans doute acceptable. Hélas, Robbie ne put y penser sans s'imaginer embrasser aussi sa cousine sur les lèvres, ce qui réveilla une foule de pensées dangereuses.

Il se contenta donc de lui prendre la main et de la lever à ses lèvres dans un salut courtois. Elle répondit par une gracieuse révérence.

Soudain, Robbie réalisa que toute la maisonnée de Sir John pouvait les voir. Si Cecil avait pensé qu'elle pouvait être une fille de joie, d'autres y songeraient sans doute aussi.

— Pourquoi es-tu là ? demanda-t-il.

— J'aimerais que tu viennes souper à la maison, ce soir. Père voulait attendre demain, mais je l'ai supplié de me laisser t'inviter dès aujourd'hui. Tu vas venir, n'est-ce pas ?

— Ce soir ?

De toute évidence, les années n'avaient pas atténué l'impulsivité de sa cousine… Robbie avait d'autres projets pour la soirée, mais ils s'étaient évanouis à l'instant où il l'avait reconnue. Il pinça néanmoins les lèvres, perplexe.

— Je vais devoir demander l'autorisation à Sir John. Il est déjà tard.

— Et s'il dit oui, viendras-tu ?

Rowenna n'attendit pas sa réponse et poursuivit :

— Laisse-moi lui parler. Je suis sûre qu'il ne refusera pas, si c'est une femme qui lui pose la question. Où est-il ?

Robbie jeta un coup d'œil à l'alcôve masquée par un lourd rideau dans laquelle on avait installé la table du maître. Suivant son regard, Rowenna traversa la salle d'un pas vif. Sa cape volait en plis souples dans son sillage. Robbie s'attendit presque à ce qu'elle écarte le rideau sans cérémonie et s'invite dans l'alcôve comme elle l'aurait fait petite. Terrifié, il la rattrapa et l'arrêta. Rowenna se figea, le dévisageant d'un air surpris.

Le maître de Robbie était un homme bon, qui l'avait toujours traité convenablement. Mais il pouvait aussi se montrer sévère par moments, et avait des idées très arrêtées sur le comportement qu'une femme devait adopter.

— Laisse-moi y aller d'abord, dit-il donc d'une voix ferme. T-tu n'as qu'à m'attendre ici.

Il se glissa derrière le rideau les dents serrées, exaspéré de voir que Rowenna s'attendait à le trouver libre dès son premier soir en ville. Ravalant son agacement, il s'excusa poliment de déranger Sir John et lui annonça que sa cousine souhaitait lui parler. Le vieil homme écouta, puis sourit.

— Une cousine, hein ? Fais-la entrer, maître Danby.

Je serai ravi de lui parler, puisqu'elle a fait tout ce chemin à une heure aussi tardive pour me voir.

Il se redressa dans sa haute chaise pendant que Robbie allait chercher Rowenna.

— Il accepte de te voir, murmura-t-il. Sois polie.

Rowenna accueillit cette mise en garde avec une grimace pincée et ne répondit pas. Elle ajusta les rubans de sa cape, qui s'étaient en partie dénoués, joignit de nouveau les mains et baissa la tête d'un air modeste avant de suivre Robbie.

— Monseigneur, p-puis-je vous présenter ma cousine, Rowenna Danby ?

Quand Sir John était contrarié, un seul regard de lui était capable de faire fondre en larmes les filles de cuisine. Il fixa Rowenna avec toute l'austérité dont il était capable et la dévisagea de la tête aux pieds.

— Mon écuyer me dit que vous voulez me parler.

Tout comme Robbie, Rowenna avait grandi dans l'ombre de Lady Danby. Ainsi, ce genre d'intimidation avait peu de chances de fonctionner avec elle. Il ne restait plus qu'à espérer qu'elle sache se comporter plus convenablement qu'elle ne le faisait avec leur grand-mère et qu'elle étouffe l'insolence qui lui avait attiré tant d'ennuis autrefois.

À son grand soulagement – et à sa grande surprise – Robbie la vit baisser les yeux avec humilité et se fendre d'une révérence particulièrement respectueuse. Elle ne dit rien. Robbie guetta la réaction de son maître. Son regard s'adoucit, clairement approbateur. Il fit signe à Rowenna d'approcher.

— Je vous prie d'excuser cette visite si tardive, mais ma famille a hâte d'accueillir mon cousin comme il se doit. Cela fait de nombreuses années que nous ne l'avons pas vu.

Elle regarda Robbie et son sourire s'élargit, faisant réapparaître ses fossettes.

— De trop nombreuses années…

Robbie lui rendit son sourire, incapable de détacher ses regards des grands yeux noirs de sa cousine. Ses cils étaient-ils aussi longs, lors de leur dernière rencontre ? Il lui prit la main, envahi par une vague de tendresse.

— Est-ce que vous me demandez l'autorisation de l'épouser ? lança Sir John.

— M'épouser ? cria Robbie malgré lui.

Un grand éclat de rire échappa à Rowenna, comme si cette idée était la plus ridicule qu'elle ait jamais entendue. Puis, se reprenant, elle plaqua une main sur ses lèvres.

— Je… Non… Je voulais juste avoir le plaisir de sa compagnie ce soir… *Nous* voulions… Juste pour un soir !

Rowenna semblait avoir soudain autant de mal à s'exprimer que Robbie lui-même et ses joues devinrent aussi rouges que le vin dans la coupe de Sir John. Elle jeta un petit regard effarouché à Robbie. Ils auraient tout aussi bien pu être à nouveau enfants, attendant une punition de leurs parents. Robbie dut ravaler un sourire amusé.

— Je n'ai pas l'intention de me marier pour le moment, reprit sa cousine.

— Bien. Un écuyer n'est pas en position de prendre épouse, répondit Sir John. Je conseillerais à tous les hommes de se faire un nom avant de songer à fonder une famille.

Robbie sentit une sueur glacée couler le long de son dos. Est-ce que son maître le soupçonnait d'avoir des vues sur Mary ? Le vieux seigneur se tourna de nouveau vers Rowenna.

— Jeune femme, où est votre chaperon ? Vous n'êtes tout de même pas venue seule ?

Rowenna soutint son regard sans ciller.

— Père voulait envoyer un serviteur à ma place, mais j'ai préféré venir moi-même.

Sir John resta de marbre pendant une longue minute, puis gloussa.

— Ainsi, vous étiez sûre de réussir, puisque je ne peux pas vous laisser rentrer chez vous sans escorte. Très bien. Robbie, je t'autorise à quitter l'auberge pour la soirée. Va voir ta famille. Mais n'oublie pas que tu as du travail demain matin. Si tu espères obtenir le moindre succès, je ne peux que t'inviter à te coucher tôt.

Sir John parlait-il de succès lors du bohort – car les premières épreuves commençaient dès le lendemain – ou bien avec Mary ? Robbie s'interrogeait toujours quand il salua son maître et prit le bras de Rowenna pour l'accompagner dans la salle. Il la laissa attendre près de l'entrée tandis qu'il montait l'escalier quatre à quatre pour récupérer sa cape et sa bourse. Cecil et leurs compagnons de chambrée étaient déjà plongés dans leur partie de dés. Ils ne montrèrent pas vraiment d'intérêt pour ce qu'il faisait et son incapacité à répondre vite à leurs questions lui évita une longue explication.

De nouveau dans l'escalier, Robbie ralentit le pas et prit le temps d'examiner plus attentivement sa cousine. Petite fille, elle aurait trompé son impatience en frottant son pied sur les dalles ou en entortillant l'un de ses rubans autour de son doigt. Mais à présent, elle se tenait parfaitement immobile, les mains placidement jointes sur sa jupe et le visage aussi serein qu'une statue de cathédrale. Seuls ses yeux trahissaient sa vivacité : ils examinaient chaque recoin de la salle et remarquaient tout ce qui s'y passait.

Elle passa sa main dans le creux du bras que Robbie lui tendit et le suivit dehors. Un jeune garçon était assis sur une borne, près de la porte, un genou remonté sous son menton et un pied tambourinant doucement contre la pierre. Il tenait un petit chiot brun en laisse. L'animal se mit à aboyer dès qu'il vit Rowenna et tourna frénétiquement sur lui-même dans un fouillis de longs poils.

— On se lève, paresseux, lança Rowenna avec malice.

— Tu l'as amené ! s'écria le garçon.

Il dévisagea Robbie d'un air émerveillé et, sans lui laisser le temps de réagir, se précipita sur lui pour le serrer dans ses bras. Rowenna souriait toujours et Robbie l'interrogea du regard, surpris.

— Tu ne connais pas encore mon frère, dit-elle.

Robbie se libéra de l'étreinte du gamin et l'écarta pour mieux le voir. L'enfant avait clairement hérité des boucles brunes de Danby et de la moue obstinée de sa grande sœur. C'était sans aucun doute Ralf, l'enfant que Joanna portait quand Robbie avait quitté Wharram.

— Je croyais que tu n'avais pas d'escorte, dit-il à Rowenna, surpris.

— Un enfant ne compte pas comme chaperon. Et puis, si j'avais admis que je n'étais pas seule, ton maître aurait pu refuser de te laisser venir.

Elle lui adressa un sourire aussi innocent que ceux qu'elle avait lancés à Sir John, mais ses yeux pétillaient d'une complicité qui ravit Robbie. Sans lui laisser le temps de réagir, elle se couvrit de nouveau la tête et se mit en route.

— Viens. Père va s'inquiéter de ne pas nous voir arriver. La ville n'est plus aussi sûre qu'autrefois.

Elle partit devant et Robbie passa sa cape sur ses épaules, non sans vérifier que son épée était bien à sa ceinture. La simple mention du danger réveillait ses instincts de soldat. Il suivit sa cousine le long des rues sombres, avec Ralf toujours agrippé à son bras et qui lui posait des centaines de questions. Ce ne fut qu'en passant devant les écuries qu'il se souvint du poème qu'il avait voulu écrire à Mary. Rowenna avait toujours eu le don de l'entraîner dans ses projets sans qu'il ait la force de refuser. Sa volonté était aussi implacable et irrésistible que la marée…

Chapitre 3

Rowenna jeta un coup d'œil par-dessus son épaule. Robbie et Ralf marchaient côte à côte, à quelques pas derrière elle. Ralf ne quittait pas son cousin des yeux et le contemplait comme on contemple une idole – bien que Robbie soit juste vêtu d'une simple cape verte et de la livrée bleu et orange de Sir John. Quand il serait enfin adoubé, dans ses vêtements de cérémonie, il serait bien plus beau et imposant…

Rowenna se figea soudain et les deux garçons faillirent la percuter. D'où lui venait cette image ? Elle n'avait jamais pensé s'intéresser à l'apparence de Robbie. La seule chose qui comptait, c'était la passion que Ralf vouait aux chevaliers, quels qu'ils soient. Le gamin le bombardait de questions au sujet de sa vie chez son maître, mais ne lui laissait même pas le temps d'y répondre. Les yeux noisette de Robbie restaient graves et il se contentait d'acquiescer poliment de temps à autre. Soudain, Rowenna songea qu'il avait peut-être eu des projets pour la soirée. Son arrivée avait-elle été importune ? Elle avait eu tellement hâte de le revoir ! Leurs années de séparation n'avaient pas affaibli son affection pour lui, bien au contraire.

Elle reprit sa route en marchant à leurs côtés. Ralf se tenait entre Robbie et elle. Rowenna profita de la pénombre pour jeter un rapide regard à son cousin, sous la protection de son capuchon. Un frisson délicieux monta de son estomac. Les lettres que Robbie lui avait écrites étaient remplies de détails sur sa vie, sur les lieux qu'il avait visités et les personnes qu'il avait rencontrées. Elle avait lu et relu chaque missive avec bonheur, mais ne se souvenait pas de la moindre mention de sa taille impressionnante ou des changements qui s'étaient opérés en lui. Dans l'esprit de Rowenna, son cousin était toujours resté tel que le garçon qu'elle avait vu pour la dernière fois : un jeune homme qui commençait à peine à devenir adulte, à la démarche encore maladroite. À présent, Robbie était un homme – un bel homme, qui plus est.

Oui, un *très* bel homme !

Rowenna se mordit la lèvre pour s'empêcher de sourire et le regarda plus attentivement. Il portait les cheveux courts, suivant la mode du moment, et sa mâchoire carrée était couverte d'un très fin duvet. Contrairement au reste de la famille, Robbie n'avait pas hérité des atroces boucles noires des Danby : ses cheveux bruns ondulaient avec souplesse, partagés par une raie au milieu.

Le regard de Rowenna descendit un peu plus bas. Robbie avait beaucoup grandi depuis leur dernière rencontre et, d'après ce qu'elle pouvait voir, ses membres s'étaient musclés à force de travail. À en croire ses bras, tout son corps devait maintenant être ferme et bien dessiné.

Quand elle avait vu son frère l'enlacer impulsivement, Rowenna avait été prise d'une irrésistible envie de faire pareil. Leurs retrouvailles avaient été si étranges, si gênantes. Incapables de savoir comment se saluer, ils s'étaient lancés dans une danse inconfortable qui lui laissait un goût amer. Autrefois, ils n'auraient pas été gênés de montrer la moindre familiarité et se seraient embrassés sans plus de façons, comme l'avait fait Ralf. Mais le Robbie qui marchait à présent près d'elle n'avait plus rien à voir avec le garçon qui avait partagé ses jeux et ses bêtises. Il était un homme, maintenant, et elle était devenue une femme accomplie. Leur interminable séparation avait creusé un fossé entre eux et Rowenna ne pouvait plus se permettre d'oublier les bonnes manières – surtout en public.

De plus, songer à des mots comme *enlacer* ou *embrasser* faisait apparaître des images très dérangeantes dans son esprit et l'entraînait dans des rêveries plus inattendues les unes que les autres. Elle brûlait de curiosité. Elle voulait découvrir le reste du corps adulte de Robbie, juste pour voir s'il était aussi musclé et dense que le bras qu'il lui avait tendu à l'auberge. Ce genre de pensées était indécent, surtout quand il s'agissait de son plus vieil ami ; mais Rowenna était incapable d'empêcher son sang de s'échauffer à chaque fois qu'elle posait les yeux sur lui.

Certes, elle avait hâte de rentrer chez elle saine et sauve, mais elle ne put s'empêcher de ralentir le pas. Ralf parlait toujours, décrivant avec force détails une joute à laquelle il avait assisté. Il faisait de si grands gestes dans son excitation que le pauvre chiot qu'il tenait en laisse se mit à gémir.

— Attention : tu fais mal à Simon, s'écria Rowenna. Il est encore petit !

En entendant ce nom, Robbie lui lança un petit sourire complice et une étincelle amusée brilla un instant au fond de ses yeux.

— Un *autre* Simon ?

Rowenna lui rendit son sourire. Sa mère avait eu quatre chiens à la suite et tous avaient été appelés Simon. Apparemment, il s'agissait d'une plaisanterie entre ses parents.

— Mère dit toujours qu'il ne faut rien changer à quelque chose qui fonctionne…

Elle s'empêcha au dernier moment de marmonner que sa mère serait sans doute heureuse de passer le restant de sa vie à Ravenscrag, bien qu'elle soit née à York et y ait grandi. En silence, elle entraîna Robbie dans une rue étroite, entre deux rangées de hautes bâtisses. Pendant la journée, tous les volets étaient ouverts pour permettre aux commerçants d'exposer leurs marchandises. Mais à présent, la rue était déserte et les imposantes silhouettes des maisons bloquaient la lumière pâle de la lune montante. Instinctivement, Rowenna se rapprocha de ses compagnons et vit la main de Robbie descendre sur le pommeau de l'épée qu'il portait à la ceinture. Il remarqua son coup d'œil surpris et sourit en écartant sa cape pour mieux lui montrer son arme. Ce simple geste la rassura. Depuis qu'il était entré au service de Sir John, Robbie avait dû passer son temps à s'entraîner au combat. Si jamais le moindre danger venait à les menacer, il saurait la défendre comme il l'avait toujours fait.

Ils poursuivirent leur route en silence. Rowenna aurait eu tant de choses à dire à Robbie : elle ne songeait qu'à cela depuis qu'elle avait appris son retour. Mais d'un seul coup, tout lui paraissait ennuyeux ou beaucoup trop personnel…

— Tu ne m'en veux pas d'avoir insisté pour te voir, ce soir ? finit-elle par demander.

— Pourquoi est-ce que je t'en voudrais ?

— Je pensais que tu pouvais avoir prévu d'autres choses, puisque tu viens à peine d'arriver en ville.

Robbie ne répondit pas tout de suite, les sourcils froncés comme si une pensée soudaine venait de le traverser. Puis il haussa les épaules.

— Oui, j'avais d'autres plans, mais ça p-peut attendre demain. On ne s'est pas vus depuis si longtemps que ta présence passe avant le reste.

— Sir John a parlé de succès, demain. Qu'est-ce qu'il voulait dire ?

— Ce sera le premier jour du tournoi.

Ralf, qui les avait écoutés en silence, tira soudain sur la manche de Robbie.

— Tu vas participer au tournoi ? Mais tu n'es pas encore chevalier !

Rowenna fit de son mieux pour cacher son agacement. Elle aurait préféré que son frère ne les interrompe pas. Si seulement son père avait accepté qu'elle aille chercher Robbie sans personne pour l'accompagner, comme elle l'en avait supplié…

— Il y aura un bohort ouvert à tous ceux qui ne sont pas adoubés, en plus des joutes formelles, expliqua Robbie avec un petit sourire. Je n-ne serai pas opposé aux chevaliers mais à d'autres écuyers.

— Est-ce que tu vas jouter ? reprit Ralf, incapable de contenir son excitation.

Robbie fit non de la tête.

— Je pense participer aux épreuves de lance à pied, mais je suis bien meilleur à l'épée et au t-tir à l'arc.

— Tu ne participeras pas à la joute ? demanda Rowenna, surprise. Tu adorais ça, avant. Ton père sera déçu !

La joute était l'événement le plus prestigieux d'un tournoi et celui qui rapportait le plus de prix. Oncle Roger, le père de Robbie, avait apparemment adoré entrer en lice dans sa jeunesse. Hélas pour lui, une blessure avait affaibli son épaule et il ne touchait presque plus à ses lances.

— J'aimais ça, oui. Mais j'ai arrêté. Je veux briller par moi-même, pas marcher dans son ombre.

Un éclat déterminé illumina les yeux sombres de Robbie et il redressa le menton avec une surprenante détermination.

— Je préfère choisir mon propre chemin vers la gloire.

Rowenna fut surprise de l'entendre parler ainsi, mais elle ne dit rien. Roger serait sans doute dévasté de voir son fils tourner le dos à un sport qu'il avait lui-même tant aimé… Peut-être que Robbie changerait d'avis quand il arriverait à la maison et découvrirait que ses parents l'y attendaient aussi.

Ils passèrent l'angle de la rue Aldwark, qui était bien plus animée. Le petit parc, devant la salle de la guilde des forgerons, était l'un des endroits favoris de Rowenna en ville. Elle adorait s'y asseoir pour regarder les foules circuler. Sa maison n'était plus qu'à deux rues de là et, dès qu'ils en auraient franchi la porte, Robbie serait accaparé par toute la famille. Rowenna aurait voulu lui poser tellement de questions avant – sur sa vie au château de Sir John, sur les lieux qu'il avait visités, sur les gens qu'il avait appris à connaître pendant ces années qu'elle avait passées à se morfondre dans les landes.

— Ralf, pars devant et dis à Mère que Robbie et moi allons bientôt arriver.

Sans protester, son petit frère s'élança en courant, suivi de près par Simon. Rowenna, elle, s'arrêta près de la vieille fontaine dressée à un bout du jardin. La tête de lion sculptée avait été ternie par les ans et la coupe qui pendait autrefois à une chaîne près de la margelle avait disparu depuis longtemps. Rowenna se contenta de tremper les doigts dans l'eau pour se laver les mains. Cela lui donnait au moins une excuse pour s'attarder.

— Rowenna ? s'écria soudain une voix toute proche. Je ne savais pas que tu étais en ville !

Surprise, Rowenna se redressa et découvrit la silhouette d'un jeune homme vêtu de noir qui s'avançait vers elle d'un pas décidé. C'était Geoffrey Vernon, le cousin de sa mère. Il faisait partie de la même guilde que son père. Seigneur, voilà qu'elle allait devoir supporter ses bavardages jusqu'au Jugement dernier !

Le cœur de Rowenna se serra. Elle qui avait espéré passer quelques minutes seule avec Robbie. Geoffrey ne pouvait pas arriver à un plus mauvais moment ; d'autant plus que le père de Rowenna et lui avaient récemment commencé à parler de mariage…

« Ne le repousse pas. Tu auras peut-être plus de mal que tu ne le crois à trouver un époux à York. »

Le regret qu'elle avait perçu dans la voix de son père quand il l'avait mise en garde lui avait fait plus de mal encore que toutes les critiques acerbes de Lady Danby. Elle ne pouvait pas se permettre de mépriser Geoff, en dépit de sa conversation ennuyeuse : il était l'un des rares hommes en ville à ne pas se soucier qu'elle soit la fille d'un bâtard. Elle s'essuya donc discrètement les mains dans les plis de sa jupe et fit une révérence à Geoff, qui répondit par un salut courtois.

— Je suis arrivée hier et je compte rester deux semaines, répondit-elle.

Le visage rougeaud de Geoffrey s'illumina et il se lança pendant quelques minutes dans un badinage effréné. Il répéta même plusieurs fois qu'il serait ravi de revoir Rowenna pendant son séjour – un sous-entendu à peine voilé par un semblant de politesse. Il ne lui laissa pas le temps de répliquer, même lorsqu'il reprenait son souffle. Rowenna l'écouta patiemment d'un air intéressé, tout en le maudissant intérieurement pour être venu interrompre son précieux moment en tête à tête avec Robbie.

— Mais ton père ne t'escorte pas ! s'écria soudain Geoffrey. Tu ne peux pas sortir seule si tard, surtout avec les troubles qui déchirent le pays en ce moment ! Je serais honoré de te raccompagner jusque chez toi.

Alors qu'il s'apprêtait à lui prendre le bras, Rowenna s'écarta vivement.

— Merci beaucoup, mais je ne suis pas seule. Mon cousin est là.

Elle jeta un coup d'œil par-dessus son épaule et vit que Robbie s'était éloigné de quelques pas pendant que Geoffrey parlait. Il était campé de l'autre côté de la fontaine, les bras croisés, sans rien perdre de leur conversation. Dans sa cape sombre, il se fondait presque dans la nuit mais, à l'instant où Rowenna plongea son regard dans le sien, il s'avança pour se placer à ses côtés avec autorité. Le visage de Geoffrey se décomposa en voyant ce jeune écuyer si beau prendre sa place. Il s'excusa à mi-voix et s'éloigna, non sans avoir adressé un salut rapide à Robbie et un regard plus appuyé à Rowenna, qui lui fit une seconde révérence. Elle ne put cacher son sourire.

Dès que l'intrus eut disparu au coin d'une maison, Rowenna se tourna vers Robbie, craignant qu'il soit aussi contrarié qu'elle par cette interruption. Elle fut surprise de voir qu'il la dévisageait avec intérêt – et une pointe d'amusement. Un petit sourire flottait sur ses lèvres. Elle croisa les bras et demanda, agacée :

— Quelque chose ne va pas ?

— Non, au contraire. Je songeais juste à ce que la Rowenna que j'ai quittée il y a sept ans aurait répondu aux avances très subtiles de son soupirant.

Robbie baissa un instant les yeux, puis murmura :

— Tu es donc devenue une dame, Ro ?

Sa voix trahissait son approbation et son étonnement, mais aussi autre chose…

Une pointe de jalousie en parlant de Geoffrey ?

De l'admiration ?

De l'attirance ?

L'idée fit frémir Rowenna de plaisir. Après des années passées à apprendre comment contrôler ses émotions et agir avec grâce, élégance, elle sut heureusement réprimer ses élans. Pourtant, elle avait soudain envie de se jeter dans les bras de Robbie pour l'entraîner dans une valse endiablée. Elle combattit ce besoin de toutes ses forces, pour ne pas lui montrer qu'il avait tort. Elle se contenta à la place d'acquiescer avec un demi-sourire paisible. Mais, sous son apparence modeste, elle triomphait.

— J'essaie de l'être, en tout cas, répondit-elle. Comme tu me l'as rappelé, Robbie, c'était il y a sept ans. Tu pensais vraiment que je continuerais à courir pieds nus dans les prés pour jouer à la balle ?

Son cousin eut l'air un peu coupable et Rowenna comprit, un peu déçue, que c'était exactement ce à quoi il s'attendait.

— J'ai fini par me lasser de la canne de ta grand-mère, reprit-elle en lui montrant sa main encore traversée par deux longues cicatrices. Tu te souviens de la punition qu'elle nous a infligée, le jour où tu as chassé les oies du verger ? J'en porte toujours les marques.

Elle passa le pouce sur la chair sensible entre son index et son majeur. Robbie lui prit la main et la leva à la lumière. Les doigts de son cousin étaient plus chauds que les siens. Rowenna sentit soudain les poils fins de son bras se hérisser. Robbie contemplait toujours sa main et, de peur de se trahir, elle garda aussi les yeux baissés sur ses cicatrices. Elles étaient devenues fines, dessinant des petits points pâles de la taille de grains de blé sur la pulpe de ses doigts.

— Oui, dit finalement Robbie, je me souviens que tu t'étais égratignée en tombant de l'arbre.

— En sautant ! Je ne suis pas tombée !

L'orgueil de Rowenna étouffa un instant sa détermination à agir en dame.

— Mais tu as raison, ajouta-t-elle après un instant. J'avais saigné et les coups de canne m'ont fait terriblement mal. Après ça, je me suis juré de ne plus jamais lui donner la moindre raison de me battre.

— Je suis soulagé qu'elle ne t'ait plus fait de mal.

Le regard de Robbie était franc, naïf. Sous les traits de l'homme, Rowenna retrouva un instant le petit garçon qui avait toujours été si protecteur envers elle et si dévasté quand Lady Danby la punissait trop sévèrement.

— Oh ! Robbie, tu m'as manqué ! Toi seul as toujours vu les bons côtés, chez moi. Ça n'a pas été le dernier coup de canne, pour être honnête, mais j'ai fait de mon mieux pour que cela n'arrive plus sans raison valable.

Elle ne lui parla pas des plaies plus profondes, qui avaient laissé des cicatrices perpétuelles dans son cœur, et pas sur sa chair. Elle ne lui dit pas à quel point elle souffrait en sachant qu'une fille de bâtard n'aurait jamais sa place en société… Devenue veuve, Lady Danby n'avait plus besoin de se retenir devant un mari et, avec le temps, elle était devenue de plus en plus cruelle. Mais elle restait la grand-mère de Robbie, et ce ne serait pas Rowenna qui lui parlerait de la méchanceté de cette femme à son égard. Si elle n'avait pas aimé Robbie à ce point, elle lui aurait sans doute envié sa naissance, son rang qui lui ouvrait toutes les portes du monde. Sa vie serait toujours tellement plus facile…

Retrouvant un peu de l'intimité d'autrefois, elle passa son bras sous celui de Robbie et l'attira à elle. Il la contempla un instant. Son regard s'emplit brièvement d'un intérêt nouveau qui fit étinceler le cœur de Rowenna comme un fer chaud sous le marteau d'un forgeron.

Troublée, elle trébucha sur un tas de pierres et, glissant au bord du chemin, percuta Robbie de plein fouet. En un éclair, il la rattrapa par la taille. Puis, une main glissée sur sa hanche, il la serra un peu plus fort contre lui. Rowenna baissa la tête dans l'espoir de cacher le feu qui lui montait aux joues. Elle n'était pourtant pas du genre à perdre l'équilibre pour un rien et aurait pu arpenter ces rues les yeux fermés. Pourquoi donc se transformait-elle en fille maladroite – et certainement pas élégante – tout à coup ?

— Nous arrivons, dit-elle au bout de quelques instants.

Ils s'arrêtèrent face à une grande maison à étage, construite un peu en retrait de la rue. L'atelier de Hal occupait le rez-de-chaussée et les appartements de la famille se trouvaient au-dessus. Robbie lâcha un sifflement de surprise et d'admiration. Rowenna sourit. Bien sûr : il n'avait encore jamais vu la nouvelle maison.

— Père l'a achetée l'année dernière, quand le shérif d'York lui a passé une commande de dix épées. Il a décidé que sa demeure devait mettre en évidence sa fortune et son statut…

Une bouffée d'amour pour son père l'envahit.

— Il a toujours travaillé très dur pour que ses enfants n'aient pas à souffrir de sa naissance.

— Est-ce si grave qu'il soit bâtard ? demanda Robbie à mi-voix.

Était-ce si grave d'être riche, et pourtant méprisé par une bonne partie de la haute société d'York ? Était-ce grave que sa femme et sa fille ne soient même pas saluées dans la rue quand elles allaient au marché ? Jamais Robbie ne comprendrait à quel point cette tache dans leur arbre généalogique pouvait peser sur leur vie. Toute la richesse du monde ne pourrait rattraper cela !

— Bien sûr que c'est grave, répliqua-t-elle amèrement.

Elle serra encore un instant la main de Robbie, puis le conduisit jusqu'à la porte. Elle l'avait suffisamment tenu à l'écart des autres. Il était temps de le rendre à sa famille…

Comme Rowenna l'avait craint, dès l'instant où ils franchirent la porte, Robbie ne fut plus sien. Hal et Joanna l'accueillirent avec joie et ses trois sœurs se pendirent à son cou dans un concert de cris excités – même si la petite Joan ne le connaissait pas encore. Mais les retrouvailles les plus émouvantes eurent lieu entre sa mère et lui. Tante Lucy fondit en larmes et serra si fort son fils contre elle qu'on aurait pu croire qu'elle ne le lâcherait plus jamais. Enfin, elle laissa place à Roger, qui avait attendu jusque-là en silence, près d'elle. Robbie était devenu plus grand et plus fin que son père, qui commençait à grisonner depuis quelque temps.

Les deux hommes se firent face pendant un long moment, sans échanger la moindre parole. Un lourd silence s'abattit dans la pièce. Rowenna contempla tour à tour tous les adultes présents. Ils semblaient attendre quelque chose. Elle eut soudain l'impression qu'il y avait là un secret, quelque chose qui lui échappait et que tous les autres comprenaient.

Finalement, Robbie prit la main tendue de Roger.

— Bonsoir, Père, dit-il simplement.

En un instant, l'air se fit plus léger, sans la moindre trace de cette oppression sourde qui avait un instant régné. Robbie lâcha bien vite la main de son père et se tourna vers Rowenna qui ne put discerner aucune émotion sous son masque figé.

— Espèce de petite diablesse, tu ne m'as pas dit que ma famille serait là…

— Je voulais te faire la surprise, répondit Rowenna.

Cela lui avait paru une très bonne idée, sur le moment. Mais maintenant, elle n'en était plus aussi sûre.

Robbie s'approcha d'elle et lui prit le visage entre ses mains. Son regard indéchiffrable parut s'adoucir. Rowenna eut un frisson, persuadée qu'il allait l'embrasser, mais il se contenta de rire.

— Eh bien, ça a marché : je suis surpris !

Pour la première fois, ils purent se regarder à leur aise en pleine lumière. Rowenna examina les yeux de Robbie avec intérêt. Ils étaient d'un brun un peu vert, pailletés de points sombres qui lui rappelèrent le sirop de sucre que sa mère faisait pour glacer les gâteaux de Pâques. Elle se lécha instinctivement les lèvres en y repensant. Robbie sourit et d'imperceptibles fossettes se creusèrent aux coins de sa bouche. Rowenna aurait voulu les caresser du bout des doigts…

Soudain, elle se rappela qu'on les regardait. Leurs parents se tenaient un peu à l'écart, observant le geste intime de Robbie tandis que Rowenna le dévorait des yeux comme un jeune veau contemple sa mère. Un malaise qui ne lui était pas familier la traversa et elle préféra reculer d'un pas brusque de peur qu'on finisse par deviner la nature de ses pensées indociles et beaucoup trop équivoques.

Si jamais une personne remarqua sa réaction, ce fut sa mère. Joanna Danby appela Rowenna et lui demanda de la suivre dans la réserve pour l'aider à servir le vin.

— Robbie a l'air en pleine forme, n'est-ce pas ? déclara-t-elle en déposant des coupes pleines sur le plateau que tenait Rowenna. Il ressemble tellement à Lucy… C'en est surprenant, non ?

Si c'était une manière détournée de l'inviter à exprimer ses pensées sur la transformation de Robbie, Rowenna décida de l'ignorer. La puissance des sentiments qui l'avaient assaillie dès qu'elle avait revu son cousin était trop intime pour être partagée.

— Il est presque trop grand pour être vraiment le fils de Lucy, répliqua-t-elle donc sur le ton de la plaisanterie. Il dépasse même oncle Roger, maintenant. Ils n'ont plus le moindre point commun.

Joanna la couva d'un regard songeur. Pendant quelques secondes, elle parut sur le point de lui dire quelque chose, mais Rowenna avait pris l'habitude de soutenir le regard de sa mère avec un air de parfaite innocence et Joanna se ravisa. Elle la laissa retourner dans la salle sans rien répondre. Là, autour du feu, les hommes se disputaient déjà.

— Il s'est peut-être hissé à la tête de la ville grâce à des stratégies peu orthodoxes, mais de Quixlay est bien meilleur intendant que Gisbourne ! clamait son père avec emphase. Il est moins corrompu et les amendes qu'il impose sont plus justes.

Oncle Roger vint prendre une coupe sur le plateau de

Rowenna en lui adressant un petit signe de remerciement avant de se retourner vers son frère.

— Tu ne disais pas la même chose quand la Chambre des Communs a été prise d'assaut, l'année dernière !

Hal haussa les épaules.

— Évidemment ! Il faudrait être stupide pour voir d'un bon œil la moindre violence dans la cité. Mais Gisbourne a passé des années à servir ses propres intérêts et à gouverner grâce à des moyens trop…

Rowenna ne put entendre la suite car sa mère vint se camper au milieu de la pièce dans un froissement de jupes et fit taire tout le monde d'un geste impérieux.

— Je refuse d'entendre toutes ces histoires une fois de plus ! lança-t-elle.

Elle croisa les bras avec autorité et Rowenna sut que l'affaire était close. Sa mère était une femme plutôt petite, aux hanches larges et à la poitrine généreuse, qui avait su élever quatre enfants et parvenait à faire régner la paix chez elle d'un simple froncement de sourcils. Elle se servit d'ailleurs de cette arme pour calmer son époux et son beau-frère. En un instant, tous deux parurent captivés par le contenu de leurs verres – et Joanna sourit.

— Nous avons un invité, ce soir, et je compte bien célébrer sa venue comme il se doit. Rowenna, donne une coupe à ton cousin pour que nous puissions lever nos verres à son retour.

Rowenna obtempéra et se glissa aux côtés de Robbie sur le petit banc, près de la cheminée. C'était la maison de son père, mais Hal, au lieu de prendre la parole, laissa la place à Roger. Celui-ci accueillit formellement Robbie au sein de sa famille et lui souhaita bonne chance pour le tournoi. Tout le monde applaudit. Tante Lucy, émue, essuya une larme et Roger passa un bras autour de ses épaules pour l'embrasser. Leurs filles, gênées par une telle démonstration d'affection, poussèrent de hauts cris et Lucy écarta son époux d'un geste amusé. Cette désapprobation de façade ne l'empêcha pas de s'appuyer contre lui, une main posée à sa taille, remarqua Rowenna. La dispute entre les deux frères était déjà oubliée et toute la compagnie semblait de bonne humeur.

— Est-ce que nos pères se querellent souvent, comme ça ? demanda Robbie à voix basse.

— Oh ! tout le temps ! Ce n'est jamais sérieux, mais cela arrive de plus en plus souvent depuis les émeutes de l'année passée, répondit Rowenna.

Elle but une gorgée de vin qui lui fit froncer le nez. Elle n'aimait pas la sensation de brûlure laissée par cette cuvée.

— Rien n'a changé, tu sais : ils sont toujours aussi convaincus d'avoir raison l'un et l'autre…

Robbie jeta un coup d'œil à son père et son visage s'assombrit un peu. Était-ce l'obstination de Roger qui avait causé cette étrange froideur entre eux ?

— Oui, je me souviens, dit-il avec un froncement de sourcils. Malheureusement, les émeutes se sont étendues à tout le pays, maintenant.

— Ne dis surtout pas cela, ou ils vont recommencer ! Tu n'imagines pas à quel point j'ai dû négocier pour persuader Père de me laisser venir à York, cette semaine ! Il voulait que je reste à Ravenscrag, en sécurité, au cas où il y aurait de nouveaux troubles. Si je ne me comporte pas comme il faut, il ne me laissera pas assister au festin du solstice ; et il est hors de question que je rate ça !

Robbie eut un petit rire et leva sa coupe avec une révérence moqueuse.

— Je suis convaincu que tu pourrais faire changer n'importe qui d'avis, avec un peu de persévérance.

Rowenna s'adossa au fond du banc plus confortablement, en replaçant les coussins colorés derrière elle. Le siège était étroit, son bras et sa jambe étaient pressés contre ceux de Robbie – ce qui lui plaisait plus qu'elle n'aurait osé le dire. Il faisait chaud dans la pièce, et une douce torpeur s'empara d'elle. Ce serait si bon de pouvoir appuyer sa tête sur l'épaule de Robbie et de somnoler tout contre lui… Au bout d'un moment, Joan se plaignit qu'elle était fatiguée et alla se coucher. Anne et Lisbet étaient assises de chaque côté de Ralf et jouaient avec Simon, le chiot. Les deux chats de la maison dormaient près d'eux. Hal et Roger étaient assis avec leurs épouses sur l'autre banc, en face de Rowenna et Robbie.

La soirée passa comme un éclair. Robbie répondit patiemment à toutes les questions qu'on lui posait sur sa vie dans la maison de Sir John ; mais Rowenna sentait que parler autant était une épreuve pour lui.

Finalement, il se redressa et déclara :

— J-je ferais mieux de rentrer.

Ce fut le signal du coucher pour toute la compagnie. Rowenna entreprit de rassembler les verres et les porta dans la réserve. Robbie la suivit avec la carafe. Elle posa le tout sur une étagère et s'apprêtait à retourner dans la salle quand son cousin lui prit la main pour la retenir. Rowenna fut surprise de voir à quel point il paraissait sérieux, tout à coup.

— Quelque chose ne va pas ?

— Oserai-je t'en parler ? murmura Robbie, visiblement plus pour lui que pour elle, tout en jetant un rapide coup d'œil à la salle par la porte restée ouverte.

— Me parler de quoi ? Tu sais que tu peux tout me dire, Robbie.

— Quand Sir John a p-parlé de mariage entre nous, que voulait-il dire à ton avis ?

Rowenna réfléchit pendant quelques instants.

— Je suppose qu'il pensait que nous étions promis

l'un à l'autre, puisque nous sommes cousins. Pour être honnête, je n'y ai pas vraiment songé depuis tout à l'heure.

— Et si je te disais que j'envisage de me m-marier ? Enfin, j'espère pouvoir…

Robbie parlait de plus en plus bas et hésita quelques instants.

Ses yeux chaleureux s'emplirent d'une flamme passionnée. Rowenna dut cacher sa stupéfaction tant bien que mal. Leur conversation prenait un tour inattendu – mais pas entièrement malvenu. Son cœur se mit à battre plus fort, tambourinant contre ses côtes à les briser.

— Dis-moi tout, souffla-t-elle.

Bien sûr qu'elle accepterait la demande de Robbie. Cela faisait des années qu'elle rêvait du jour où il reviendrait pour lui demander sa main, surtout après sa petite plaisanterie, le soir de son départ. Jamais encore elle n'avait autant apprécié un homme et elle profiterait sans doute beaucoup plus de son séjour à York si elle n'avait plus à traquer un prétendant prêt à fermer les yeux sur le fait que son père était un bâtard.

— Elle s'appelle M-Mary, reprit Robbie dans un élan plus fiévreux que jamais.

À ces mots, une boule se forma dans la gorge de Rowenna. Pourvu qu'elle arrive à parler sans s'étrangler…, songea-t-elle. Robbie aimait une autre femme. Pas elle. Mortifiée, Rowenna serra les dents de son mieux. Pour la première fois de sa vie, elle fut réellement soulagée d'avoir appris les bonnes manières auprès de Lady Danby. Que se serait-il passé, si elle avait lâché impulsivement une réponse à la question que Robbie n'avait de toute évidence aucune intention de lui poser ?

— Quelque chose ne va pas ?

Robbie attendait sa réaction avec une solennité qui lui donnait un air vulnérable, en dépit de sa silhouette imposante. Rowenna se secoua pour chasser sa déception et fit un petit geste nonchalant, comme pour détruire une toile d'araignée devant elle.

— Je pensais juste que… Vu que tu as mentionné la remarque de Sir John, je pensais que tu allais *me* demander de t'épouser. Tu te rends compte ? J'ai l'air bête, hein ?

Elle gloussa pour bien lui montrer à quel point elle trouvait cette idée absurde. Robbie parut d'abord surpris, puis rit à son tour.

— Qui est cette mystérieuse Mary ?

— C'est la nièce de Sir John.

Un poignard acéré transperça le cœur de Rowenna. Bien sûr, Robbie devait avoir rencontré beaucoup de femmes, ces dernières années. C'était normal, quand on vivait dans la demeure d'un seigneur. Les lettres qu'ils avaient échangées avaient toujours été tendres et affectueuses, mais un malheureux rouleau de parchemin ne pourrait jamais se mesurer à une vraie personne. Rowenna avait grandi cloîtrée dans la lande. Elle n'aurait pas été plus à l'écart du monde si elle était entrée au couvent…

La déception qui l'envahissait était d'autant plus poignante qu'elle avait espéré quelque chose d'autre, sans vraiment en prendre conscience. Elle ne savait même plus si elle enviait plutôt Mary pour avoir su capturer le cœur de Robbie, ou Robbie parce qu'il avait la chance de rencontrer davantage de bons partis qu'elle.

Il ne la regardait même plus, d'ailleurs, perdu dans une rêverie lointaine. Elle aurait voulu frapper dans ses mains pour le faire revenir à la réalité, mais n'osa pas.

— Elle a des cheveux d'or et les yeux les plus bleus qu'on puisse imaginer, dit-il d'une voix absente. Elle est grande, fine, gracieuse…

Bref, tout ce que Rowenna n'était pas.

— Tu ne m'en as jamais rien écrit ! protesta-t-elle.

Elle passa les bras autour du cou de Robbie et le dévisagea avec le peu de complicité dont elle se sentait capable.

Robbie la prit par la taille. Comme c'était cruel ! Comment pouvait-il la toucher avec une telle douceur, une telle tendresse, et ne rien deviner des émotions qui la tourmentaient ?

— Est-ce que ta Mary partage tes sentiments, au moins ?

— Je ne sais pas. Je ne lui ai encore jamais parlé. Elle n'est sortie du couvent qu'il y a un mois, et elle a déjà beaucoup de p-prétendants, lâcha Robbie avec amertume. Tu sais que j'ai du mal à m'exprimer quand je suis nerveux, mais si je fais mes preuves pendant le tournoi, je trouverai peut-être le courage de lui adresser la parole.

Cette fois, Rowenna ne put rester de marbre.

— Tu ne sais même pas ce qu'elle pense de toi et tu envisages de lui demander sa main ?

Robbie parut soudain douter. Il l'enlaçait toujours tout en parlant de Mary. Était-ce vraiment le comportement d'un amant dévoué ? Elle s'écarta doucement de lui, lui prit les mains et les tint devant elle.

— Je ne te croyais pas aussi audacieux, dit-elle. Mais si c'est ce que tu désires vraiment, je te souhaite bonne chance.

— Et toi ? s'enquit Robbie. Est-ce qu'il y a quelqu'un de spécial dans ta vie ?

Rowenna alla jusqu'à la fenêtre et renvoya ses cheveux par-dessus son épaule d'un geste étudié pour ne pas lui laisser le temps de lire sa réponse dans son regard.

— Qui pourrait me plaire, à Ravenscrag ? C'est bien pour cela que j'ai tant insisté pour que Père et Mère me fassent venir à York pendant le tournoi. J'ai l'intention de trouver un époux.

Est-ce que le sourire de Robbie venait de faiblir ? Est-ce que le tic qui agita un instant sa paupière trahissait son déplaisir à cette idée ? Rowenna émit un petit rire vide qui masquait tant bien que mal le désir qui brûlait au fond de son cœur.

Elle jeta un coup d'œil dans la rue, par la fenêtre. D'autres hommes devaient être arrivés, des écuyers espérant être adoubés à la fin du tournoi et prêts à tomber amoureux. Robbie n'était pas le seul homme à York ! Il n'avait pas besoin de savoir qu'il était l'un des prétendants qu'elle avait espéré attirer pendant son séjour. Si jamais il pensait qu'elle en aimait un autre, la jalousie réveillerait peut-être son intérêt.

— J'ai l'intention de faire un beau mariage, Robbie. Je refuse de me contenter d'un homme qui ne soit pas noble, ou au moins chevalier. À la rigueur, je pourrais accepter de devenir l'épouse d'un marchand, s'il est riche. Je l'emmènerai à Wharram Danby pour parader devant Lady Trique jusqu'à ce qu'elle admette qu'elle s'est trompée sur mon compte.

Robbie parut surpris par tant de férocité.

— Tu veux un mari aimant ? Ou un étalon de race à montrer à tout le monde ? demanda-t-il.

Rowenna éclata de rire et fut soulagée de voir Robbie sourire de nouveau.

— Autrefois, tu m'as promis de me trouver un mari, tu t'en souviens ? C'était pendant notre dernière soirée ensemble.

— Oui, je m'en souviens.

Il la contempla un moment. Se souvenait-il aussi de ce qu'il lui avait dit juste avant cette promesse ?

— Je ne suis pas certain de connaître un homme qui te mérite, tu sais, murmura-t-il avant de sourire. Ou un homme assez courageux pour t'approcher !

Elle rit et lui tapota sévèrement le bras, comme elle le faisait si souvent autrefois. Ce n'était peut-être pas digne d'une lady, mais c'était un geste intime qu'elle n'aurait osé faire avec personne d'autre. Robbie lui attrapa vivement le poignet et emprisonna sa main entre les siennes. Ils restèrent ainsi, immobiles dans la réserve, les mains jointes. Rowenna ne put s'empêcher de serrer les doigts de son cousin plus fort.

— Tu m'as manqué.

— Toi aussi, répondit Robbie. J'espère que nous trouverons tous les deux ce que nous sommes venus chercher ici et que nous connaîtrons enfin le bonheur que nous méritons.

Il déposa un petit baiser sur sa joue et retourna dans la salle, en se penchant pour passer sous la porte basse. Rowenna lava vite les coupes et les laissa sécher. Quand elle retrouva les autres, Robbie était déjà prêt à partir. Il embrassa sa mère avec affection, adressa un petit clin d'œil à Rowenna et quitta la maison.

Tandis qu'elle se préparait à se coucher, Rowenna ne pouvait s'empêcher de songer à la manière dont son cœur avait bondi quand Robbie lui avait parlé de mariage. Elle aurait pu être tellement heureuse avec lui !

Durant les années de son absence, à chaque fois qu'elle avait essayé d'imaginer le noble chevalier avec lequel elle espérait vivre pour prouver enfin à tout le monde qu'elle était une lady, il avait toujours eu les traits de Robbie. À présent qu'ils s'étaient retrouvés, cette image la hantait plus que jamais. Elle avait été simplement déçue qu'il s'intéresse à une autre femme, pas envieuse de toutes les opportunités qu'il avait et qu'elle ne connaîtrait jamais…

Rowenna soupira et délaça son corsage, s'attirant un regard étrange de la part de Lisbet. Puis, sans un mot, elle se glissa sous les couvertures, entre les jumelles, et ferma les yeux.

En entendant Robbie parler de Mary, elle avait eu l'impression qu'il s'agissait plus d'un vague penchant passager que d'un véritable amour. Il la connaissait à peine et aurait besoin de temps avant de trouver le courage de lui parler. Pendant ce temps, Rowenna ferait de son mieux pour le voir aussi souvent que possible. L'affection que son cousin avait pour elle se transformerait peut-être en un sentiment plus fort… et finirait par éclipser sa Mary. Et, si cela ne fonctionnait pas, elle pourrait toujours se rabattre sur les autres hommes prêts à la séduire. N'était-ce pas ce qu'elle lui avait dit ?

Chapitre 4

Robbie leva son écu à la hauteur de son visage et se pencha d'un geste vif. Il parvint à parer l'attaque de son adversaire au moment où l'épée de celui-ci allait percuter son casque. Au lieu de le terrasser, la lame heurta le bord de son petit bouclier rond.

Une clameur monta du public. Au milieu du brouhaha général, le crissement du métal fit grincer les dents de Robbie. Il recula, se fendit, se redressa, se fendit encore. Chacun de ses gestes était vif et assuré. Pendant cette danse, il se préparait intérieurement au prochain assaut. Ses doigts se serrèrent sur la garde de sa courte épée. Dans un instant, il plongerait de nouveau. La parade serait la clé de sa victoire. Cela, et esquiver les coups qui risquaient le plus de meurtrir sa chair.

Est-ce que Mary était là ? Est-ce qu'elle regardait ? Robbie serra les dents une nouvelle fois, conscient que le moindre regard en direction des clôtures qui délimitaient la lice lui ferait baisser sa garde. Il avait battu sans peine son premier adversaire – un écuyer rouquin du Derbyshire – mais avait perdu son second combat. Ce troisième affrontement déciderait donc de son destin. Et, malheureusement, il avait fallu que le tirage au sort l'oppose à Cecil ! Au fil des ans, ils avaient nourri quelques rancœurs amicales et étaient tous les deux prêts à les régler dans la lice. Robbie aurait de loin préféré un ennemi uniquement motivé par la compétition, sans griefs personnels.

Cecil leva une fois de plus son épée en poussant un grognement. Robbie eut le temps de faire un pas de côté. Il ne reçut qu'un petit coup sur la hanche, du plat de la lame.

Mieux encore : il était maintenant derrière Cecil, qui s'était bêtement coincé dans un angle du terrain clos. C'était au tour de Robbie de frapper. Cecil était plutôt petit, ce qui donnait un avantage à Robbie, mais son ami était aussi plus large d'épaules et plus fort… Il plongea en avant au moment où Robbie attaquait. En un geste rapide, Robbie donna un grand coup de bouclier dans le ventre de son adversaire pour le déséquilibrer mais, hélas, fut incapable d'arrêter son élan. Il retrouva cependant ses repères plus vite que Cecil et, dans un grand geste circulaire, le frappa entre les omoplates. Un second coup rapidement enchaîné envoya Cecil au sol. Son bouclier lui échappa, provoquant une nouvelle clameur farouche dans le public. Cecil leva finalement une main pour se rendre. Robbie avait gagné.

Il abaissa son arme et aida son compagnon à se relever. Les deux amis se serrèrent la main et s'inclinèrent respectueusement devant l'arbitre.

— Robert Danby, écuyer de Sir John Wallingdon de Wentbrig, est déclaré vainqueur !

Un fanion aux couleurs de la maison de Sir John fut ajouté au grand tableau des victoires. Robbie sentit la fierté monter en lui – un flot d'orgueil mêlé d'une pointe d'impatience. Ce jour-là, il s'était battu pour défendre le blason de son maître. Combien de temps devrait-il encore attendre avant d'entrer en lice pour défendre son propre honneur, son propre nom ? Les deux combattants récupérèrent leurs armes et se retirèrent sous un tonnerre d'applaudissements. Ils se laissèrent tomber côte à côte sur un banc et ôtèrent péniblement leurs casques, puis leurs armures. Une demi-journée entière s'était écoulée avant que l'on appelle Robbie dans la lice. Le soleil était déjà haut dans le ciel et la faible brise qui soufflait ne suffisait pas à traverser les épaisseurs de toile molletonnée qu'ils portaient sous leurs cottes de mailles.

— Beau combat ! J'ai bien cru que tu allais m'avoir, à certains moments, lança Robbie à Cecil en lui tendant la main.

Son ami la serra avant de passer les doigts dans ses épais cheveux blonds.

— Peut-être la prochaine fois, répondit-il. Est-ce que tu combats de nouveau, aujourd'hui ?

Robbie fit non de la tête.

— Je m'essaierai aux épreuves d'archerie, demain. Et, bien sûr, je participerai à la mêlée dans trois jours.

Contrairement à Cecil et à de nombreux autres écuyers qui s'inscrivaient à toutes les épreuves, Robbie aimait avoir le temps de regarder les chevaliers faire démonstration de leurs talents. Il avait tellement besoin de prouver sa valeur à son maître que cela le faisait physiquement souffrir, de temps à autre ; mais il se rappelait aussi qu'il aurait largement le temps d'y parvenir après son adoubement. En revanche, l'opportunité d'observer et d'apprendre était une chance rare…

Un page leur apporta de la bière. Robbie but la sienne en trois gorgées avant de dénouer son capuchon et de le laisser tomber par terre. Ses cheveux humides étaient plaqués à ses joues. Quand il ôta enfin son gambison molletonné, sa chemise de lin pourtant large et légère resta collée à sa peau, empoissée par la transpiration. Il regretta un instant de ne pas être à Wharram, pour se plonger dans le ruisseau chantant, glacé même en été, comme il l'avait tant fait pendant son enfance. Tout à coup, une amère mélancolie le saisit.

Il se débarrassa de sa chemise et plongea la tête dans

le bassin destiné à la toilette des combattants. L'eau n'y était pas aussi fraîche qu'il l'aurait voulu, mais elle lui fit néanmoins du bien. Il retint son souffle et s'aspergea la tête, le visage et le corps avant de se frotter vigoureusement. Puis il se redressa et rejeta la tête en arrière. Des filets d'eau coulaient le long de ses cheveux, de son torse et de son dos, pour dessiner des auréoles mouillées à la ceinture de son pantalon. Robbie sentait déjà les muscles de ses cuisses, de son buste et de ses bras se raidir après tant d'efforts.

Il plongea sa chemise dans l'eau et l'essora avant d'essuyer sa sueur à s'en rougir la peau. Après ce traitement, la chemise était détrempée et sale. Il l'abandonna au bord du bassin.

— Cecil, tu sais où est ma chemise propre ? demanda-t-il sans se retourner.

Le vêtement lui fut envoyé à la tête par-derrière, accompagné par un gloussement féminin qui le fit sursauter. Ce n'était pas Cecil, qui se moquait de lui de cette manière ! Robbie fit volte-face d'un bond. Rowenna était campée à quelques pas de lui, accompagnée par Anne et Lisbet, bras dessus bras dessous. Les jumelles étaient de belles filles, à présent, mais elles se ressemblaient tant que Robbie n'était plus certain de pouvoir les reconnaître.

— Tu parlais tout seul, lança Rowenna, quand elle eut tant bien que mal étouffé son rire.

Robbie jeta un coup d'œil autour de lui. Elle avait raison. Cecil était sans doute déjà retourné auprès de Sir John, laissant Robbie le suivre quand il serait prêt.

— Comment êtes-vous entrées ici, toutes les trois ?

La zone était réservée aux combattants et à leurs pages.

Rowenna eut une petite moue malicieuse.

— L'un des gardes est un client de mon père. Je n'ai eu qu'à lui sourire et lui dire que j'avais un message pour mon cousin… Qui est Cecil ?

— C'est un ami. Est-ce que ta mère sait que tu es là ?

Robbie avait du mal à imaginer sa stricte tante Joanna autorisant sa fille à se glisser dans un campement rempli de jeunes hommes – même pour voir son cousin. Un éclair de culpabilité traversa les yeux de Rowenna.

— Elle m'a dit de faire vite et de ne jamais en parler à mon père. Est-ce que Cecil est écuyer, comme toi ?

— Oui, il est l'écuyer de table de Sir John, quand moi je suis son écuyer de corps. Je m'occupe de ses armures et de ses chevaux, c'est ce que je préfère.

Rowenna gloussa de plus belle.

— Cecil a l'air d'avoir le meilleur rôle : moins de risques d'être mordu par un cheval, et une chance de goûter aux plus délicieuses pâtisseries…

— J'aime les chevaux. Ils sont paisibles et reposants. Placides. Simples.

Et ils ne se souciaient pas de son bégaiement, songea Robbie.

— C'est le genre de compagnie que tu veux avoir ? Moi, je préfère de loin les friandises !

Rowenna rit de plus belle et se lécha les lèvres. La pointe rosée de sa langue en suivit les contours avec bonheur, comme si elle se délectait en pensée des mets les plus fins servis à la table de Sir John. Robbie la contempla un instant, songeur, conscient qu'il l'avait vexée la veille encore en l'appelant par son vieux surnom. Qu'il avait eu tort ! Rowenna n'avait plus rien d'une « Lady Brioche ».

Pendant quelques instants, il avait peut-être été un peu agacé que Cecil l'ait abandonné comme cela, mais il était finalement soulagé que son compagnon ait eu le bon sens de partir avant l'arrivée de Rowenna. La veille, quand Robbie était rentré à l'auberge, Cecil avait fait des remarques plutôt salaces sur l'identité de sa mystérieuse visiteuse. Robbie s'était efforcé de lui faire oublier sa curiosité en lui racontant des histoires de famille. Après tout, Cecil n'avait-il pas décidé que Rowenna était une femme de lettres ennuyeuse et pâle ? Robbie n'était pas pressé de les présenter l'un à l'autre et de détromper son ami. Mieux valait que le volage Cecil n'ait pas l'occasion de s'intéresser à sa cousine…

Robbie se rendit soudain compte que Rowenna le dévisageait toujours et qu'un grand sourire dansait sur ses lèvres rosées. Ce jour-là, elle avait rabattu ses cheveux en arrière, les avait séparés par une nette raie au milieu et les avait disciplinés en tresses serrées ornées de rubans et maintenues en boucles amples derrière ses oreilles. Cette coiffure tendait sa peau et étirait légèrement ses yeux, rappelant à Robbie le museau d'un chat. Elle s'humecta les lèvres une fois de plus du bout de la langue et fixa Robbie d'un regard intense qui lui donna encore plus l'impression d'être une souris sur le point de se faire dévorer.

— Je ne pensais pas te revoir aujourd'hui. Est-ce que tu m'as regardé combattre ? demanda-t-il.

— Oh non ! Nous sommes venus voir la joute.

Une profonde déception envahit Robbie. Sa famille et même sa plus chère amie n'avaient pas jugé intéressant de le voir participer aux épreuves… Il faillit tourner les talons avec amertume quand Rowenna éclata une nouvelle fois de rire.

— Je plaisante, Robbie. Bien sûr que nous t'avons regardé ! Comment peux-tu en douter ? Nous sommes tous venus pour ça.

Elle renversa la tête en direction de la lice et les boucles de ses tresses s'agitèrent contre ses joues. Une telle coiffure lui faisait-elle mal à la tête ? Robbie eut soudain envie de délivrer les cheveux de sa cousine pour glisser les doigts entre ses mèches soyeuses. Il avait toujours le ruban bleu qu'elle lui avait donné, bien à l'abri dans sa malle. L'espace d'un instant, il voulut lui en demander un second pour l'ajouter à son trésor.

Les jumelles s'approchèrent pour le serrer dans leurs bras. Celle qui devait être Lisbet le félicita de son succès en leur nom à toutes les deux tandis qu'Anne, silencieuse comme à son habitude, se contentait de lui tenir la main. Il fallut que Rowenna les oblige à le lâcher pour qu'elles s'éloignent ensemble à la recherche de la vendeuse de prunes confites. Robbie et sa cousine restèrent seuls, au milieu du tumulte qui régnait dans le campement. Elle ne l'avait pas encore félicité pour sa performance, remarqua-t-il.

— Est-ce que je t'ai impressionnée ? Tu ne m'avais pas vu me battre depuis longtemps, s'enquit-il d'une voix qu'il voulait insouciante.

— Je ne t'ai même jamais vu te battre pour de vrai, juste faire semblant.

D'un seul coup, le sourire de Rowenna disparut sous un masque sérieux. Elle retrouva toute son élégance de la veille, quand elle avait parlé à Sir John ou au prétendant maladroit qui les avait interrompus sur le chemin de la maison.

— Tu as été extraordinaire, mais j'ai eu beaucoup de mal à regarder le combat par moments. J'avais tellement peur que tu perdes. Et ces duels ont l'air si dangereux !

Elle s'approcha d'un pas et posa avec douceur la main sur les côtes douloureuses de Robbie, du côté gauche, à l'endroit où il avait reçu les pires attaques de Cecil.

— Est-ce que tu es gravement blessé ? demanda-t-elle d'une voix inquiète.

Sa paume recouvrait ce qui deviendrait bientôt un hématome bleuâtre et ses doigts fins s'étiraient sous le bras de Robbie, le pouce de la jeune femme effleurant dangereusement son téton. La main de Rowenna était douce et chaude contre sa peau nue encore humide. Aucune femme ne l'avait encore touché d'une manière aussi intime auparavant et sa chair, déjà mise à rude épreuve par son combat et sa toilette vigoureuse, s'échauffa davantage encore au contact de cette main tiède. Il tressaillit instinctivement. Rowenna frissonna aussi et, comme si elle s'était soudain rendu compte de ce qu'elle faisait, s'écarta brusquement de lui.

— Je suis navrée, c'était déplacé de ma part…

— Non, s'empressa de répondre Robbie avec un sourire rassurant. Je suis un peu sensible après tout ça. Tu m'as surpris.

À la vérité, la caresse de sa cousine avait été étrangement apaisante et excitante à la fois. Maintenant qu'elle s'était reculée, Robbie regrettait de ne pas l'avoir laissée le toucher plus longtemps. Il aurait voulu qu'elle fasse courir ses doigts délicats sur les bleus qui commençaient à apparaître et qu'elle soulage les muscles de son dos, de son estomac, de ses bras et de ses jambes qui protestaient déjà.

Il la dévisagea un instant, choqué par ses propres pensées. Comment les innocentes attentions de Rowenna avaient-elles pu faire naître en lui des pensées aussi indécentes ? Par exemple, l'image d'elle en train de le caresser à des endroits bien plus intimes… Robbie se détourna et préféra contempler la chemise qu'il tenait toujours à la main. Il devait avoir l'air bien négligé, à moitié nu et encore mouillé. Heureusement pour lui, il avait eu le bon sens de garder son pantalon au lieu de se déshabiller complètement et de se laver dans son linge de corps. Cela n'aurait pas été un spectacle approprié pour une jeune fille !

À force de vivre dans la maison d'un grand seigneur et de voyager dans toute l'Angleterre, Robbie avait pris l'habitude de partager la chambre d'autres écuyers. Dès l'embarras humiliant de la puberté passé, il avait cessé de s'inquiéter de sa nudité. Cependant, être à moitié nu devant ses compagnons était une chose, mais devant Rowenna… Il sentit soudain monter en lui une étonnante timidité.

D'ailleurs, il n'était pas aidé par le fait que Rowenna soit toujours en train de le contempler sans ciller, comme s'il était un éléphant ou une manticore – une curiosité de la nature et pas un homme. Le père et le frère de sa cousine travaillaient pourtant dans la chaleur insoutenable de la forge à longueur de journée et ils se débarrassaient souvent de leurs chemises. Rowenna avait forcément vu des corps d'hommes, dans sa vie. Pourquoi donc le regardait-elle avec de grands yeux écarquillés et un intérêt que Robbie n'aurait su expliquer ?

— Merci pour la chemise, finit-il par dire. Je ferais mieux de me rhabiller : il faut que je parle avec Sir John.

Il glissa les bras dans les larges manches de sa chemise et la passa par-dessus sa tête. Quand il eut fini, il fut surpris de découvrir une pointe de déception dans le regard de Rowenna.

— Je pensais que tu nous rejoindrais…

Robbie sentit son estomac se nouer en voyant la déconvenue de sa cousine. S'il ne s'était agi que d'elle, il aurait pu y réfléchir à deux fois. Mais ses retrouvailles si soudaines avec Roger le troublaient et il ne voulait pas se retrouver face à son beau-père en public, de peur de trahir le secret. Ils parleraient bien sûr tôt ou tard ; mais Robbie avait bien l'intention de repousser le plus possible cette inévitable confrontation.

— Je ne peux pas venir. Je sais que c'est un jour de fête pour toi, mais je dois continuer à servir mon maître. J'ai des devoirs.

— Tu ne peux même pas prendre une heure ou deux ? Père nous a réservé des sièges au premier rang, grâce à ses liens avec le maire. On ne pourrait pas rêver meilleure vue sur la lice ! Ton père en a eu le souffle coupé quand il a découvert nos places.

Les yeux de Rowenna pétillèrent de nouveau, effaçant sa déception temporaire.

Roger adorait assister aux joutes et Robbie échangea un sourire complice avec sa cousine en songeant à la réaction enthousiaste qu'il avait dû avoir.

— C'est tellement excitant, reprit Rowenna. Je n'ai jamais vu autant d'événements divertissants se produire en si peu de temps ! Tu es sûr que tu veux manquer cela ?

Robbie croisa les bras et lui lança un regard aussi sévère qu'il le put, mais elle ne baissa pas les yeux et il finit par soupirer. Prenant le visage de sa cousine dans ses mains, il effleura les hautes pommettes qui n'étaient pas là quand elle était plus jeune. Il avait tellement envie de contempler et d'étudier chacun des changements qui s'étaient opérés en elle. Il lui redressa le menton pour lui sourire et bien lui montrer que son plaisir était sincère.

— Tu sais que tu me tentes beaucoup, Ro, mais je ne suis pas libre de faire ce que je veux comme toi. J'ai des obligations.

— Quel dommage ! Nous espérions tant te revoir avant ton départ.

— Oh ! tu me reverras. Ne t'en fais pas pour ça.

— Jusqu'à ce que tu quittes de nouveau la ville et qu'on me renvoie à Ravenscrag…

Une petite moue boudeuse déforma un instant les lèvres de Rowenna, puis elle releva sur lui ses grands yeux bordés de longs cils noirs. Ses lèvres s'entrouvrirent imperceptiblement. Robbie sentit les siennes faire de même. Il soupira et vit une étincelle danser dans les prunelles de Rowenna – l'éclat d'une émotion qu'il ne comprenait pas entièrement. Il recula à regret, répugnant à écarter ses mains de cette peau veloutée.

Il s'approcha du banc où il avait laissé ses vêtements et enfila une tunique propre. Tout en se préparant, il ne put s'empêcher de jeter un coup d'œil à sa cousine par-dessus son épaule. Elle pliait avec soin la tunique poisseuse de sueur qu'il avait abandonnée. Elle paraissait si désolée, avec ses jolies lèvres roses pincées. Mais, à l'instant où elle leva les yeux et croisa le regard de Robbie, toute trace de regret disparut de son visage. Robbie sentit la morsure du remords dans sa poitrine.

Il enfila son tabard orange et bleu, boucla sa ceinture sur ses hanches, rajusta son épée au côté, et passa une cape de laine légère vert sapin sur ses épaules. Il n'avait pas à se sentir coupable de quoi que ce soit, au fond. Il était obligé de servir son maître et ne pouvait pas se permettre de répondre à la demande de Rowenna juste parce qu'il en avait envie. De plus, bien qu'il ait envie de passer du temps avec sa cousine, son cœur l'entraînait vers la tribune de Sir John : Mary était là. Avec un peu de chance, il parviendrait enfin à attirer son attention. Il s'était déjà trop attardé à cause de l'arrivée inattendue de Rowenna…

— Je vais te raccompagner jusqu'aux tribunes, si tu veux, dit-il en lui offrant son bras. Mais je serai obligé de partir, après.

Elle posa une main légère sur son bras et Robbie sentit un picotement le traverser tandis qu'ils se frayaient lentement un chemin au milieu de la foule. C'était étrange. Son bras – et tout ce côté de son corps – lui paraissait soudain plus sensible que l'autre, plus conscient de la présence de Rowenna que des effleurements de la foule qui s'écartait de mauvaise grâce devant eux. Alors qu'ils passaient le portail étroit des tribunes principales, quelqu'un les bouscula et Robbie serra instinctivement sa cousine contre lui en passant un bras autour de ses épaules. Comme elle ne protestait pas, il laissa sa main glisser jusqu'à la taille de Rowenna et l'attira à lui pour la protéger des mouvements de foule. Dès qu'ils arrivèrent en terrain plus dégagé, cependant, elle s'écarta de lui et ne reprit pas son bras. Elle se contenta de marcher près de lui, à une distance frustrante, la tête haute.

— Pourquoi ne prends-tu pas mon bras ? demanda-t-il.

Elle lui lança un petit sourire mutin, un sourcil dressé – tour de force dont Robbie avait toujours été incapable.

— J'essaie de trouver un époux, tu te souviens ? Je ne peux pas donner l'impression que tu as des droits sur moi : personne ne me regarderait et je devrais me contenter de Geoff.

Des droits sur Rowenna…

Cette idée fit descendre un frisson le long de la colonne vertébrale de Robbie ; une vague d'excitation à laquelle il n'était pas préparé. Il tressaillit et jeta un rapide coup d'œil à Rowenna par en dessous pour voir si cette pensée avait le moindre effet sur elle. Hélas, elle paraissait tout à fait détachée, sans même la moindre rougeur aux joues. Manifestement, elle n'avait pas imaginé que ses paroles puissent avoir un tel sens pour lui. Si les pensées de Robbie prenaient un tour indécent, c'était uniquement par sa faute. Sa cousine n'y était pour rien… Sa seule présence lui montait à la tête comme s'il venait de vider une outre de vin fort.

Rowenna se glissa entre les tentes et les étals, saluant certains promeneurs avec déférence, faisant une révérence gracieuse à d'autres. Elle paraissait flattée d'attirer autant de regards admiratifs sur son passage. Robbie n'en rata aucun. Il fit de son mieux pour ravaler la jalousie possessive qui lui montait à la gorge. Après tout, Rowenna avait parfaitement le droit d'essayer d'attirer l'attention de tous les hommes qui lui plaisaient.

— Est-ce que tu serais prête à épouser ton cousin ? demanda-t-il soudain.

— Mon cousin ?

Elle leva sur lui des yeux étonnés et sonda son visage d'un air interrogateur.

— Oui, ton cousin Geoffrey.

— Oh…

Elle leva une main à ses lèvres et détourna la tête, tout en continuant à marcher.

— Père aimerait bien que je dise oui. Ce mariage renforcerait son statut au sein de la guilde : ça formerait une solide alliance entre les deux branches de la famille. Si je ne rencontre pas de prétendant plus intéressant dans les semaines à venir, je pense que je n'aurai pas le choix…

Elle baissa un peu la tête, les épaules voûtées, et soupira.

— Je suppose que je ne serai pas *malheureuse* avec lui. Geoffrey voyage de temps en temps et il pourrait me faire découvrir le royaume. Je le connais assez bien pour savoir qu'il ne lèverait jamais la main sur moi ; et il a l'habitude de m'entendre dire ce que je pense, donc cela ne risquerait pas de le choquer.

— C'est vraiment ce que tu cherches chez un époux ?

— Disons que je m'en contenterai, si je ne rencontre pas d'homme amoureux de moi.

Elle avait ri, la veille, quand Robbie l'avait accusée de vouloir un étalon de race à montrer à tout le monde. Cette fois, en revanche, elle était sérieuse. Jamais Robbie ne pourrait imaginer sa cousine au bras du jeune homme rougeaud et si maladroit qu'il avait rencontré la veille.

— Je croyais que tu voulais épouser un chevalier ou un noble, lui rappela-t-il.

Rowenna se figea brusquement et le couva d'un regard plus grave et plus sérieux que tout ce qu'il avait pu voir chez elle auparavant.

— Je suis la fille d'un bâtard, Robbie, répliqua-t-elle sèchement. Tu ne comprends donc pas ce que cela veut dire ? Si nous avions un peu de temps devant nous, je pourrais te faire passer sans peine devant cinq ou six familles de renom qui préféreraient faire semblant d'avoir une poussière dans l'œil plutôt que de me saluer. Et je ne leur en veux même pas.

Elle n'avait effectivement pas l'air en colère, comme si

elle avait passé depuis longtemps le stade de l'amertume pour atteindre celui de la résignation. Robbie sentit son estomac se nouer. Sa cousine ne savait pas à quel point ses paroles s'appliquaient aussi à lui. Plus que jamais, il sentit monter en lui un besoin impérieux de lui confier son secret et de se soulager de ce poids. Hélas, s'il en parlait à qui que ce soit, il subirait à son tour le mépris et le rejet dont Rowenna était victime. Il n'aurait plus le moindre espoir d'épouser un jour Mary. Il serra donc la main de sa cousine entre les siennes et ravala son secret honteux. Les yeux qui le dévisageaient avec froideur s'adoucirent.

— N'importe q-qui p-pourrait comprendre q-que les hasards de la naissance n-ne veulent rien dire. Il suffit d'un peu de bon sens. Un homme devrait se sentir honoré d'attirer l'attention d'une f-femme comme toi, murmura-t-il.

Rowenna rougit et ses petites fossettes se dessinèrent au creux de ses joues.

— Je dois vraiment y aller, Robbie. Mère dit qu'une jeune femme ne devrait pas se promener seule dans un endroit comme celui-ci. À bientôt, cousin.

Elle se hissa sur la pointe des pieds et déposa un petit baiser sur la joue de Robbie. Elle s'écarta ensuite, sans lui laisser le temps de lui rendre son baiser. Elle commença à s'éloigner en direction des étals de nourriture, mais se retourna dans un tourbillon de jupes.

— Si je ne te revois pas aujourd'hui, cherche-moi au festin du Solstice, lança-t-elle. Et réserve-moi une danse !

— Même si ça fait croire à tes p-prétendants que la place est déjà prise ? demanda Robbie.

Ses doigts le démangeaient et il dut s'empêcher d'effleurer sa joue, là où les lèvres de Rowenna s'étaient posées. Le poing serré, il resta parfaitement immobile.

— Aucune importance : tout le monde danse avec tout le monde dans ce genre de bals. Et je n'ai pas l'intention de me priver.

Robbie attendit qu'elle ait disparu dans la foule, puis rajusta sa cape, passa la main dans ses cheveux et se dirigea d'un pas vif vers la tribune de Sir John, de l'autre côté de la lice. Les drapeaux orange et bleu qui la décoraient le guidèrent dans la foule. Cecil Hugone était déjà installé sur un tabouret, juste en dessous de l'estrade où était assis leur maître. Un peu plus loin, près de la balustrade, Mary Scarbrick et deux autres suivantes accompagnaient Lady Isobel.

Robbie salua respectueusement la femme de Sir John, puis s'agenouilla devant son maître. Il fit de son mieux pour ne pas regarder l'objet de ses désirs, bien qu'il mourût de savoir si Mary avait remarqué son arrivée.

— Maître Hugone me dit que tu as gagné votre combat et que mes couleurs flottent une fois de plus en tête des tableaux, déclara Sir John.

Il s'interrompit pour applaudir bruyamment quand l'un des chevaliers du tournoi fut désarçonné et s'écrasa sur le sable de la lice.

— Je suis ravi de pouvoir honorer votre nom, répondit Robbie avec lenteur, en choisissant soigneusement des mots sur lesquels il ne risquait pas de buter. J'espère pouvoir faire de même demain.

— Toutes mes félicitations. Lève-toi, maître Danby, et viens nous rejoindre.

Robbie obéit et s'autorisa enfin un regard en direction de Mary. Ses cheveux clairs étaient pris sous un bandeau de soie assorti à sa robe et ses yeux bleus ne quittaient pas son ouvrage de broderie. Si elle avait remarqué Robbie, elle ne se trahit pas. Il se faufila dans la rangée de sièges et lança un regard expressif à Cecil. Celui-ci se décala avec un sourire entendu et laissa Robbie prendre sa place, près de Mary. Elle lui adressa un sourire furtif, sans un mot.

— Bonj-j-j…

Robbie se mordit la langue et serra les poings. Comment

pouvait-il espérer faire la cour à cette femme, s'il n'arrivait même pas à la saluer sans bégayer ? « Ravi de vous voir ? » Non, il risquait de s'emmêler aussi.

— Comment allez-vous ? finit-il par dire.

Elle le regarda, puis contempla la lice où les chevaliers attendaient le signal du troisième assaut. Dans un soupir, elle croisa les mains sur sa broderie.

— Je vais bien, mais je serai soulagée quand cette journée se terminera enfin. J'ai déjà passé toute la matinée assise ici, sans rien d'autre à faire que regarder la joute…

De toute évidence, elle ne trouvait pas le spectacle distrayant.

— Peut-être pourrais-je vous divertir ? suggéra Robbie en rapprochant son tabouret d'elle.

La jeune femme ne protesta pas, mais l'idée ne parut pas non plus l'enthousiasmer. Sans se laisser décourager, Robbie poursuivit :

— Vous n'avez pas assisté aux autres épreuves ?

Il avait espéré qu'elle voie son combat.

— Non. Juste celle-ci, répondit Mary sans cacher l'ennui mortel que la joute lui inspirait. Vous n'êtes pas entré en lice ?

— J'ai combattu à l-l-l…

Robbie prit une profonde inspiration, conscient du voile de transpiration qui commençait à se former sur son front, et lui indiqua simplement son épée d'un regard.

Mary le gratifia d'un second sourire peu convaincu.

— Tout le monde n'est pas doué pour jouter, j'imagine.

— J'aimais beaucoup cela quand j'étais petit, mais j'ai perdu tout intérêt pour ce sport en quittant ma maison.

Il était inutile d'expliquer à la jeune femme le fossé qui s'était creusé entre Roger et lui, ou de lui avouer que leur dispute avait anéanti son amour pour la joute. Ce sport était à présent associé à un insupportable sentiment de trahison dans l'esprit de Robbie.

Mary réfléchit un instant.

— Je suppose que participer à ce genre d'épreuve coûte très cher. Il est plus facile de se procurer une épée.

Cela aurait pu sonner comme une insulte, mais la voix de Mary était si douce que Robbie ne put croire à la moindre méchanceté de sa part.

— Tout coûte cher, de nos jours. Heureusement, ma famille vit dans un grand confort à Wharram Danby.

À ces mots, le regard de Mary pétilla. Elle se redressa et se tourna un peu plus vers Robbie pour lui demander où se trouvaient les terres de son père. Il entreprit de lui décrire d'une voix hésitante les collines herbeuses qui entouraient le village, l'auberge animée pour laquelle sa mère avait brassé sa meilleure bière et qu'elle avait dirigée d'une main de fer, les troupeaux de moutons dont Roger avait hérité à la mort de son père. Faire tant d'efforts pour parler était épuisant…

— De la bière et des moutons ? C'est plutôt… inhabituel, remarqua Mary sèchement. Parlez-moi un peu plus de votre maison.

Robbie lui décrivit alors le village flanqué de ses deux manoirs. Il exagéra un peu la taille des bâtiments, des troupeaux et la richesse du mobilier. Il avait enfin réussi à retenir l'attention de Mary quand une fanfare se mit à jouer. La jeune femme se tourna immédiatement vers la lice dans laquelle venaient de pénétrer deux nouveaux chevaliers sur leurs destriers.

Robbie se tassa sur son tabouret, songeant à son beau-père. Roger accomplissait ses journées de travail au service d'Horace, le nouveau seigneur de Pickering, mais il se contentait le reste du temps de vivre paisiblement chez lui avec sa femme et ses filles. Jamais il n'avait cherché à décrocher des prix dans les tournois. En tout cas, pas à la connaissance de Robbie.

Hal était le plus ambitieux des deux frères, bien

décidé à amasser une grande fortune et à augmenter son influence au sein de la guilde pour se hisser au meilleur rang auquel il pouvait prétendre. La dot de Rowenna serait probablement deux fois plus importante que celles d'Anne, de Lisbet ou de Joan. C'était bien une preuve de plus de l'irresponsabilité de Roger en ce qui concernait sa famille.

Robbie se redressa de nouveau et scruta la foule à la recherche de la silhouette de Rowenna mais ne la trouva pas. Peut-être qu'elle était avec leurs parents, ou bien peut-être qu'elle s'attardait encore près du campement dans l'espoir d'attirer l'attention d'un des jeunes chevaliers qui attendaient encore leur tour. Tout à coup, Robbie ne supporta plus de rester assis sans rien faire. Il avait besoin de marcher pour soulager la pression qui lui enserrait la poitrine. Il n'avait aucune envie de passer le reste de sa journée ainsi, dans l'oisiveté – même si cela impliquait de s'éloigner de Mary. Hélas, il ne pouvait pas simplement se lever et s'en aller. Comme il avait essayé de l'expliquer à Rowenna, il n'était pas maître de ses actions. Il tira discrètement sur le col de sa tunique. La journée devenait chaude et une idée soudaine lui vint. Il se tourna vers Sir John.

— Monseigneur, cette torpeur est étouffante. M'autorisez-vous à aller chercher des b-boissons pour désaltérer tout le monde ?

— Bonne idée. Et pour célébrer les victoires que maître Hugone et toi avez remportées, je paierai de ma poche.

Il tendit à Robbie une petite bourse garnie de pièces. Mary lui adressa un sourire plus chaleureux que tous les autres et il la salua très bas, la fixant d'un regard qu'il voulait dévoué.

— Que voulez-vous que je vous rapporte ? demanda-t-il. Ou bien… Peut-être préféreriez-vous m'accompagner ?

— Dans cette foule ? s'écria Mary avec une grimace

horrifiée. Ce n'est pas la place d'une dame, et j'aurais trop peur qu'il m'arrive quelque chose…

Robbie étouffa un sourire et se préparait à prendre le rôle de protecteur quand quelqu'un l'interpella d'une voix forte.

— Robbie, te voilà, mon garçon !

Il reconnut immédiatement les intonations de Lord Danby et sentit son estomac se nouer. Roger n'était-il pas satisfait d'avoir détruit tout ce en quoi il croyait ? Voulait-il en plus saboter ses maigres chances de bonheur ? Sa famille n'aurait pas pu choisir un pire moment pour faire son apparition… Hélas, Robbie ne put ignorer les silhouettes de ses parents, de son oncle et de sa tante qui se frayaient un chemin jusqu'à la tribune.

— Est-ce votre famille ? demanda Mary.

Robbie acquiesça et fut surpris de voir sa bien-aimée examiner les membres du groupe avec intérêt, sans le moindre dédain apparent. Et on comprenait pourquoi.

Marchant de front dans la foule qui s'ouvrait sur leur passage, les quatre Danby étaient impressionnants. Les deux femmes tenaient chacune le bras de leur époux. Ils parlaient et riaient de bon cœur. Les plus jeunes enfants les suivaient de près, pour compléter le tableau, et seule Rowenna manquait. Contrairement à Mary, elle n'avait aucun scrupule à arpenter les terres du château, seule de surcroît, songea Robbie.

Les adultes portaient leurs plus beaux atours. Les deux hommes étaient encore beaux et énergiques malgré les mèches grises qui émaillaient leur barbe et leurs cheveux, ou les ventres rebondis qui trahissaient leur amour pour la bonne chère. Roger portait une élégante cape de laine repoussée négligemment sur l'épaule pour dévoiler sa tunique ornée de larges broderies et un fourreau richement décoré à la ceinture. Oncle Hal, lui, avait opté pour un doublet de velours, une longue tunique et une lourde chaîne, symboles de son statut au sein de la guilde.

Tante Joanna portait un voile de soie rouge qui descendait en vagues souples et lumineuses le long de son dos. La mère de Robbie, elle, était coiffée d'un voile bleu ciel plus court – de la même couleur que celui que portait Mary. Elle l'avait clairement choisi pour mettre en valeur les trois saphirs qui ornaient son collier d'or au décor raffiné. Un autre saphir ornait son doigt, identique à celui que portait son époux. Toutes les gemmes scintillaient et captaient la lumière à chacun de ses pas.

La splendeur du spectacle n'était gâchée que par le chiot à poils longs qui se débattait et tirait sur la laisse que tante Joanna tenait fermement. Heureusement, Robbie entendit avec soulagement Mary pousser un petit soupir attendri en voyant l'animal gambader. Il se promit d'offrir un morceau de viande au cinquième Simon dès qu'il en aurait l'occasion, pour le remercier.

Les deux couples s'arrêtèrent devant la tribune de Sir John. Ce n'était pas une simple promenade, mais une visite formelle. Rowenna avait-elle joué un rôle là-dedans ? Elle n'avait toujours pas fait son apparition…

Roger salua Sir John avec panache.

— Veuillez excuser notre intrusion, Sir John, déclara-t-il. Je voulais simplement vous présenter mes respects et vous remercier pour le soin avec lequel vous avez élevé Robbie. Grâce à vous, mon fils est devenu un jeune homme accompli.

— Il a su se montrer efficace et digne de ses devoirs d'écuyer. Je suis certain qu'il fera un bon chevalier.

Robbie croisa le regard appuyé de son maître et tressaillit. Se doutait-il de l'imposture à laquelle son écuyer prenait part, depuis toutes ces années ?

Roger présenta le reste de la famille et le sourire de Sir

John s'élargit quand il apprit l'importance de Hal dans la guilde. Il jeta un coup d'œil appréciateur à Robbie.

— Je ne savais pas que tu avais des parents aussi influents, maître Danby. Ce matin encore, j'admirais la nouvelle épée du shérif de la ville. Aurai-je la chance de pouvoir commander une paire de dagues à ton oncle ?

À cet instant, Lucy s'avança et fit la révérence à Sir John et Lady Isobel. Elle les remercia à son tour, et dit qu'elle espérait de tout cœur que son fils avait été un élève attentif et obéissant.

— Je lis très peu, ce qui l'a empêché de m'écrire aussi souvent que je l'aurais voulu, soupira-t-elle de bonne grâce. Toutes les nouvelles que j'ai reçues m'ont été transmises par mon époux et par ma nièce. Mais ils m'ont dit que Robbie avait une belle plume.

Tout le monde rit poliment, sauf Robbie. Il avait été tellement frustré de ne pas pouvoir écrire à sa mère et la supplier de lui révéler le nom de son vrai père sans impliquer Roger dans leur échange… Bien entendu, faire passer sa requête par Rowenna aurait été inconcevable. Il jeta un rapide coup d'œil à Mary, qui examinait Lucy avec attention, les yeux brillants. Sir John proposa aux Danby de se joindre à eux et leur annonça que Robbie était justement sur le point d'aller chercher des boissons. Tante Joanna s'installa près de Mary, qui commença à jouer avec le chiot. Roger escorta son épouse jusqu'à un siège vide, près de Lady Isobel, puis revint vers Robbie.

— Je t'accompagne, proposa-t-il.

Robbie ne pouvait pas refuser sans avoir l'air impoli. Il soupira.

— Si tu le souhaites.

Il se dirigea lentement vers les marchands de vin, sans engager la conversation. Si Roger tenait à lui parler, qu'il commence.

— Tu t'es bien battu, ce matin, lança son beau-père

après un long silence. Tu te tiens toujours un peu trop en arrière quand tu attaques, mais ça viendra.

— Absolument pas ! s'écria Robbie, en se campant devant son beau-père les bras croisés. Mon équilibre était parfait !

Roger éclata de rire.

— Tu ne manques pas de caractère, en tout cas. Je sais que tu as parfois du mal à t'exprimer, mais je commençais à craindre que tu sois devenu trop calme et poli pour te défendre.

Robbie étudiait les vins sur l'étal.

— Je n'ai j-juste pas besoin de me pavaner comme un coq dans son poulailler. Quand je n'ai rien à dire, je ne dis rien, c'est tout.

— Tu as appris cette leçon plus facilement que moi, murmura Roger en se grattant le menton. J'ai vu que tu ne t'étais pas inscrit aux épreuves de lance à pied…

Ce commentaire avait été glissé avec nonchalance, mais Robbie tressaillit.

— Non, répondit-il.

— J'espérais te voir au moins essayer. Tu aurais pu être très bon dans cette discipline ; et c'est le sport des nobles.

Des nobles. Robbie lâcha un grognement. Son beau-père entendait-il seulement l'ironie cruelle de ses mots ? Roger paraissait déterminé à agir comme s'il n'avait pas détruit tout l'univers de Robbie quand il lui avait appris la vérité sur sa naissance. Il vivait sa vie comme si aucune de ses actions, aucune de ses paroles n'avait de conséquences. Robbie aurait presque pu lui envier son insouciance ; si elle ne laissait pas autant de blessures dans son sillage.

— J'ai perdu tout intérêt pour ce sport, répliqua-t-il froidement. Tu dois comprendre pourquoi.

Roger baissa les yeux. Il glissa une main dans sa bourse pour payer, mais Robbie l'en empêcha.

— J'ai de l'argent.

Son beau-père parut surpris mais ne protesta pas. Il se contenta d'aider Robbie à porter les cruches.

— Je pensais ce que j'ai dit à Sir John, tu sais, lui glissa-t-il à l'oreille. Cela fait bien trop longtemps que nous n'avons pas parlé, tous les deux, et tu es devenu un homme. J'aurais aimé me vanter de tes progrès, mais c'est Sir John qui en est responsable. Et toi aussi. Tu as bien travaillé, Robbie.

Robbie n'avait pas vraiment su à quoi s'attendre de la part de Roger, mais certainement pas à un compliment aussi sincère, surtout venant d'un homme qui riait de tout. Une bouffée d'affection inattendue le traversa quand il posa les yeux sur celui qui lui avait offert un nom et un foyer. Pourtant, Robbie pensait depuis longtemps que son amour pour son beau-père était éteint. Des souvenirs de son enfance emplie de tendresse et de rires lui revinrent. Il n'y avait pas eu que des mensonges : Roger avait été un bon père pour lui.

— Grand-père et toi m'avez donné de bonnes bases avant mon départ pour Wentbrig, admit-il de mauvaise grâce.

Il fut surpris de voir une profonde émotion mouiller les yeux de Roger et sentit sa propre gorge se nouer. Le secret qu'il portait l'avait poussé à prendre ses distances avec son beau-père, mais aussi avec le reste de sa famille. Ces sept dernières années auraient pu être très différentes, s'il n'était pas parti aussi fâché…

— Lord Danby m'a toujours traité avec justice. Je regrette de ne pas l'avoir revu avant sa mort.

— Tu aurais été le bienvenu n'importe quand, répondit Roger d'une voix étranglée. Tu l'es toujours.

Un peu gêné par la sincérité de son beau-père, Robbie ralentit le pas et scruta la foule tout en avançant.

— Qui cherches-tu ?

Robbie ne pensait pas être si transparent. Il serra les dents.

— Je me demande juste si je finirai un jour par apercevoir un visage qui me rappellera le mien.

Roger parut contrarié.

— Et si cela arrivait, qu'est-ce que ça pourrait bien t'apporter ?

— Cela mettrait fin à toutes mes questions. Partout où je vais, je me demande s'il est là…

Robbie se tourna vers son beau-père, les lèvres pincées. Son bref instant de faiblesse était terminé, remplacé par l'habituelle rancœur. Pendant combien de temps encore pourrait-il supporter de ne connaître que la moitié de la vérité ?

— J'ai besoin de savoir qui est mon père. Pourquoi est-ce que tu refuses de me le dire ?

— Est-ce vraiment le bon moment pour cette conversation ? marmonna Roger entre ses dents.

— Je veux que la vérité me soit dévoilée avant mon adoubement. Est-ce que je ne mérite pas de connaître le nom que j'aurais pu porter, maintenant que je suis un homme ?

— Peut-être. Mais c'est à ta mère de te parler de tout cela, répondit froidement Roger. Tu devrais lui poser la question.

Robbie se tut. Quel secret encore plus sombre sa mère allait-elle lui confier ? Il fit passer la bouteille qu'il portait d'une main à l'autre et faillit la faire tomber quand un grand inconnu en tenue de voyage se glissa sans ménagement entre Roger et lui.

Il criait tout en marchant et Robbie tressaillit en l'entendant.

— Je dois voir le maire ! J'apporte des nouvelles de Londres : Wat Tyler est mort !

Chapitre 5

Rowenna laissa sa famille aller saluer Sir John sans elle. Certes, elle avait très envie de passer le plus de temps possible avec Robbie, mais elle n'osait pas se présenter devant son maître tout de suite après leur rencontre si gênante de la veille. Tout en marchant, elle se mordilla la lèvre, perdue dans ses pensées. Qu'est-ce que le vieux chevalier avait bien pu voir sur leurs visages ou dans leurs postures pour imaginer qu'ils envisageaient de se marier ? Rowenna avait beau réfléchir, elle ne comprenait pas…

Elle sortit du terrain dédié au tournoi et se dirigea vers le marché temporaire installé un peu plus loin. Se faufilant au milieu des étals bien remplis, des marchands de babioles ou de nourriture et des artistes, elle entendait le brouhaha venant de la lice couvrir le reste. Elle s'offrit une tourte chaude à la crème et au romarin qu'elle grignota en chemin. Elle salua quelques connaissances au détour des allées puis s'arrêta finalement devant un étal de rubans bariolés.

Elle lissa la jupe de son simple surcot marron, regrettant de ne pas avoir choisi une toilette plus claire. Elle ne savait toujours pas quelle robe elle voulait porter pour le bal du Solstice et quelques nouveaux rubans pourraient peut-être l'aider à se décider. Un de couleur azur pour aller avec sa robe bleu foncé préférée ? Ou un ruban doré pour orner la coiffe rigide qui allait avec sa nouvelle robe de soie lie-de-vin ? Les deux toilettes avaient le même style, avec leur rangée de boutons qui descendait de la nuque à la taille ; mais la rouge sombre pouvait se lacer plus serré sur les côtés et donnait à Rowenna une silhouette fine qui mettait sa poitrine en valeur.

Elle hésita encore quelques instants, la main en suspens au-dessus du ruban doré. Sa mère n'approuverait sans doute pas son choix. Elle-même savait qu'elle aurait dû porter la robe bleue. Elle était jolie, et la couleur lui allait bien au teint… Mais elle l'avait déjà tant mise ! Cette décision n'était pas à prendre à la légère : le bal serait sans doute sa meilleure chance de trouver un époux.

Soudain, un grand vacarme s'éleva derrière elle. Quelque chose d'intéressant devait s'être passé dans la lice – et elle l'avait manqué. Peut-être qu'un assaut s'était mal terminé. Rowenna se tourna vers les remparts du château et tendit l'oreille. Les cris semblaient bien venir de l'arène où se déroulait la joute. Rowenna avait renoncé à suivre les affrontements, qui lui paraissaient bien moins intéressants que les combats de Robbie. Était-elle en train de rater le spectacle ? Un nouveau rugissement monta de la lice, différent du premier. Cela ne semblait pas être un cri de triomphe, et Rowenna ne put l'identifier.

— Vous savez ce qui se passe ? demanda-t-elle au marchand.

L'homme haussa les épaules, de derrière son étal.

— D'ici non, je ne peux pas savoir.

Rowenna contempla encore une fois les rubans. Mary serait au bal, elle aussi…

Son estomac se noua à cette idée. Elle regretta presque de ne pas avoir accompagné ses parents jusqu'à la tribune de Sir John, ne serait-ce que pour satisfaire sa curiosité. Elle voulait savoir quel genre de femme avait su gagner le cœur de Robbie. Elle profiterait du bal pour les observer et voir si elle avait eu raison de penser que l'amour de son cousin pour cette Mary n'était qu'une passade. Si c'était le cas, elle avait bon espoir de la lui faire oublier. Sinon… Il ne lui resterait plus qu'à espérer que Mary était douce et belle, digne de Robbie. Une femme aussi attachée à lui qu'elle-même l'était.

Robbie lui avait promis une danse pendant le bal et il tiendrait sans doute parole, même si Mary était là. Pourvu qu'il soit bon danseur ! songea-t-elle. S'il était aussi vif et gracieux au bras d'une demoiselle que lorsqu'il avait une épée dans les mains, ce serait un bonheur de danser avec lui.

Le marchand interrompit sa rêverie par une petite toux impatiente et Rowenna se concentra de nouveau sur les rubans qu'il lui présentait. L'ambiance du marché avait changé depuis quelques secondes. Les gens commençaient à se tourner vers l'arène d'un air surpris. Les cris que l'on entendait toujours jaillir du château semblaient exprimer maintenant plutôt une fièvre inquiétante que l'excitation habituelle des jours de tournoi.

Qu'était-ce ?

De la peur ?

De la colère ?

Rowenna fronça les sourcils. Il se passait manifestement quelque chose d'important, là-bas, et elle ratait tout.

— Je prendrai ces deux couleurs, s'il vous plaît.

Elle paya, glissa les rubans dans son sac, retroussa sa jupe d'une main et commença à se frayer un chemin en direction de la grande porte. Les gardes postés sur le pont qui permettait d'entrer dans l'enceinte du château paraissaient perturbés et serraient fort leurs lances. Et s'ils refusaient de laisser Rowenna passer ? Ils la regardèrent approcher avec des sourires moqueurs.

— Tu ferais mieux de repartir, petite. Il y a du grabuge, à l'intérieur.

Rowenna sentit l'exaspération la gagner, comme à

chaque fois qu'on la traitait avec condescendance. Elle se redressa et leva le menton pour leur adresser son regard le plus hautain. Lady Danby aurait pu être fière d'elle.

— Merci pour votre mise en garde, soldat, mais j'ai besoin de passer. Il faut que je parle de toute urgence à mon père, maître Danby de la guilde des forgerons.

Ce nom parut impressionner les gardes, même si le père de Rowenna n'attirait que le mépris de la haute société d'York. Ils la dévisagèrent avec un peu plus de respect, puis s'écartèrent pour la laisser franchir le pont. Elle s'y engagea lentement, piégée par la foule qui quittait le château et celle, moins nombreuse, qui cherchait à y entrer. Une fois qu'elle fut dans l'enceinte, une marée humaine l'engloutit et l'entraîna vers les tribunes.

Quelqu'un cria :

— C'est vrai ? La révolte est terminée ?

Près de Rowenna, d'autres voix répondirent dans une cacophonie infernale.

— Tyler est mort. Les émeutes sont finies !

— Qu'a-t-il dit ?

— Qui ?

Peu à peu, le nom de Tyler se répercuta aux quatre coins de la cour.

L'homme qui venait d'annoncer la nouvelle reprit de plus belle :

— Wat Tyler a été tué ! Un messager est venu de Londres pour prévenir le maire !

Rowenna connaissait le nom de l'homme que l'on avait assassiné, bien sûr, mais il n'avait pas beaucoup de signification pour elle. Elle l'avait juste entendu à la maison quand son père et son oncle se disputaient, ou à l'auberge où les hommes se rassemblaient pour parler du nouvel impôt mis en place par le roi. Pour beaucoup de personnes ici, en revanche, le nom de Tyler semblait très important : un murmure commença à monter de toutes les poitrines, comme une vague d'abord discrète qui gronde de plus en plus fort à l'approche des côtes. Très vite, l'air vibra de grognements de colère et d'exclamations. En voulait-on à Tyler de s'être opposé à la volonté du souverain ? Ou au roi Richard pour avoir laissé tuer un homme dont la cause était juste ? Quoi qu'il en soit, la foule s'agitait de plus belle et poussa Rowenna plus vite vers la lice.

— De Quixlay va prendre la parole, clama un homme.

— Il a intérêt, marmonna un autre. On ne supportera pas plus longtemps d'être saignés à blanc par des riches qui nous ignorent ! Il est temps de mettre fin à l'impôt par tête !

C'était un véritable cauchemar. On marchait sur les pieds de Rowenna, ses cheveux s'accrochaient dans les boucles et les épingles des autres, son corps était ballotté de tous côtés par la foule. Elle était d'ailleurs certaine que la main qu'elle sentit à un moment sur sa fesse et sa cuisse n'était pas arrivée là par hasard – et mieux valait ne pas penser à ce qui pouvait à présent se presser contre sa hanche... Saisie par un haut-le-cœur soudain, Rowenna entreprit de se frayer un chemin à grand renfort de coudes. Comme souvent, elle regretta d'être si petite : elle ne pouvait même pas voir au-delà du dos des hommes qui la précédaient. Sentant que ses efforts étaient désespérés, elle essaya finalement de faire demi-tour et de rejoindre la grande porte. Hélas, il aurait été plus facile de remonter l'Ouse à contre-courant !

Arrivée au coin de la tente d'un marchand de vin, Rowenna aperçut une pile de tonneaux et de caisses. Elle grimpa sur les plus bas et scruta la foule, par-dessus les têtes. Soudain, une bouffée de soulagement l'envahit et elle cria :

— Robbie !

Elle avait reconnu ses cheveux bruns, près d'un groupe de femmes. Oncle Roger était avec lui. Le simple fait de les voir donna à Rowenna le courage qui lui manquait pour se tirer de ce mauvais pas. Robbie la protégerait, comme il le faisait toujours. Elle agita les mains au-dessus de sa tête pour attirer leur attention et les appela de nouveau, mais ils ne la remarquèrent pas. Ils avaient tous les deux l'air inquiet et se parlaient à l'oreille, penchés l'un vers l'autre. Rowenna bondit de sa caisse et essaya de les rejoindre. Sans prévenir, la foule se remit à marcher vers les tribunes, l'emportant dans son flot. Même si elle n'avait pas voulu aller dans cette direction, elle n'aurait pas eu le choix.

Elle aperçut de nouveau oncle Roger et Robbie entre deux personnes et commença à se faufiler dans leur direction. Elle y était presque, à présent ! Se hissant une fois de plus sur la pointe des pieds, elle les appela de toutes ses forces. Pourvu que sa voix passe par-dessus le brouhaha général…, espéra-t-elle en son for intérieur. Soudain, Robbie tourna la tête dans sa direction. Rowenna sauta le plus haut possible en agitant les mains au-dessus de sa tête. Elle cria sans s'arrêter, tant que ses poumons le lui permettaient. Robbie l'aperçut enfin et haussa les sourcils d'un air stupéfait. Puis une grimace furtive traversa son visage et il échangea quelques mots avec son père. Il entreprit alors de la rejoindre, écartant sans ménagement les personnes qui les séparaient.

Quelqu'un percuta Rowenna par-derrière et, surprise par la violence du choc, elle tomba en avant, atterrissant à quatre pattes par terre dans un hurlement de terreur et de douleur. Elle n'eut pas le temps de se redresser avant que la pression des corps ne la renverse de nouveau. Un panier d'osier – chargé de boulets de canon, à en croire son poids ! – la cogna sur la tempe, accrochant au passage quelques cheveux qui furent arrachés à sa tresse. Rowenna tira sur la mèche pour se libérer, puis se roula en boule dans la poussière. Mieux valait se faire aussi petite que possible et ne plus bouger pour éviter d'être piétinée.

Elle serrait fort son petit sac contre elle, les yeux fermés. L'air était étouffant, chargé d'odeurs d'huile, et de toutes les senteurs des corps et de la terre. Rowenna avait beau prendre de profondes inspirations, c'était comme si ses poumons n'arrivaient jamais à se remplir. Son cœur tambourinait contre ses côtes. Comment pouvait-on ne pas la remarquer ? Comment pouvait-on passer à côté d'elle sans même l'aider à se relever ? Allait-elle devoir rester accroupie par terre jusqu'au soir ? Certes, elle n'avait pas la moindre importance, en comparaison des nouvelles qui venaient de se répandre, mais cela ne voulait pas dire qu'elle ne méritait pas qu'on lui accorde une seconde ou deux, tout de même !

Après ce qui lui parut une éternité, quelqu'un finit par lui tendre une main secourable. Elle sentit qu'on cessait de la percuter de tous les côtés et qu'une personne venait de se camper solidement près d'elle. En quelques secondes, son sauveteur inattendu la souleva de terre avec douceur et l'aida à reprendre son équilibre. Quand elle ouvrit les yeux, Rowenna se retrouva nez à nez avec Robbie. Ses poumons acceptèrent enfin de fonctionner correctement et elle prit une profonde inspiration avant de pousser un soupir de soulagement. Il était venu pour elle. Elle était sûre qu'il la trouverait.

Robbie l'attrapa par les épaules et la fit tourner de tous les côtés pour mieux l'inspecter.

— Tu es blessée ?

Rowenna fit non de la tête. Elle essaya de lui sourire et de ravaler les larmes qui commençaient à lui monter aux yeux, maintenant qu'elle était enfin saine et sauve. Robbie ne fut visiblement pas dupé par sa bravoure de façade car il fronça les sourcils avec sévérité. Sans un mot, il attira Rowenna contre lui et la serra fort. Les bras de son cousin se refermèrent sur son corps, protecteurs, et l'empêchaient de s'éloigner.

Un soupir échappa à Rowenna. Un soupir qui n'avait pas grand-chose à voir avec le soulagement d'avoir été secourue, mais plutôt avec la joie de pouvoir savourer ces instants d'intimité réconfortante. Que la ville se soulève et s'embrase au sujet de la mort d'un homme que nul, à York, n'avait jamais rencontré ! Tant que Robbie resterait là, solide et fort comme un chêne, elle se sentirait en sécurité – même après avoir eu l'idée folle de plonger tête baissée dans l'enceinte du château.

— Que se passe-t-il ? s'enquit-elle, la voix étouffée par la cape de Robbie. J'ai entendu le nom que tout le monde crie…

— Wat Tyler a insulté le roi à Smithfield et il en a été récompensé par une épée en travers du cou, lança une voix puissante.

C'était Roger, qui les avait rejoints. Il n'avait manifestement pas réussi à se frayer un chemin dans la foule aussi vite que son fils.

Robbie s'écarta de Rowenna pour attraper l'épée qu'il portait à la ceinture. Elle remarqua que son père faisait de même. Ils n'étaient d'ailleurs pas les seuls ; et voir tous ces paysans en colère tirer des couteaux de leurs vêtements n'avait rien de rassurant.

— Est-ce que tu peux tenir debout, Ro ? demanda Roger.

Rowenna acquiesça, bien qu'elle ne fût pas pressée de lâcher Robbie.

— Tu ferais mieux d'aller retrouver tes parents et de rentrer à la maison. J'ai l'impression qu'une émeute est sur le point d'éclater, ici. Robbie, emmène ta cousine en sécurité et va voir ce que ton maître veut que tu fasses. Je vais rester par là pour m'assurer que la route de la ville reste dégagée.

Roger avait donné tous ces ordres rapidement, d'une voix assurée. Rowenna sentit le bras de Robbie se crisper autour de sa taille et reconnut l'irritation qu'elle ressentait elle-même à chaque fois que sa mère la traitait comme une petite fille. Obéir devait être encore plus difficile pour Robbie, qui était devenu un homme et n'avait pas vu son père depuis sept ans.

— Je peux y aller seule, risqua-t-elle en faisant de son mieux pour paraître courageuse. Dis-moi juste dans quelle direction partir.

— Non, je ne te laisserai pas à la merci d'une telle foule, répliqua Robbie. Je t'accompagne. Viens.

Voyant qu'elle ne bougeait pas, il lui attrapa le bras. Son visage ne trahissait plus la moindre anxiété, à présent, mais la fermeté de sa poigne prouva clairement à Rowenna que l'agitation générale l'inquiétait profondément. Et savoir cela suffit à lui faire peur, à elle aussi.

— Tu me fais mal ! protesta-t-elle.

Robbie murmura quelques mots d'excuses et relâcha un peu les doigts. Il restait très près d'elle, un peu en retrait, avec une main plaquée dans le creux de son dos, tenant toujours son bras gauche fermement. On aurait presque pu croire qu'il s'apprêtait à entamer une danse de cour et Rowenna dut combattre l'envie irrésistible de tapoter du pied par terre au son d'une musique imaginaire. Elle gloussa, mais un regard sévère de Robbie lui fit perdre sa bonne humeur. Après tout, ce n'était pas le moment de s'amuser.

Son cousin avançait aussi vite que la foule le lui permettait, poussant Rowenna devant lui sans un mot. C'était lui qui guidait ses pas, certain de la direction à prendre, et elle se laissa emporter au milieu du tumulte général. Certes, elle aurait pu résister si elle l'avait voulu, mais au fond, elle n'en avait aucune envie. En temps normal, être entraînée comme un agneau récalcitrant vers le troupeau l'aurait exaspérée, mais elle avait eu tellement peur d'être piétinée par la foule qu'elle risquait de faire des cauchemars pendant des jours… Elle s'était sentie si impuissante, au milieu de ces paysans en colère !

— Ce n'est pas le chemin de la grande porte, dit-elle quand elle eut retrouvé ses repères. Où allons-nous ?

— Voir Sir John. Tes parents et ma famille sont avec lui.

— Oh…

Rowenna eut soudain terriblement envie de rester aux côtés de Robbie et ne put s'empêcher de demander :

— Tu ne peux pas me raccompagner à la maison toi-même ?

— Non, je dois retrouver mon maître. Je me suis déjà absenté beaucoup trop longtemps. Je te conduis à ton père, qui doit s'inquiéter pour toi. Dieu merci, il ne t'a pas vue par terre tout à l'heure, il en aurait perdu la tête !

Il chassa une mèche de son visage, l'observant un instant comme s'il était surpris de ne pas s'être fait plus de cheveux blancs lui-même.

— Qu'est-ce que tu faisais toute seule ici ?

Robbie s'était penché à son oreille, mais le vacarme était si assourdissant qu'il dut presque crier pour qu'elle l'entende. Il avait l'air furieux et parlait vite, sans la moindre hésitation ou le moindre bégaiement. Même pendant leur enfance, Robbie n'avait jamais été un garçon colérique ; et Rowenna fut surprise de le voir s'agiter à ce point. Elle se tourna un peu et se retrouva nez à nez avec lui, ses lèvres toutes proches des siennes. Robbie s'immobilisa brusquement.

— J'ai entendu des cris et je voulais voir ce qui les provoquait, avoua-t-elle.

Robbie parut surpris, baissa les yeux, les leva au ciel, puis dévisagea de nouveau Rowenna. Il eut un petit rire dénué d'humour, l'air sévère.

— Tu p-pensais qu'il y avait une émeute et, au lieu de te mettre en s-sécurité, tu as foncé tête baissée ? C'était stupide !

Rowenna sentit les larmes lui monter aux yeux. Certes, ce qu'elle avait fait lui paraissait plus qu'imprudent, maintenant que Robbie en parlait ; mais subir sa colère après la frayeur qu'elle avait eue était plus qu'elle ne pouvait supporter… Elle se libéra brutalement de l'étreinte de son cousin et s'éloigna à grands pas.

— Ro ! Attends !

Il la rattrapa et se campa devant elle, les bras écartés pour l'empêcher d'aller plus loin. Elle croisa les bras et le dévisagea, en faisant de son mieux pour ne pas fondre en larmes. Robbie avait l'air si grave, si inquiet que la fureur de Rowenna fondit comme neige au soleil. Il lui prit les mains. Les pouces de son cousin appliquèrent une imperceptible pression au creux de sa paume, juste assez pour la faire frissonner, et leurs doigts s'entremêlèrent.

— Je ne suis pas fâché, dit-il avec plus de douceur. Mais tu dois faire plus attention. Si jamais tu ne m'avais pas vu… Si je n'avais pas réussi à te rejoindre quand…

Il n'acheva pas sa phrase, pinçant les lèvres avec douleur, et attira Rowenna dans ses bras. Elle réprima un frisson de plaisir et se laissa emporter dans une seconde étreinte, le sourire aux lèvres. Ce n'était plus la peur qui faisait battre son cœur plus fort, à présent. Pour la première fois de sa vie, elle découvrait ce que cela faisait d'être dans les bras d'un homme – et c'était délicieux.

En dépit de sa fermeté, Robbie la serrait tendrement contre lui. Contre ce torse musclé qui l'avait émerveillée quand elle l'avait vu tout à l'heure.

Près du bassin.

Elle revit soudain Robbie à demi nu, dégoulinant d'eau et s'essuyant avec sa chemise sale, sans se douter qu'il était observé. Dans le souvenir de Rowenna, les muscles jouaient le long de son dos et de ses bras, entretenus par des années d'entraînement et de dur labeur. Bien dessinés et fermes.

Ce n'était pas étonnant qu'elle ait été subjuguée par ce spectacle, ou qu'elle ait eu envie de sentir sous ses doigts la peau lisse et parfaite du buste de son cousin pour apaiser le bleu qui s'y dessinait déjà. Elle l'avait touché sans attendre sa permission, avec une audace qui la troublait encore maintenant. Mais cette fois, c'était lui qui la prenait dans ses bras et elle n'hésita pas à en profiter.

Elle glissa les mains autour de sa taille et les joignit dans le creux de son dos. Puis elle appuya la tête contre le torse de Robbie, à l'endroit où elle savait la chair meurtrie, ferma les yeux, et laissa tout son corps embrasser le sien.

Elle prit une profonde inspiration et sentit sa poitrine, soudain plus sensible, se déployer contre le buste de Robbie. Un flot de chaleur la traversa, comme un courant d'eau brûlante. Son cœur se serra une nouvelle fois et elle respira lentement, savourant toutes ces sensations inattendues et indécentes éveillées par cet instant d'intimité.

Rowenna aurait pu rester dans cette position jusqu'au soir, mais elle finit par sentir Robbie bouger, tout contre elle. Elle était bien égoïste de vouloir rester sous sa protection quand son devoir l'attendait ailleurs. Elle ouvrit donc les yeux à contrecœur et son champ de vision s'emplit du visage de Robbie. Les cheveux de son cousin retombèrent sur son front quand il se pencha vers elle et elle vit que ses yeux noisette habituellement si doux étaient hantés par l'inquiétude. Il soutint quelques instants le regard de Rowenna sans ciller. Ses pupilles se dilatèrent au point de masquer le brun de ses iris, ne laissant à la place qu'une obscurité d'encre dans laquelle Rowenna se noya.

Elle sentit sa peau frémir et s'échauffer, alors qu'un courant glacé coulait le long de son dos. C'était étrange… Avait-elle attrapé une mauvaise fièvre ? Elle glissa discrètement une main entre eux pour tirer un peu sur le col de sa robe. Pourvu qu'elle ne tombe pas malade juste avant le bal, songea-t-elle. Elle avait tellement envie de danser… Elle voulait que Robbie la fasse virevolter au milieu des autres couples et la serre de nouveau contre lui, comme maintenant.

— Tu n'as plus rien à craindre, à présent. Je te le promets, murmura-t-il.

Il s'écarta un petit peu d'elle mais ne la lâcha pas complètement. Rowenna fit de son mieux pour profiter de ces précieux instants de paix, au milieu de la cour qui commençait à se vider sous les ordres des gardes qui arpentaient terrain et tribunes.

— Je suis contente que tu sois venu à mon secours, souffla-t-elle.

Elle se redressa, cédant presque à l'envie d'embrasser son cousin. Hélas, cela aurait été bien trop intime et elle dut donc se contenter de laisser courir le bout des doigts sur sa joue, juste au-dessus de son maxillaire.

— Merci, ajouta-t-elle.

Le visage de Robbie s'illumina, traversé par une expression qui n'était pas tout à fait un sourire, et il la lâcha enfin.

— Viens…

Il lui prit la main, serrant fort ses doigts dans les siens, et la guida au milieu de la foule déjà moins dense.

La tribune de Sir John était proche de celle du maire. Le père de Rowenna faisait les cent pas en compagnie du secrétaire du bourgmestre et de l'un des conseillers de la ville que Rowenna connaissait bien. Les trois hommes avaient l'air grave et soucieux.

Arrivé devant la tribune, Robbie s'excusa pour son retard et expliqua en quelques mots comment il avait retrouvé Rowenna au milieu de l'émeute. Il parlait lentement, en choisissant des mots sur lesquels il ne risquait pas de buter, mais Rowenna remarqua la crispation de son cou et le voile rose qui recouvrait ses joues.

— Un homme de soixante-deux ans ne sera sans doute

pas très utile pour maintenir l'ordre, déclara Sir John. Je retourne à l'auberge.

En entendant cela, Rowenna espéra un instant que Robbie puisse finalement la raccompagner chez elle, mais son père s'interposa.

— Je dois rassembler des documents chez moi avant de rejoindre les autres membres de la guilde. Je vais mettre ma famille en sécurité.

Les femmes Danby firent leurs adieux aux autres et se dirigèrent vers la porte. Hal passa un bras autour des épaules de Rowenna.

— Merci d'avoir veillé sur ta cousine, dit-il à Robbie. Viens à la maison dès que tu le pourras, et je te servirai une chope de bière fraîche.

Robbie le salua et tourna les talons, mais Rowenna le rattrapa par le bras. Il lui jeta un regard plein d'attentes.

— Merci, Robbie, murmura-t-elle.

Elle se hissa sur la pointe des pieds et entoura le cou de son cousin de ses bras. Robbie tressaillit, jetant un rapide coup d'œil de l'autre côté de la tribune. Rowenna sentit son cœur se serrer. Bien sûr, sa Mary devait encore être là avec Lady Isobel et il ne voulait pas qu'elle voie une autre femme l'enlacer ainsi. Aurait-il été si pressé de *la* rendre à son père ? Un sanglot monta à la gorge de Rowenna et elle le ravala péniblement. Le cœur serré, elle s'écarta de Robbie et suivit son regard. Plusieurs jeunes femmes entouraient Lady Isobel et s'activaient pour rassembler leurs affaires. Laquelle était Mary ? Rowenna n'eut pas le temps de le découvrir, car sa mère vint très vite la prendre par le bras.

— Nous devons y aller, la pressa-t-elle.

Elle fit signe à la mère de Robbie. Lucy avait l'air bouleversée et Rowenna compatit. Savoir que son époux et son fils s'apprêtaient à plonger en plein danger devait être insoutenable. Pour une fois, Rowenna fut secrètement ravie que son père ne prenne pas part à ce genre de choses. Elle prit la main de sa tante et la tapota pour la rassurer, heureuse de voir la reconnaissance qui emplit le regard de Robbie.

— Ro restera avec les jumelles et toi, décréta-t-il en embrassant sa mère sur la joue avant de se tourner vers Rowenna. Veille sur elles pour moi.

Il s'enveloppa dans sa cape et partit sans un mot. Sans même attendre qu'elle réponde. Il la connaissait assez bien pour savoir qu'elle prendrait soin de sa famille. Rowenna le regarda rejoindre la suite de son maître. Son pas s'allongea, vif et sans la moindre trace de cette gaucherie qui l'avait caractérisé dans sa jeunesse – et dont Rowenna se souvenait comme si c'était hier. Il avait grandi et avait su dompter son nouveau corps d'homme…

— Il ne risque rien, dit-elle à sa tante. Il a bien combattu ce matin, déjà.

Sa gorge se noua à la pensée que Robbie puisse être blessé. Jamais elle ne supporterait de le perdre.

Joanna vint prendre l'autre bras de Lucy avec douceur et ajouta :

— Ro a raison. Je suis sûre que Sir John l'a bien entraîné.

Hal les conduisit vers la grande porte. Rowenna jeta un dernier regard par-dessus son épaule et vit Robbie escorter Sir John en compagnie d'un autre écuyer. Il gardait la tête haute et ne cessait d'examiner les environs à la recherche du moindre signe d'agitation. Il lui rappelait un peu un chat prêt à bondir sur sa proie. Non, pas un chat, songea-t-elle en suivant sa famille sur le chemin de la maison. Il ressemblait à l'un des chiens de chasse que Roger aimait tant : un peu ébouriffé, avec des yeux doux et un caractère aimant, mais cachant de puissants muscles sous son apparence inoffensive. Un mot ou un sifflement suffisait à réveiller les instincts guerriers des limiers. Et Robbie était exactement pareil. En un éclair, son corps se muait en acier et démontrait toute sa force. Pourvu que cela suffise à le protéger, se dit Rowenna avec angoisse. Elle ne voulait pas le voir disparaître si peu de temps après l'avoir retrouvé ; elle n'y survivrait pas.

Chapitre 6

La colère sourde qui avait commencé à gronder pendant le tournoi n'était finalement que le début de ce qui allait devenir une très longue nuit. L'agitation causée par l'annonce de la mort de Wat Tyler se mua en véritable soulèvement dans toute la ville. Chaque homme en mesure de se battre reçut l'ordre de patrouiller et de mettre fin aux actes de violence dans les rues. On circulait par trois ou quatre, maintenant une présence constante dans tous les quartiers d'York.

Robbie fut affecté à une patrouille comprenant deux chevaliers d'une bonne quarantaine d'années et un écuyer de dix-sept ans. Il était le seul du groupe à bien connaître la ville et se retrouva bien vite obligé de prendre les commandes en dépit de sa jeunesse et de son rang inférieur. Un écuyer donnant des ordres à des chevaliers ! Après son triomphe dans la lice, Robbie sentit son sang s'échauffer à l'idée de pouvoir enfin prouver sa valeur comme meneur d'hommes. De plus, comme ils devaient rester attentifs au moindre signe de danger, les quatre hommes parlaient peu et Robbie n'eut pas à subir l'humiliation de balbutier devant les autres.

Les émeutes les plus violentes semblaient se concentrer sur les places qui entouraient les églises et près de la maison du maire. Tandis que Robbie guidait ses compagnons dans les ruelles et les placettes reculées, il essayait de deviner quelles bagarres de tavernes et quelles insultes lancées à la volée étaient dues aux nouvelles venues de Londres, et lesquelles étaient habituelles à la sortie des auberges. Certains agitateurs devaient profiter du chaos ambiant pour régler des comptes personnels, sans se soucier un instant de la mort d'un obscur rebelle à l'autre bout du royaume.

Le soleil se couchait mais l'air restait chaud et étouffant. Robbie entraîna ses compagnons jusqu'à la guilde des forgerons, puis dans une ruelle qui débouchait sur le jardin dans lequel il était passé avec Rowenna, la veille. Il but une gorgée d'eau fraîche à la fontaine. Oncle Hal avait-il réussi à reconduire les femmes jusque chez lui ? On avait ordonné à Robbie d'achever sa patrouille par le monastère dominicain, vers King's Toft, et de s'assurer que le couvre-feu y était respecté. Mais il pouvait sans doute se permettre de faire un détour jusqu'à la maison de Hal, juste pour jeter un œil par une fenêtre et s'assurer que Rowenna s'était remise de sa frayeur.

Au moment où il passait l'angle de la rue, Robbie se retrouva nez à nez avec Roger, qui arrivait de la direction opposée. En le reconnaissant, son beau-père rengaina son épée. Il avait l'air fatigué par sa longue patrouille, mais sa haute silhouette dégageait encore une indéniable aura de vitalité. Est-ce que l'excitation du combat lui manquait à ce point ? Après tout, n'avait-il pas été un des premiers volontaires pour maintenir l'ordre en ville ?

— Tu vas chez Hal ? On a eu la même idée, fils, lança Roger.

Ce n'était pas une idée bien surprenante, ni même originale, songea Robbie. En tout cas, pas assez pour mériter ce genre de remarque…

— Est-ce que Rowenna va mieux ? demanda-t-il.

Roger lui adressa un sourire lourd de sous-entendus.

— Oui. Ta mère et tes sœurs vont bien aussi, au cas où tu te poserais la question.

Robbie sentit ses joues s'empourprer. Il était clair que Roger avait eu l'impression qu'il ne pensait qu'à sa cousine.

— Elles n'ont pas eu de problème, répliqua-t-il sèchement. Rowenna, elle, a failli être piétinée par la foule et elle a dû être terrifiée. C'est naturel que je me soucie d'abord d'elle. J'ai eu du mal à me concentrer sur ma patrouille parce que j'avais peur qu'elle se soit sentie mal.

— Je plaisante ! En tout cas, Lucy et les filles sont en sécurité chez Hal. Rowenna a fait en sorte que ta mère ait une chope de bière de maîtresse Jackland à critiquer pour l'empêcher de trop penser à ce qui pourrait nous arriver.

Robbie sourit. Sa mère n'était jamais aussi heureuse que lorsqu'elle pouvait dénigrer les bières brassées par ses concurrents. Il avait eu raison de la confier aux bons soins de sa cousine. Rowenna pouvait peut-être paraître inconstante, mais elle avait bon cœur, elle réfléchissait vite et était dotée d'une détermination à toute épreuve. Aucune autre femme, à la connaissance de Robbie, n'était aussi digne de confiance qu'elle.

— Quand je leur ai souhaité une bonne nuit, Rowenna était en train d'essayer de faire comprendre à sa mère que les émeutes n'étaient pas assez graves pour l'empêcher d'assister au bal du Solstice. Elle n'est pas sa fille pour rien…

Roger rit de bon cœur, puis retrouva son sérieux et serra la main de Robbie avec un sourire paternel.

— Tu as bien fait de voler à son secours, tout à l'heure. Elle aurait pu être gravement blessée.

Robbie frissonna. Voir Rowenna terrorisée et engloutie par la foule en colère l'avait frappé comme un coup en pleine poitrine. Sur le moment, il aurait été capable d'embrocher une centaine d'hommes pour l'atteindre s'il l'avait fallu. Jamais il n'oublierait les tremblements qui la secouaient quand il l'avait prise dans ses bras pour la réconforter. Elle ne s'était certainement pas rendu compte de la proximité de son corps ou de la manière dont sa poitrine s'était pressée contre lui, mais ces réactions inconscientes n'avaient fait qu'inciter davantage Robbie à la protéger et à la serrer contre lui. La relâcher après cela avait été l'une des plus dures épreuves de sa vie.

Il passa instinctivement la main sur sa joue, là où Rowenna l'avait caressé, et se laissa un instant emporter par une rêverie dans laquelle dansaient les douces courbes qu'il avait senties sous la robe de Rowenna. Il n'entendit pas tout de suite son beau-père parler et ne réagit que lorsque Roger l'interpella plus fort.

— Où allons-nous, maintenant ? demanda celui-ci en ajustant son capuchon avant de se tourner vers les trois autres hommes.

— Nous ?

Robbie sentit une pointe d'agacement monter en lui.

— Je ferais mieux de me joindre à vous, tu ne crois pas ?

Robbie n'avait aucune envie de patrouiller avec son beau-père, mais Roger ajouta avec un clin d'œil :

— Si tu le permets, bien sûr.

Une telle déférence était plus qu'inattendue de sa part et Robbie n'osa pas refuser.

Il se souvint soudain de tous les récits héroïques que son beau-père lui racontait pendant son enfance : ses aventures, ses combats. C'étaient des histoires de poursuites dans des forêts au clair de lune, de journées entières à cheval sur les routes du pays, d'adversaires redoutables sur les champs de bataille. Lucy n'avait jamais apprécié que Roger parle de tout cela et le faisait taire dès qu'elle en avait l'occasion, mais Robbie avait adoré l'écouter. Cette vie devait vraiment manquer à Roger, maintenant qu'il était le seigneur de Wharram.

Puisqu'il tenait à les accompagner, qu'il le fasse, se dit finalement Robbie. Après tout, la patrouille réclamerait assez leur attention pour qu'ils ne reprennent pas leur conversation gênante.

Robbie montra la rue d'où Roger était venu.

— Nous allons à King's Toft.

— Quelle gloire nous attend, là-bas ? Des combats plus intéressants se déroulent ailleurs… et nous aurions de meilleures chances de nous distinguer.

— Il ne s'agit pas de gloire, coupa sèchement Robbie. Il s'agit de défendre York.

Roger leva les yeux au ciel.

— Nous devrions aller vers la rivière. Des émeutes ont éclaté près du château et nous pourrions prendre les rebelles à revers en longeant les remparts.

Robbie serra les dents en voyant son beau-père essayer de prendre les commandes. Il jeta un coup d'œil aux deux autres chevaliers, qui le regardaient impatiemment débattre avec Roger. Il n'obtiendrait jamais leur respect en laissant timidement son beau-père mener leur patrouille, mais d'un autre côté, le chemin de la rivière le conduirait plus près de l'auberge. Il se demanda un instant si Mary était en sécurité. Comment avait-il pu l'oublier et se soucier d'abord de Rowenna ? Heureusement pour lui, Roger ne s'en était pas rendu compte ; sans cela, il serait devenu insupportable !

— Tu p-peux te joindre à nous si t-tu veux. Mais nous allons c-couper par la rivière et aller au monastère comme prévu. Si tu v-veux aller ailleurs, vas-y tout seul.

Il aurait pu rougir de tant bégayer face à des inconnus. Si jamais Roger se mettait à argumenter, il perdrait toute autorité. Robbie se redressa donc avec fermeté, les pieds campés dans le sol et son arc à l'épaule. Il était devenu bien plus grand que son beau-père, ce qui lui donna le courage de soutenir le regard de l'ancien guerrier en attendant sa réponse. Finalement, Roger acquiesça.

— Très bien, lâcha-t-il. On va faire comme ça.

Réprimant un cri de victoire, Robbie se remit en route. Roger et lui marchèrent côte à côte en direction du monastère. La rue était jonchée de pierres et d'armes de fortune abandonnées par les émeutiers. Des hommes, en haillons ou en pourpoints élégants, traînaient sous les portes, abrutis par la boisson.

— Ces bons à rien mériteraient d'être fouettés au sang, marmonna le plus vieux des chevaliers en chassant un homme soûl de sa route à coups de pied.

Son compagnon grommela.

— Ces insolents devraient connaître leur place et y rester.

Robbie secoua la tête en jetant un coup d'œil aux riches tabards que portaient les deux guerriers et aux gemmes qui ornaient leurs fourreaux. Le coût d'un tournoi, même aussi modeste que celui d'York, devait écœurer des paysans obligés de se nourrir de pain dur et de restes…

— « Quand Adam a péché », commença-t-il.

— « Et quand Ève l'a séduit, qui était le vrai gentilhomme ? » coupa le chevalier. J'ai entendu ce que John Ball est censé avoir prêché et ma réponse est… moi. Moi et mon père. Et le vôtre aussi. Et leurs pères avant eux.

Robbie sentit son cœur se serrer. Il jeta un coup d'œil à Roger. Il n'avait pas plus le droit de se dire noble qu'un tanneur ou un garçon d'écurie. Après tout, qui savait qui était vraiment son père ?

— P-pourquoi est-ce que les pauvres devraient se taire quand le roi les saigne à blanc ? répliqua-t-il.

Le chevalier gloussa.

— Vous êtes bien tendre !

— Il a bon cœur, intervint Roger en fusillant l'homme du regard. Je doute que la moitié des hommes que nous croisons ce soir aient entendu parler de John Ball ou de Wat Tyler, mais mon fils a raison. Le gouvernement a triplé le montant des taxes. Pouvez-vous seulement imaginer ce que cela représente pour les pauvres ? Moi, j'ai dû regarder mes vassaux dans les yeux en leur prenant le peu d'argent qu'ils avaient pour se nourrir !

Robbie fut touché par l'approbation de son beau-père, mais ne put s'empêcher de serrer les dents. Il n'avait pas envie que Roger prenne sa défense. Durant ses années passées loin de Wharram, il avait oublié à quel point ses attentions pouvaient être étouffantes – même quand elles venaient du cœur.

— Je n'ai pas besoin qu'on parle à ma place et je ne suis pas naïf au point de penser qu'une bonne partie des émeutiers n'est pas simplement là pour causer des problèmes !

Il accéléra le pas, sans se soucier des autres, derrière lui. La cloche de l'église St Peter sonna le couvre-feu et tous les autres clochers de la ville reprirent l'appel en chœur. Roger ralentit le pas en passant devant le bâtiment de la guilde. La nuit était tombée et les fenêtres s'illuminaient comme des lampions, dessinant des silhouettes en ombres chinoises.

— Mon pauvre frère doit être là, en train d'essayer de se faire entendre par-dessus le brouhaha des aînés et des baillis, remarqua-t-il.

— Il a laissé la maison sans protection ? demanda Robbie, consterné.

D'atroces images se dessinèrent devant ses yeux : des hommes en noir abattaient la porte de l'atelier et Rowenna se retrouvait de nouveau assaillie par une foule en colère…

— Tu devrais y retourner, dit-il à son beau-père.

— On essaie de se débarrasser de moi ? Ne crains rien. Je connais bien ta mère et ta tante. Si quelqu'un veut s'introduire dans la maison, il le regrettera !

Roger lui adressa un clin d'œil complice et Robbie ne put s'empêcher de sourire. On ne pouvait pas rester en colère contre lui quand il jouait de son charme – un talent que Robbie lui avait souvent envié.

— C'est tellement injuste que Hal ne puisse jamais être élu à la tête de la guilde, soupira Roger en contemplant les fenêtres. Il serait très doué pour ce travail…

Robbie suivit le regard de son beau-père. Rowenna allait peut-être avoir plus de mal qu'elle le croyait à trouver un époux. La naissance obscure de Hal allait entacher sa réputation et peu d'hommes seraient prêts à la courtiser.

— L'illégitimité est une malédiction, marmonna-t-il.

— Oui, si on considère que la naissance est tout ce qui définit un homme. Mon frère a passé sa vie à prouver qu'un bâtard de bonne famille et doté d'un solide caractère peut valoir plus qu'un bon à rien légitime comme moi.

— Je ne critiquais pas oncle Hal, précisa Robbie.

— Je sais. Je dis juste qu'un homme déterminé peut se hisser au-dessus de sa condition s'il se bat pour saisir toutes les opportunités. Ne l'oublie jamais.

Son beau-père le contempla un long moment et Robbie, gêné, finit par se détourner. Le sous-entendu était clair.

— Un homme qui connaîtrait ses origines serait mieux armé pour affronter ses ennemis, répliqua-t-il dans un souffle. On n'agit pas de la même manière si on est fils de porcher ou d'un pèlerin de passage…

Roger serra les dents et une veine se mit à palpiter dans son cou. Il se pencha vers Robbie pour ne pas être entendu des autres et murmura :

— Tu insultes ta mère en disant cela. Elle n'aurait pas cédé à un homme qui ne la méritait pas !

Il reprit sa route, suivi par les autres. Robbie ferma la marche, attentif au moindre signe de danger et réfléchissant à ce que son beau-père venait de dire. Pouvait-il vraiment croire qu'il avait été engendré par un noble ?

Il leur fallut plus de temps qu'ils le pensaient pour rejoindre la rivière. Les rues étaient encombrées de débris et de voitures renversées. Plus d'une fois, ils durent rebrousser chemin. À un moment, ils passèrent devant une rangée de maisons en feu. Des femmes se passaient des seaux pour étouffer l'incendie. Robbie recula devant l'odeur de bois brûlé et la chaleur insoutenable. Son estomac se souleva. Néanmoins, il commençait déjà à dénouer sa cape quand Roger l'arrêta. Il le fit reculer et poussa le jeune écuyer en avant.

— Reste ici et aide ces gens. Nous allons continuer, ordonna-t-il.

Pour une fois, Robbie ne protesta pas.

Plus personne ne parla jusqu'à ce que les portes du monastère apparaissent devant eux. Une immense foule était rassemblée sur la place. Tous les émeutiers et les défenseurs de la ville semblaient s'y être donné rendez-vous. Le lourd portail était fermé mais quelques hommes l'assaillaient avec un lourd bélier improvisé et les battants ne tiendraient sans doute pas longtemps. Robbie et son beau-père échangèrent un regard inquiet.

— Est-ce que tu t'es déjà battu ? demanda Roger.

— Jamais à mort.

— Tu as gagné tes duels, ce matin. Tu devrais t'en sortir…

Robbie cacha son malaise. Le tournoi, son étreinte troublante avec Rowenna et sa courte conversation avec Mary lui semblaient si loin, déjà.

Roger avait parlé de volonté et de caractère. Oui, Robbie pouvait devenir un tel homme. Il contempla la foule qui lançait des projectiles – pierres, bâtons, légumes, tout ce qui se trouvait à portée – contre la porte de la chapelle St George, puis s'arma de son arc et tira rapidement trois flèches. Elles se fichèrent dans le bois, juste au-dessus de la tête des émeutiers. Roger regarda Robbie d'un air surpris, ce qui lui fit chaud au cœur.

— Une lance de tournoi serait inutile, ce soir, expliqua-t-il avec un sourire.

Roger acquiesça.

— Rentrez chez vous ! cria Robbie à la foule.

Les agitateurs commencèrent à se disperser avec réticence. Les hommes qui accompagnaient Robbie tirèrent leurs épées et se joignirent à la troupe de soldats qui essayait de repousser les assaillants vers la rivière. Dans le froid humide de la nuit, face à un groupe d'hommes armés, les émeutiers s'enfuirent vite et Robbie put retourner au centre de la ville en compagnie de son beau-père.

— Tu m'en veux de t'avoir accompagné, ce soir, déclara Roger après un long silence. Désolé de m'être imposé de cette façon.

Robbie ne s'attendait pas à des excuses. Il fut tenté de protester, de dire que cela lui était égal, mais Roger ne l'aurait pas cru. Il se contenta donc de redresser le menton et de le dévisager.

— Je dois prouver ma valeur tout seul. Comme tu l'as dit, un homme déterminé peut se hisser au-dessus de son rang…

— Tu auras toutes les opportunités de briller dont tu rêves, je n'en doute pas, répondit son beau-père avec une pointe d'amertume. La fureur des gens ne s'apaisera pas aussi facilement. Tu n'as peut-être pas pu te battre pendant la guerre, mais tu devrais t'estimer chanceux : une troupe de citadins en colère n'est pas aussi dangereuse qu'une armée assoiffée de sang.

Roger se frotta l'épaule et la fit tourner avec précaution. Il avait été blessé bien avant la naissance de Robbie. Jamais il ne lui avait raconté comment cela lui était arrivé, mais il en souffrait encore après toutes ces années.

— Ne jamais retourner en France a été la meilleure décision que j'aie prise, ajouta Roger. Je dois en remercier ta mère. Et toi, bien sûr.

Son visage s'illumina en mentionnant Lucy. Robbie pouvait douter de beaucoup de choses, mais l'amour entre ses parents était le plus fort qu'il ait jamais vu. Même la passion qu'il ressentait pour Mary lui paraissait insipide en comparaison.

— Jamais je ne me séparerai de la femme que j'aime, renchérit-il.

— Je le savais : tu envisages de te marier !

Robbie adressa un regard agacé à son beau-père et Roger sourit, visiblement fier de lui.

— Tu as quelqu'un en vue, non ? Je m'en suis douté, hier soir, et j'en ai été sûr en vous voyant ensemble aujourd'hui. Tu as les mêmes yeux expressifs que ta mère. Tout ton corps trahit tes émotions, d'ailleurs… Aussi clairement que si elles étaient écrites sur ton front !

Robbie réprima un sourire. Il avait cru que sa courte conversation avec Mary était restée assez discrète pour ne pas attirer l'attention, mais il semblait qu'il n'ait pas su se montrer assez prudent. Il allait devoir faire plus attention à l'avenir, si ces quelques mots échangés à mi-voix avaient suffi à éclairer Roger.

— Si je d-demandais sa main à la j-jeune femme en question, est-ce que j'aurais ta bénédiction ?

— Tu en doutes ? Je suis sûr que tu recevrais la bénédiction de tous les Danby du Yorkshire !

Sans prévenir, Roger le serra dans ses bras et lui donna une grande tape dans le dos. Robbie était si content d'avoir son approbation qu'il ne s'en formalisa même pas.

— Dans ce cas, souhaite-moi bonne chance au bal…

L'agitation ne se calma pas le lendemain, ni la nuit qui suivit. La seule chose qui rassurait Rowenna était qu'elle n'avait pas de fièvre, en dépit de la faiblesse qui l'avait prise pendant le tournoi quand elle s'était abandonnée, frissonnante, dans les bras de Robbie. Les flammes qui l'avaient envahie à ce moment-là et l'avaient fait trembler comme un agneau nouveau-né n'avaient clairement été qu'une réaction à l'incident auquel elle avait survécu de justesse.

Oncle Roger leur rendit une courte visite, le lendemain soir. Rowenna se précipita à la porte quand elle l'entendit arriver, pressée de savoir ce qui se passait en ville. Hélas, il refusa de parler devant ses filles, prétextant que c'étaient des affaires d'hommes. Il s'approcha néanmoins de Rowenna, lui releva la tête et la contempla à la lumière des lampes.

— Tu as l'air d'aller mieux qu'hier, dit-il.

Elle le fit taire d'un regard.

— Personne ne sait ce qui s'est passé, à part Robbie et toi. Et j'ai bien l'intention de garder le secret, si je veux avoir de nouveau le droit de sortir…

— Une femme Danby qui n'en fait qu'à sa tête sans écouter les conseils. Quelle surprise ! répondit Roger avec un clin d'œil. Ne t'en fais pas, ton secret est bien gardé avec nous.

— Est-ce que tu as vu Robbie, depuis le tournoi ? s'enquit Rowenna en faisant de son mieux pour paraître détachée. J'espérais une visite de sa part.

— Je l'ai vu cette nuit, oui, mais pas aujourd'hui. Ne t'en fais pas, je suis sûr qu'il va bien. Il est courageux et il sait se servir de son arme : tu l'as vu se battre dans la lice.

Rowenna se souvenait bien des mouvements souples de Robbie, qui attaquait et parait les coups de son adversaire sans effort… Tout comme elle se souvenait de son corps à demi nu, dans le campement, la peau humide et rougie par l'effort. Pourquoi ne pouvait-elle se débarrasser de cette vision ? Et pourquoi est-ce qu'elle sentait sa peau s'échauffer à chaque fois qu'elle pensait au duvet sombre qui descendait du torse musclé de son cousin jusqu'à ses abdominaux ?

Quelque part en ville, Robbie patrouillait, affrontant la fureur des citadins lassés de supporter sans rien dire l'injustice du roi. Si elle avait été un homme, Rowenna aurait peut-être elle-même pris les armes pour protester contre le nouvel impôt – en tout cas, tant que cela ne l'aurait pas opposée à son cousin. Les gardes et les chevaliers ne combattaient pas avec des lames de tournoi émoussées, pas plus que leurs adversaires. Elle se mordit la lèvre, morte d'inquiétude, et supplia son oncle des yeux.

— Si tu le vois, promets-moi de veiller sur lui…

— Tu crois vraiment qu'il a besoin qu'on le protège ? demanda Roger en lui tapotant la main d'un air paternel. Robbie n'est plus un enfant. Je doute qu'il apprécie mon aide, mais je suis certain qu'il sera content de savoir que tu penses à lui. Si tu veux, j'essaierai de le trouver, ce soir.

Roger embrassa ensuite sa femme avec une fièvre qui embrasa les joues de Rowenna, puis il partit. Rowenna courut à la fenêtre pour le suivre des yeux. Il s'éloigna à grandes enjambées pour rejoindre un groupe d'hommes vêtus de capes et échanger quelques mots avec eux. L'un des hommes repoussa son capuchon et leva les yeux vers la croisée.

Le cœur battant, Rowenna reconnut Robbie. Elle secoua sa bougie dans l'espoir qu'il la voie et il répondit par un signe de la main. N'y tenant plus, Rowenna se précipita dans l'escalier et traversa l'atelier de son père sans prêter attention à sa mère qui la rappelait. La porte était verrouillée et elle eut du mal à l'ouvrir tant ses mains tremblaient.

— Merdail…

Elle s'interrompit en plein juron et se mordit la langue.

— Ouvre-toi, bon sang !

Elle parvint enfin à repousser le loquet et s'appuya de tout son poids contre le lourd battant de bois. Quand elle sortit en courant dans la rue, elle vit Robbie s'éloigner, son arc à la main.

— Attends-moi ! cria-t-elle.

Il se figea, se retourna vivement et s'approcha. Rowenna le rejoignit en quelques pas et se jeta à son cou. Sa poitrine se plaqua contre le torse de son cousin. Elle passa les bras dans sa nuque et effleura du bout des lèvres sa joue mal rasée. Un délicieux frisson la parcourut.

— Tu vas bien ! J'avais tellement peur pour toi !

Elle s'écarta, tout sourire, pour le contempler mais Robbie avait l'air hors de lui. En un instant, une pierre s'abattit sur le cœur de Rowenna. Il se libéra de son étreinte et la maintint fermement à bout de bras.

— Rentre tout de suite dans la maison !

Abasourdie par une telle férocité, Rowenna fut incapable de bouger et Robbie la souleva de terre dans un grognement rageur pour la porter jusqu'à l'atelier. Il referma ensuite la porte d'un coup de pied bien senti et se campa devant elle, les poings sur les hanches. Sous le choc, Rowenna perdit l'équilibre et dut se rattraper à la table. Robbie la dévisageait sans un mot, les cheveux emmêlés et vêtu d'un gilet de cuir éraflé. Il avait l'air tellement dangereux…

Et incroyablement beau ! En un instant, les frissons fiévreux de la veille revinrent.

— Tu es devenue folle ? gronda Robbie. C'est dangereux, dehors !

Rowenna s'écarta de la table et lui fit face, aussi déterminée que lui.

— J'étais devant ma propre maison ! répliqua-t-elle.

— Qui était sans doute fermée pour une bonne raison, non ? J'ai passé la journée à éviter les pierres qu'on me jetait au visage et à calmer des émeutes dans toute la ville. Si j'ai réussi à maintenir la paix aussi facilement, c'est parce que je vous savais toutes en sécurité. Je n'avais pas besoin de m'inquiéter pour vous, au moins !

— Mais moi, je m'inquiète quand je sais que des gens que j'aime patrouillent dans les quartiers et risquent de se faire tuer ! rétorqua Rowenna, les joues en feu. Je ne pensais pas que ce serait dangereux de te retrouver sur le seuil !

— Bien sûr, ça ne m'étonne pas de toi.

Il leva les yeux au ciel, mais ses lèvres trahirent un sourire naissant.

— Qu'est-ce que tu voulais ?

— Te voir et m'assurer que tu allais bien. Ton père a dit qu'il ne t'avait pas croisé depuis cette nuit. Je lui ai demandé de veiller sur toi.

Robbie fronça les sourcils.

— C'était inutile. Je suis parfaitement capable de prendre soin de moi tout seul.

Rowenna se mordit la lèvre. Avait-elle dit quelque chose qu'il ne fallait pas ? Roger avait donc raison : son fils ne voulait pas de son aide…

— C'est ce qu'il a répondu, mais au moins cela m'a rassurée. Essaie de me comprendre. Je sais que tu peux te défendre seul, mais d'autres personnes se soucient aussi de ta sécurité.

La colère de Robbie parut s'apaiser un peu. Rowenna posa doucement la main sur son torse pour le calmer, sentant la puissance de ses muscles sous son pourpoint de cuir.

— Dis-moi au moins ce qui se passe, en ville. Ton père a prétendu qu'il n'y a pas de raison de nous inquiéter, mais je ne le crois pas. Il veut nous protéger, mais c'est inutile. Je ne suis pas trop stupide pour comprendre les enjeux, ou trop faible pour supporter la vérité, tu sais.

Cette fois, Robbie sourit pour de bon.

— Personne n'oserait avancer que tu es stupide ou faible, Ro…

Il l'enlaça et la serra un instant contre lui. Il sentait le bois brûlé et la terre. Rowenna dut résister pour ne pas nicher son visage dans les plis de son pourpoint et s'enivrer un instant de son odeur. Au lieu de cela, elle redressa la tête et le dévisagea.

— Dans ce cas, dis-moi tout. Je sais que tu ne me cacherais jamais la vérité…

— Très bien, mais à une condition : que tu *restes* chez toi. Le monastère a été envahi. La milice de la ville fait de son mieux pour contenir les émeutiers et les déloger, seulement ce n'est pas facile. Ce matin, le commandant a remarqué mes prouesses à l'arc pour défendre le bâtiment.

Robbie était tout frémissant de fierté et Rowenna le serra plus fort dans ses bras.

— Bien joué. Est-ce que c'est terminé, alors ?

— Pas encore. On m'envoie garder le pont de Lendal. J'ai ordre d'envoyer des tirs de semonce pour dissuader quiconque de le traverser.

Il s'écarta d'elle et elle le lâcha à contrecœur.

— Je dois y aller. Avant que je parte, tu pourrais me servir une coupe de vin, s'il te plaît ? Je meurs de soif.

Rowenna monta l'escalier quatre à quatre. Quand elle redescendit, Robbie surveillait la rue par la porte entrouverte. Il était tendu et attentif comme un chasseur. Pour la première fois, Rowenna fut envahie par une peur véritable et elle dut se mordre la lèvre pour ne pas le supplier de rester avec elle. Il avait des devoirs et elle ne voulait pas lui rendre la chose plus difficile. Elle lui tendit donc sa coupe. Leurs doigts s'effleurèrent quand Robbie la prit. Il but lentement, sans la quitter des yeux. Son doux regard noisette était assombri par le manque de sommeil. Rowenna fut traversée par une vague de remords : à force de le distraire, elle risquait de lui causer des problèmes…

— Tu as l'air épuisé, dit-elle avec un sourire forcé.

Elle passa une main dans ses cheveux pour les recoiffer de son mieux en arrière et glisser quelques boucles rebelles derrière ses oreilles. Comme si le rendre plus présentable allait le protéger du danger… Ses doigts caressèrent un instant le lobe de l'oreille de Robbie et il lui adressa un coup d'œil surpris.

— Qu'est-ce que tu fais ?

— Je ne peux pas prendre les armes pour me battre à tes côtés et je n'ai pas de faveur à te donner, cette fois, répondit Rowenna à mi-voix. Mais je peux au moins t'aider à avoir l'air plus chevaleresque, ne serait-ce que pour impressionner le maire si tu le croises.

Elle redressa le col de son pourpoint, les yeux humides. Avant peu, ce serait à Mary de faire tout cela pour lui, songea-t-elle. Caressant son cou, elle se redressa et déposa un petit baiser sur sa joue. Elle sentit la mâchoire de Robbie se crisper sous ses lèvres mais il ne protesta pas. Il pressa sa joue contre la sienne et tous deux restèrent un instant immobiles.

— Je ne peux pas rester, murmura-t-il.

— Je sais. Fais attention à toi…

— Je devrais être à tes côtés, reprit-il en serrant sa main dans les siennes. Ne quitte pas la maison et verrouille la porte derrière moi.

Rowenna acquiesça sans un mot, bien décidée à ne pas l'inquiéter davantage.

Robbie sortit en commençant à remonter la rue, son arc sur l'épaule et le capuchon de sa cape vert sombre rabattu sur son visage. Arrivé au coin, il se retourna et, voyant qu'elle se tenait toujours sur le seuil, il pointa la porte du doigt.

— Dedans ! Tout de suite ! lança-t-il.

Rowenna se réfugia à l'intérieur et tira le verrou.

Elle ne put fermer les yeux, allongée dans son lit ce soir-là. Tous ses sens étaient en alerte. Elle guetta les cris qui s'apaisèrent peu à peu, laissant place à la rumeur habituelle de la ville. Son père rentra tard. Son oncle, encore plus. Robbie n'était certes pas avec eux, mais Rowenna se tranquillisa en entendant Roger et Lucy boire un verre avec ses parents. Il devait être sain et sauf, sans cela ils n'auraient pas pu discuter posément comme ils le faisaient. Il devait être rentré à l'auberge où logeait son maître. Sans doute était-il d'ailleurs assis avec Mary dans la grande salle, pendant qu'elle-même était seule à se morfondre sous ses draps.

Le visage de Robbie se dessina devant les yeux de Rowenna, avec son regard doux qui ne la quittait pas, ses lèvres trahissant la naissance d'un sourire. Elle sentit son cœur s'emballer et roula sur le dos avec un soupir frustré. Ses jambes s'emmêlaient dans sa longue chemise et elle la lissa, laissant ses mains se hasarder sur les plis, explorer la forme de son corps. Elle se souvenait des caresses de Robbie et essaya tant bien que mal de retrouver la sensation qui l'avait submergée à chaque fois qu'il l'avait prise dans ses bras.

Était-ce un simple coup de cœur passager ou quelque chose de plus profond que cela ? Ou bien juste la manière dont son corps répondait à des sensations qu'elle n'avait encore jamais éprouvées ? Elle n'aurait su le dire.

La joue de Robbie était rude et mal rasée quand elle l'avait touchée. Qu'est-ce que cela ferait de sentir cette douce irritation contre ses lèvres ou sa gorge ? Rowenna laissa courir ses doigts dans son cou et put presque sentir la barbe de Robbie sur sa peau. Sans comprendre ce qui lui arrivait, elle roula sur le côté et serra les cuisses, le ventre rentré, imaginant les lèvres de Robbie à la place de sa main. Une vague de chaleur monta en elle et un frisson la parcourut. Finalement, le sommeil qui l'avait fuie si longtemps s'empara d'elle. Elle fut bercée par les voix étouffées et paisibles qui montaient de la salle.

Chapitre 7

Robbie se réveilla pour découvrir le visage de Cecil juste au-dessus du sien. Il avait rêvé qu'il dansait avec Mary. Il se souvenait encore de ses grands yeux noirs qui pétillaient quand elle riait et qui brûlaient de désir. Être tiré du lit par Cecil n'était pas exactement la conclusion qu'il avait espérée dans son sommeil…

— Remue-toi, Rob. Sir John veut te parler.

Robbie se laissa rouler hors du lit bas et s'habilla avec une grimace. En suivant son ami au rez-de-chaussée, il comprit soudain que les yeux de Mary étaient bleus, pas noirs. Ce n'était pas avec elle qu'il avait dansé… Mais avec qui, alors ? Il était incapable de se souvenir des traits de sa cavalière. Tout ce qu'il savait, c'était qu'ils étaient étrangement familiers.

Sir John déjeunait seul, installé à la longue table. La porte de séparation entre la salle et l'espace privé réservé à sa famille était entrouverte mais un lourd rideau était tiré en travers, empêchant Robbie de voir les femmes. Il entendit néanmoins le luth de Mary et des voix féminines qui chuchotaient en riant. Comme toujours, Lady Isobel et ses suivantes avaient leurs propres distractions. Sir John, Cecil et Robbie jetèrent ensemble un petit coup d'œil vers le rideau et sourirent.

— Maître Hugone, veux-tu bien fermer cette porte ? ordonna Sir John.

Robbie attendit nerveusement, mais quand son maître se tourna vers lui, c'était avec un regard approbateur.

— J'ai été tiré du lit très tôt par un messager du maire, commença-t-il. Il veut récompenser les hommes qui se sont distingués en prenant la défense de la ville et organiser une fête pour faire oublier aux habitants les troubles de ces derniers jours. La semaine prochaine, il a l'intention de présider une cérémonie publique pour adouber cinq des écuyers les plus méritants…

Il tendit un parchemin à Robbie, qui le contempla sans comprendre.

— Toutes mes félicitations, reprit Sir John avec un grand sourire. Et mes remerciements pour avoir honoré ma maison comme tu l'as fait.

Soudain, Robbie réalisa ce qui était en train de lui arriver. Il prit le parchemin d'une main tremblante et le lut. Son nom était clairement écrit à l'encre noire au-dessus du sceau de Simon de Quixlay. Sir John parlait toujours, mais Robbie n'entendait plus. Être adoubé si vite… et à York, là où sa famille pourrait assister à la cérémonie, là où tous les nobles de la région le verraient ! Jamais il n'en avait espéré autant !

Son cœur s'emballa et, la gorge nouée, il balbutia quelques remerciements. Pour une fois, il ne se soucia même pas de bégayer. Il écouta ensuite calmement Sir John lui expliquer où et quand aurait lieu la cérémonie.

— À présent, j'ai une mission à te confier : une commande à passer à ton oncle. Va le retrouver à son atelier et porte-lui cette lettre de ma part. Je suis sûr que tu as hâte de donner la bonne nouvelle à tes parents, mais je te demanderai de garder le secret tant que ton adoubement ne sera pas formellement annoncé.

Robbie répondit par un salut respectueux. En fait, il n'était pas pressé d'annoncer à Roger qu'il allait devenir chevalier. Il était néanmoins heureux d'avoir l'opportunité de prendre l'air pour réfléchir – et dompter le sourire incontrôlable qui flottait sur ses lèvres.

— Toutes mes félicitations aussi, dit Cecil d'un air tendu tandis qu'ils quittaient la salle. Tu as eu bien de la chance qu'on t'envoie défendre la ville plutôt que d'avoir à protéger Sir John et les femmes…

— Je n'ai pas choisi d-de le faire, répondit Robbie. Ne t'inquiète pas : ton heure viendra.

— Bien sûr ! Mais cela aurait été plus rapide si j'avais eu comme toi un noble père et un riche oncle à la guilde d'York pour me mettre en avant. De toute manière, je me suis beaucoup plus amusé ici, à essayer de rassurer les femmes pendant les émeutes.

Robbie serra les dents mais ne dit rien. Si Cecil connaissait la vérité sur sa relation avec Roger, il ne l'aurait sans doute pas insulté de cette manière… Il laissa donc les accusations voilées de son ami glisser sans les relever. S'il était récompensé, c'était grâce à sa seule bravoure, se persuada-t-il. Maintenant qu'il était presque chevalier, et plus un simple écuyer, il pouvait bien supporter la jalousie de son ami… Après tout, il serait adoubé sous huitaine ! Il sourit donc, espérant que son calme agacerait plus Cecil que sa colère. Étrangement, l'idée que son compagnon ait passé deux jours à réconforter Mary ne le troubla pas autant qu'il l'aurait cru.

— Quel dommage que ton adoubement n'ait pas lieu avant le bal, poursuivit Cecil. Tu aurais eu beaucoup moins de mal à trouver une femme prête à te suivre dans les coins sombres si tu avais été chevalier. Mais j'imagine que beaucoup d'entre elles seront tout aussi avenantes en sachant que tu ne resteras plus écuyer bien longtemps. Tu devrais passer une bonne soirée.

— Et trahir un vœu que je n'ai pas encore p-prononcé ? répliqua Robbie.

Il songea soudain aux serments de chasteté et d'honneur qu'il aurait à faire devant la foule rassemblée pour la cérémonie. Son estomac se noua et un vertige le saisit.

— Tu ferais bien de t'entraîner à parler plus vite que ça, gloussa Cecil, ou bien je serai adoubé avant toi, malgré mon retard !

Cette dernière pique toucha sa cible… Robbie aurait dû être aux anges, mais Cecil avait raison : il risquait de bégayer pendant toute la cérémonie. Il s'humilierait lui-même, sans compter son maître et sa famille.

Il traversa seul la ville jusqu'à la maison de Hal. Les volets de l'atelier du rez-de-chaussée avaient été fermés pendant les émeutes, mais on les avait enfin rouverts. Robbie jeta un coup d'œil par la fenêtre avant de frapper.

Hal n'était pas là, mais Rowenna était assise à la table qui occupait le centre de la pièce, là où ils avaient discuté la veille. Elle portait la même robe brune que lors du tournoi, sous une cotte bleue sans manches. Ses cheveux lâchés étaient maintenus en arrière par un foulard bleu pour ne pas la gêner dans son travail. Elle avait l'air paisible, heureuse, plongée dans une pile de papiers, en train de griffonner avec soin quelques notes sur un parchemin. Robbie fut tenté de l'appeler, mais il hésita à l'interrompre. Rowenna finit par poser sa plume et se tourna vers un tas d'herbes qu'elle sépara en petits bouquets. Elle attacha les tiges ensemble avec de la ficelle et les déposa côte à côte sur la table. Quand elle eut fini, elle en ramassa un qu'elle porta à son nez pour en humer le parfum. En levant ainsi la tête, elle aperçut Robbie à la fenêtre et sursauta, une main plaquée sur le cœur. Remise de sa surprise, elle lui fit signe d'entrer.

— Tu m'as fait peur ! lança-t-elle d'un air accusateur. Depuis combien de temps est-ce que tu m'observes ainsi ?

— Pas longtemps, mentit Robbie.

Il s'appuya à la table, près de Rowenna, et tous deux échangèrent un sourire.

— Je peux les sentir ? demanda-t-il en montrant les bouquets d'un signe du menton.

Elle lui en tendit un à bout de bras. Robbie se pencha pour respirer le parfum piquant du thym et de la livèche. Il inspira longuement, savourant les effluves épicés, puis prit le bouquet pour le glisser dans sa manche.

— Tu es venu voir tes parents avant qu'ils ne repartent pour Wharram ?

Robbie se crispa. Pendant leur première nuit de patrouille, Roger et lui avaient failli parler enfin à cœur ouvert… Savoir que son beau-père approuvait son choix d'épouse réchauffait un peu le cœur de Robbie. Il savait qu'il faudrait encore qu'ils parlent ensemble avant le départ de toute la famille, mais la simple pensée de se retrouver face à Roger de nouveau lui donnait des sueurs froides.

— Non, pas maintenant, répondit-il. Je les verrai peut-être plus tard, si j'ai le temps. Je viens apporter une lettre de Sir John pour ton père. Tu es seule ?

— Père travaille à la fonderie de St Andrewgate. Je lui ai proposé de faire les comptes à sa place. C'est tellement plus intéressant que la couture ou le tissage !

La jeune femme se leva et rassembla ses papiers.

— Tu veux qu'on aille le voir ensemble ? Ça me ferait du bien de quitter un peu la maison…

Robbie l'arrêta d'un geste.

— Non, je suis très bien ici.

Rowenna le dévisagea un instant, les sourcils froncés, puis il vit qu'elle comprenait soudain ce qui lui faisait peur.

— Tu n'aimes toujours pas la forge ?

— Le feu, admit Robbie dans un frisson.

Il ne put s'empêcher d'imaginer devant lui un enfer brûlant prêt à l'engloutir en un éclair.

— Je ne sais pas pourquoi…

— Dans ce cas, contentons-nous de marcher un peu ensemble, proposa Rowenna. Je suis restée enfermée toute la matinée et j'étouffe. On pourrait aller jusqu'au jardin de la fontaine et s'asseoir quelques instants au soleil.

— La ville n'est pas encore sûre, protesta Robbie.

— Même dans les jardins ? Peu importe, je m'en moque ! Mes parents ont refusé que je sorte en répétant toujours la même chose, mais je suis certaine qu'ils accepteraient s'ils savaient que tu es là pour me protéger.

Rowenna lui prit la main et ses yeux tombèrent un instant sur l'épée que Robbie portait toujours à la ceinture.

— Je sais que tu ne laisseras personne me faire de mal. Tu te bats si bien !

Elle semblait avoir une telle confiance en lui que Robbie se laissa convaincre. Il aurait par ailleurs fallu être idiot pour renoncer à passer du temps en compagnie d'une femme aussi belle que Rowenna…

— D'accord, mais pas longtemps, finit-il par dire.

Il glissa la petite main de sa cousine au creux de son bras, savourant la proximité soudaine du corps de la jeune fille, et l'accompagna dans la rue.

Ils prirent leur temps pour rejoindre le jardin. En dépit de la présence apaisante de Rowenna, Robbie n'arrivait pas à se débarrasser de son étrange mélancolie.

— Tu as l'air troublé, lança Rowenna après un long silence.

Elle s'arrêta près de la fontaine, posa ses mains sur les épaules de Robbie et l'obligea à la regarder.

— Oui. Non, je…

Il s'écarta tant bien que mal et s'appuya contre le lion de pierre, la tête basse. L'inquiétude qu'il avait réussi à étouffer après l'annonce de son adoubement revint le saisir à la gorge. Il ne pourrait pas l'ignorer plus longtemps et il eut soudain très envie de confier son secret à Rowenna. S'il y avait bien quelqu'un qui ne se moquerait jamais de lui, c'était elle. Il s'assit au bord de la fontaine, contemplant ses mains pour éviter d'avoir à regarder sa cousine en face.

— Le jour où on me fera chevalier, je devrai p-parler en public. P-prononcer mes v-vœux devant tout le monde…

Chaque mot s'arrachait douloureusement à sa gorge. Jamais encore il n'avait eu tant de mal à s'exprimer. Si jamais il hésitait et bafouillait comme cela pendant la cérémonie, il deviendrait la risée de toute la ville !

— Ne t'en fais pas, tu as encore du temps pour te préparer, répliqua Rowenna. Ton adoubement n'aura pas lieu avant plusieurs mois au moins. Crois-moi, d'ici là, tu seras parfait.

Robbie se mordit la lèvre. Il n'avait pas le droit de répéter la nouvelle à qui que ce soit – il l'avait promis à Sir John. Mais comment cacher une telle chose à sa cousine ? Elle était sa plus vieille amie et serait sans doute ravie pour lui. Elle comprendrait aussi ses peurs… Il grimaça à l'idée qu'un nouveau secret venait encore peser entre eux.

— Que cela arrive bientôt ou pas, je n'ai pas confiance en moi, finit-il par répondre.

— Moi, j'ai confiance.

Elle glissa sa main dans celle de Robbie et posa la tête sur son épaule. Il se laissa aller contre elle, les yeux fermés. Le parfum des bouquets qu'elle avait composés s'était accroché à sa peau, mêlé à l'huile de romarin qu'elle avait passée dans ses cheveux. Robbie inspira profondément et soupira d'aise. Il n'avait pas ressenti une telle paix depuis bien longtemps. Trop longtemps… Une vague de chaleur l'enveloppa et la tension qui s'était nichée dans ses épaules depuis le matin s'évanouit. Il était parfaitement détendu. Si seulement il pouvait ressentir la même tranquillité avec Mary ! Jamais il n'aurait de mal à dire quoi que ce soit à Rowenna. Une pointe de culpabilité vint lui serrer le cœur. N'était-ce pas déloyal envers Mary de penser cela ?

Robbie chassa bien vite son trouble pour se concentrer sur le bonheur de l'instant.

— Je ne pense pas pouvoir prononcer mes vœux sans faire honte à tous ceux que je connais, murmura-t-il. Dès que je parle, mes mots s'étranglent dans ma gorge.

— Pourtant, tu parles très bien, maintenant, dit Rowenna avec douceur. Tu y arrives souvent.

Il haussa les épaules.

— Avec toi, peut-être. Parce que je suis toujours à l'aise quand on est tous les deux.

Elle se tourna pour mieux le voir et posa sa main libre sur la joue de Robbie. Le sourire si doux de sa cousine le fit fondre.

— Pourquoi est-ce que tu n'imaginerais pas que c'est à moi que tu parles, quand tu prononceras tes vœux ? Je te promets d'être là. On pourrait s'entraîner, si tu veux.

Est-ce que ça pourrait marcher ? Serait-il capable d'imaginer que Rowenna était seule dans l'église avec lui ? Seule au monde ? Robbie réfléchit longuement à sa proposition. Après tout, le jardin était désert et personne ne risquait de les surprendre.

— Oui, finit-il par dire. Ça pourrait fonctionner.

Il mit un genou en terre devant elle. Rowenna se redressa d'un air si grave – et si peu naturel pour elle – que Robbie dut ravaler un fou rire. Il fit de son mieux pour tenir son rôle, puisqu'elle voulait l'aider. La regardant droit dans les yeux, il commença à réciter le serment qu'il connaissait par cœur depuis des années déjà.

— Je jure de jeûner et d'observer des journées d'abstinence.

Il fut d'abord un peu hésitant, faisant de courtes pauses après chaque mot, puis les vœux qu'il s'était déjà tellement répétés commencèrent à lui venir plus naturellement.

— Je ne traiterai pas avec des traîtres.

Peu à peu, Rowenna perdit sa moue solennelle et se mit

à sourire, hochant de temps à autre la tête pour l'encourager. Robbie lui sourit aussi, les yeux levés vers elle. Le visage de sa cousine emplissait tout son champ de vision. Le soleil l'illuminait par-derrière. Des reflets s'animaient dans ses cheveux sombres et l'auréolaient de bronze.

— Je ne tromperai pas sciemment une dame.

Rowenna se mordit la lèvre. Ses épaules tremblèrent et Robbie se tut, surpris.

— Désolée, lâcha-t-elle dans un gloussement. Je me souviens juste de toutes les fois où tu m'as trompée quand nous étions petits.

Robbie rit à son tour.

— Il me semble que tu en faisais autant, non ?

— Tu as raison. Dans ce cas, je t'adoube, Sir Robert.

Elle tendit le bras et tapota en douceur chacune de ses épaules. La main de Rowenna effleura sa peau nue et il ne put réprimer un frisson. Il remonta son col. La nuit précédente, déjà, il avait pris tant de plaisir à la sentir contre lui… Il se releva et dépoussiéra rapidement son pantalon.

— Merci. C'était plus facile que je ne le craignais, en fin de compte. Je te promets de penser à toi pendant ma nuit de vigile.

— N'es-tu pas supposé penser à ton avenir en tant que chevalier et prier pour avoir la force de faire honneur à ton rang ?

— Peut-être ferais-je mieux de prier pour avoir la force de te contempler sans trembler ! plaisanta-t-il.

Elle rit, rejetant la tête en arrière avec une nonchalance joyeuse. Robbie ne pouvait détacher les yeux d'elle. Il aimait tant cette étincelle dans son regard et la manière dont ses boucles brunes retombaient sur ses joues, dans son cou. Contempler Rowenna était une perspective bien plus agréable que tout ce qui faisait le reste de sa vie.

— Je crois que je vais avoir besoin de toi pour me conseiller et m'aider à m'entraîner, lâcha-t-il soudain.

Si seulement parler avec M-Mary était aussi facile que te parler…

— Ce n'est pas le cas ?

Retrouvant son sérieux, Rowenna le dévisagea avec intérêt.

— Tu ne devrais pourtant pas avoir peur de parler à la femme que tu aimes.

Robbie baissa les yeux. Elle avait raison : cela n'avait aucun sens. Discuter avec Mary aurait dû être aussi simple qu'échanger quelques mots avec Rowenna !

— Me retrouver en tête à tête avec elle m'intimide plus encore que la cérémonie de l'adoubement. Je prépare mes phrases très à l'avance, mais le simple fait de la regarder suffit à me faire perdre mes moyens.

Pourtant, après sa conversation avec Roger, Robbie savait qu'il pouvait demander la main de Mary sans craindre le jugement de sa famille. Si seulement il pouvait trouver les mots justes.

— Dans ce cas, tu dois t'entraîner, comme tu viens de le faire pour prononcer tes vœux, lui conseilla Rowenna.

— Est-ce que tu accepterais de jouer le rôle ?

C'était une idée étrange, mais puisqu'elle avait parlé d'entraînement… Plus Robbie y pensait, plus cela lui paraissait logique et rationnel.

— Je ne voulais pas dire ça ! protesta Rowenna, les bras croisés. Tu n'as pas besoin de le faire devant une *vraie* personne. Je suis sûre qu'un des mannequins d'entraînement de la lice fera très bien l'affaire !

Robbie gloussa à l'idée de déclarer son amour à un homme de paille.

— Ça ne t'a pas dérangée de faire semblant de m'adouber.

— C'est différent ! Je ne suis pas Mary. Ce n'est pas à moi que tu veux ouvrir ton cœur.

Elle arracha une branche de romarin à l'un des buissons

qui entouraient la fontaine et commença à la mettre en pièces d'une main nerveuse.

— Je le sais bien ! Je veux dire : je sais que tu n'es pas Mary, ajouta rapidement Robbie en comprenant que sa réaction avait peut-être été offensante.

Il passa la main dans ses cheveux. Pourquoi était-ce si difficile ?

— J'ai toujours su quoi dire, avec toi… Je te demande juste de m'écouter parler, rien de plus. Tu ne voudrais pas qu'elle me prenne pour un idiot, n'est-ce pas ?

— Parfois, c'est moi qui te prends pour un idiot ! répliqua sèchement Rowenna. Je refuse d'entendre des mots d'amour destinés à une autre femme. Est-ce que tu accepterais de faire semblant d'être Geoff pour que je te roucoule des douceurs à l'oreille ?

— Geoff ? Tu as un faible pour lui ?

Cette simple idée hérissa Robbie. Il ne voulait pas imaginer Rowenna séduite par cet imbécile guindé – pas quand elle était avec lui, en tout cas.

Elle lui adressa une moue agacée.

— Tu sais bien que non ! Mais je n'ai pas réussi à penser à quelqu'un d'autre. Je n'ai pas vraiment l'occasion de rencontrer beaucoup d'hommes, tu sais !

— Tu as raison, c'était bête de ma part, soupira Robbie.

Elle lui prit affectueusement la main.

— Tu n'es pas bête, Robbie. Si tu l'aimes vraiment, tu trouveras les mots, crois-moi. Et si elle t'aime, elle n'aura que faire de tes hésitations. Moi, je sais que j'aurais des milliers de choses à dire à l'homme que j'aime, si je pouvais…

Les joues de Rowenna rougirent soudain, à tel point que Robbie la soupçonna d'avoir quelqu'un en tête. Pas Geoff, c'était impossible. Mais alors, qui ?

— Je suis s-sûr que tu n'aurais pas peur, toi, répondit-il. Mais ma langue n'est pas aussi déliée que la tienne.

— Peut-être, mais elle doit très bien fonctionner dans d'autres domaines…

Rowenna lui adressa un clin d'œil complice avec une moue qui appelait le baiser.

— Ro ! Tu me choques !

Elle gloussa. Son rire était si joyeux qu'il se répandit en Robbie comme une fièvre.

— Ce n'était pas mon intention, encore que… Je t'en supplie, pardonne ta pauvre cousine pour sa conduite indécente, dit-elle en lui prenant le bras d'un air faussement contrit.

Cette fois, Robbie eut vraiment du mal à réprimer son hilarité. Il lui souleva le menton du bout du doigt et fit de son mieux pour avoir l'air sévère.

— Je te pardonnerai si tu m'aides. Je te promets de ne rien dire qui puisse *te* choquer.

— Tu n'y arriverais pas, de toute manière !

— C'est un défi, Ro ?

Elle le dévisagea un instant. Robbie laissa ses mains remonter des fins poignets de sa cousine à ses épaules. Finalement, Rowenna soupira et détourna le regard.

— Très bien. Je vais le faire, ne serait-ce que pour voir si tu es vraiment capable de me scandaliser. Dis-moi où sera ta Mary quand tu lui feras ta déclaration.

Robbie haussa les épaules. Il n'avait pas vraiment réfléchi à la question.

— J'imagine qu'elle sera en train de coudre ou de jouer du luth.

Rowenna haussa les sourcils d'un air critique.

— La vie d'une dame de la cour paraît passionnante, dis-moi. Je me demande parfois comment j'ai fait pour me passer de tout ça pendant si longtemps.

Robbie ne cacha pas son agacement.

— Tu es pourtant bien pressée d'épouser un chevalier, pour une femme qui ne veut pas de cette vie !

Elle grimaça à son tour, avec un regard noir.

— Je ne veux pas me marier juste pour rester assise toute la journée comme une statue pieuse qu'on pose sur une tombe. Je veux épouser un homme qui me fera voyager et découvrir le royaume. Il est hors de question que mon mari me laisse seule à la maison pour attendre patiemment son retour sans protester. Pense un peu à nos parents : tu imagines nos mères en train de coudre placidement dans la solitude ?

Robbie ne put la contredire. Sa mère et sa tante jouaient toutes les deux des rôles essentiels dans la vie de leurs époux. Elles les aidaient même dans leur travail. Il était évident que Rowenna suivrait un jour le même chemin.

— Je suis méchante, pardonne-moi, finit-elle par dire. Je serai ton élégante demoiselle pour aujourd'hui.

Elle s'avança entre les plates-bandes de lavande et de bétoine avec un balancement sensuel des hanches, puis s'assit gracieusement sur un banc de pierre. Elle se lança alors dans une pantomime exagérée de joueuse de luth. Robbie étouffa un nouveau rire.

— Bonjour à vous, maître Danby, dit-elle en lissant sa jupe avec soin.

Elle croisa les mains sur ses genoux et pencha la tête pour lui lancer une œillade coquette, non sans un air de défi dont la placide Mary aurait sans doute été incapable.

Robbie prit une profonde inspiration et fit de son mieux pour ne pas se laisser distraire par le délicieux frisson qui le traversa. Il s'approcha et mit un genou en terre près de Rowenna.

— M-Mary, je vous adore…

Rowenna éclata de rire.

— C'est un peu direct. Peut-être que tu devrais lui

faire d'abord la conversation. De quoi parlez-vous quand vous êtes ensemble ?

— On ne parle pas. Je veux dire qu'on a seulement échangé quelques mots en passant.

Et, à chaque fois, Mary l'avait traité avec indifférence, songea amèrement Robbie.

Rowenna parut surprise – et amusée – d'apprendre cela.

— Robbie, je t'aime beaucoup, mais tu es un inconscient… Allez, continue.

Il hésita quelques instants, puis demanda :

— Comment est-ce que *tu* déclarerais ton amour à l'homme de tes pensées ? Celui dans l'oreille de qui tu veux tant roucouler ?

— Je ne le ferais pas ! Ce n'est pas la place d'une femme de commencer ce genre de conversation, et ce genre de franchise serait très mal vu, tu le sais. Tout ce que je peux faire, c'est battre des paupières et espérer qu'on me remarque.

Pour illustrer son propos, Rowenna ouvrit grand les yeux et lui adressa un regard aguicheur.

— Personne ne peut te croiser sans te remarquer ! s'écria Robbie.

Il l'examina, depuis ses boucles brunes et ses yeux brillants jusqu'à sa poitrine généreuse et sa taille fine. Finalement, il se glissa sur le banc, tout près d'elle.

— Tu dois faire tourner toutes les têtes à chaque fois que tu entres dans une pièce.

— Oh oui ! Dans toutes les pièces de notre maison de Ravenscrag ! lança sèchement Rowenna. Si seulement on y trouvait autre chose que des chats ou ma mère, je suis sûre que je me dénicherais un époux sans lever le petit doigt. Tout comme tu gagneras sans peine le cœur de ta belle. Allez, recommence.

Ils échangèrent un sourire. Robbie fut encouragé par la confiance qu'elle avait en lui.

— Vous emplissez mon cœur d'un espoir nouveau à chaque fois que je vous vois, déclama-t-il.

— Elle ? Je veux dire : moi ?

Reprenant son rôle, Rowenna détourna modestement les yeux et pressa une main contre sa poitrine.

— Oui, reprit Robbie. Je vous aime.

Elle lui adressa un doux sourire et effleura sa joue du bout des doigts.

— Dites-moi un peu pourquoi vous m'aimez ? murmura-t-elle d'une voix douce.

Robbie tenta de répondre, mais Rowenna lui caressait toujours la joue, juste au coin des lèvres, et sa gorge se noua. Un soubresaut traversa son pantalon et son esprit se vida en un éclair. Il lâcha un gémissement étranglé. Rowenna s'écarta brutalement, comme si sa peau la brûlait et Robbie soupira, désemparé.

— Je ne suis bon à rien.

Rowenna se redressa, les bras croisés.

— En tout cas, tu n'étais pas très convaincant. Ou convaincu. Si tu es incapable de dire à Mary pourquoi tu l'aimes, est-ce que tu es vraiment sûr que tes sentiments sont sincères ?

Robbie ne répondit pas. Il pouvait décrire sans problème la beauté et la grâce de Mary, mais au-delà de cela, c'était le vide. Et cette découverte le choqua. Il se releva et arpenta le jardin de long en large, trop frustré pour tenir en place. Finalement, il s'appuya à la fontaine et laissa son regard se perdre dans le bassin. Les muscles douloureux de son dos et de ses épaules protestaient plus que jamais.

— Je ne voulais pas t'offenser… ou te faire de peine, murmura soudain Rowenna tout près de lui.

Il ne l'avait pas entendue le suivre à l'autre bout du jardin. Il se redressa avec un soupir et se tourna vers elle.

— Tu ne m'as pas blessé. C'est contre moi que je suis

en colère. Je n'aurais jamais dû te demander de faire une chose aussi bête.

— En quoi est-ce bête ?

Elle s'assit près de lui sur le rebord de la fontaine et lui jeta un nouveau coup d'œil si provocant que Robbie fut pris de vertige.

— Je ne peux pas faire comme si tu étais Mary. Vous n'avez rien en commun. D'ailleurs, je me sens ridicule d'avoir besoin de répéter la moindre conversation avec elle.

— Ce n'est pas vrai. Rien de ce que tu fais n'est ridicule. Tu es l'homme le plus sérieux que je connaisse.

C'était sans doute un compliment dans sa bouche, mais les derniers mots de Rowenna lui firent plus de mal encore que le reste. Il lui prit la main et la serra entre les siennes, tirant un peu de forces de sa chaleur.

— Et tu es la femme la plus vivante que *je* connaisse.

Le visage de Rowenna devint grave, solennel. Robbie regretta immédiatement l'étincelle qui dansait d'habitude dans ses yeux. Il lâcha sa main et lui caressa le bras, puis l'épaule. Elle cligna rapidement des paupières, comme un petit animal apeuré dans la lumière d'une lampe.

— Tu es intelligente, amusante, pleine d'humour, reprit Robbie. Tu me fais rire et tu me troubles, parfois même trop pour ma paix intérieure…

Rowenna soutint son regard et le gratifia d'un sourire à la fois innocent et sensuel. Robbie sentit une pluie de frissons parcourir son corps et son cœur s'emballa. Mary ne l'avait jamais regardé avec autant d'intérêt. Pendant quelques secondes, il en oublia de respirer. Puis les paroles se déversèrent soudain de ses lèvres avec plus de facilité que jamais.

— Une femme comme toi n'aura jamais à s'inquiéter qu'on ne sache plus quoi lui dire, sauf si l'on est trop frappé par ta beauté pour parler.

Sa main glissa d'elle-même de l'épaule de Rowenna

à sa clavicule et il tressaillit presque quand ses doigts rencontrèrent la peau nue de la jeune femme, au-delà du col de sa robe. Il caressa la courbe soyeuse de son cou puis remonta sur sa joue. Elle le laissa faire, sans bouger, sans rien dire. Elle restait parfaitement immobile et silencieuse. On aurait presque pu croire qu'elle s'était changée en pierre, s'il n'y avait pas eu cette ombre rosée sur ses joues, trahissant l'effet des paroles de Robbie. Il s'approcha un peu plus d'elle, sans la quitter des yeux.

— Je pourrais passer ma vie à examiner les nuances de ton regard et je ne m'en lasserais jamais, souffla-t-il.

Rowenna se mordit la lèvre jusqu'à ce qu'elle rougisse, dévoilant une rangée de petites dents bien ordonnées. Elle pencha la tête sur le côté, les yeux grands ouverts. Puis elle passa un bout de langue rose sur ses lèvres – et Robbie eut soudain très envie de goûter à cette bouche sensuelle. Il posa doucement une main sur sa joue, se pencha sur elle. Réprimant au dernier moment son désir de l'embrasser, il déposa un petit baiser sur sa joue, assez près de sa bouche pour la sentir sourire.

Elle poussa un petit soupir essoufflé. Ce simple son fit battre plus violemment encore le sang de Robbie à ses oreilles et éveilla des parties de son corps qu'il avait réussi à ignorer jusque-là. Les paroles qu'il avait retenues lui échappèrent d'un seul coup, sans qu'il puisse s'en empêcher :

— Je t'aime.

— Quoi ?

Rowenna se redressa d'un coup. Elle s'écarta de lui et passa une main nerveuse dans ses cheveux qui retombèrent sur son visage. Quand elle se tourna de nouveau vers lui, le rose qui avait teinté ses joues était devenu écarlate. Elle prit une profonde inspiration, ajusta son corsage et adressa un sourire gêné à Robbie. Lui aussi avait du mal à croire ce qui venait de se passer.

— Eh bien, c'était beaucoup mieux ! s'écria-t-elle. Très convaincant. Si tu parles comme ça à… N'importe quelle femme serait… Si tu dis tout ça à Mary, elle ne pourra…

Mary ?

Robbie se tassa sur le banc que Rowenna venait de quitter. Il cueillit quelques brins d'hysope, troublé par la facilité avec laquelle il lui avait parlé d'amour – et par l'effet que cette déclaration avait sur lui. Il ne savait même plus à quel moment il avait cessé de penser à Mary et fut envahi par la culpabilité.

— Je dois rentrer à la maison, annonça Rowenna. Je suis sûre que tu as également beaucoup de choses à faire.

Robbie voulut lui prendre la main mais elle recula d'un pas pour rester hors de portée.

— Ta mère est en train de retourner l'étage à la recherche d'affaires qu'elle aurait oublié de remballer et ton père veut trouver un cordonnier avant de partir. Je dois apporter mes feuilles de comptes à Père. On se reverra au bal, n'est-ce pas ?

Sans attendre de réponse, elle quitta le jardin, laissant Robbie seul sur son banc. Que s'était-il passé ?

Chapitre 8

Rowenna resta longtemps à la forge, pour être certaine que Robbie ait quitté la maison avant son retour. Quand elle rentra enfin, les rues s'emplissaient de nouveau d'une foule agitée. Elle regretta pendant quelques instants que son cousin ne soit plus à ses côtés pour la protéger, mais s'il avait été là, elle n'aurait pas su comment se comporter avec lui. Ses joues s'embrasaient à chaque fois qu'elle repensait aux paroles qu'il avait prononcées dans le jardin. Il avait été si séduisant, si captivant. Toute sa timidité habituelle s'était envolée. Si jamais il parvenait à parler de cette manière à Mary, la jeune femme tomberait amoureuse de lui en quelques minutes à peine…

Rowenna passa son après-midi à jouer aux cartes avec Lisbet et Ralf, à lire à voix haute pour Anne et Joan, et à guetter le moindre signe d'agitation par la fenêtre. Que se passait-il, dehors ? Hélas pour elle, sa mère ne la laissa pas travailler de nouveau seule au rez-de-chaussée ; elle était trop angoissée par les bruits qui montaient de la rue. Si Robbie était revenu pour parler de la commande de Sir John, il ne l'aurait pas trouvée à l'atelier.

Hal rentra au coucher du soleil, l'air bien plus satisfait que lorsqu'il avait quitté Rowenna le midi. Elle lui servit du pain chaud au miel, du lait, et l'écouta raconter ce qui s'était passé à la guilde.

— Simon de Quixlay et le bailli ont décidé de punir d'une amende de quarante livres tous ceux qui essaieraient de se soulever contre les autorités, annonça-t-il. Dieu merci, nous avons un homme sensé à la tête de la ville à présent, et pas Gisbourne, le corrompu !

— La révolte est terminée ? demanda Joanna.

— Il pourrait encore y avoir quelques troubles, de la part de certains obstinés qui ne comprennent pas encore que ça ne sert à rien… Mais dans l'ensemble, je crois que York se relèvera.

— Dans ce cas, je vais pouvoir aller danser au bal du Solstice ! s'écria Rowenna, soulagée.

Hal reposa sa serviette sur la table et la dévisagea d'un air sévère.

— Il est hors de question que tu ailles où que ce soit ! Après la révolte de l'année dernière, je ne voulais déjà pas t'emmener ici. Certes, la Chambre des Communs sera bien gardée, mais les rebelles peuvent encore tenter de la prendre d'assaut.

Rowenna ne put retenir un grognement déçu. Elle se tourna vers sa mère et sa tante, désemparée.

— J'ai à peine quitté la maison pendant tout notre séjour ! J'aurais aussi bien fait de m'épargner le voyage. Tous les gens importants d'York seront au bal. Tous les chevaliers et les écuyers qui prennent part au tournoi. Vous voulez pourtant que je me marie avant d'être trop vieille, non ?

— Nous voulons que tu trouves un prétendant digne de toi, oui. Mais tous les chevaliers ne sont pas des hommes d'honneur, répondit Joanna. Si tu… Si tu devais courir le moindre danger en cherchant un époux, ça n'en vaudrait pas la peine.

— Mère ! Je n'ai pas l'intention de me laisser prendre

contre un mur comme une fille de taverne ! protesta Rowenna dans un éclat de rire choqué.

Tante Lucy toussa. Elle avait l'air étrangement sombre. Pourtant, elle avait déjà dû entendre ce genre de langage dans son auberge de Wharram… Joanna et elle échangèrent un regard énigmatique et Lucy parvint à esquisser un sourire crispé.

— Ce n'est pas toujours une question d'intention…

Rowenna s'assit près de son père et le prit dans ses bras. Elle lui lança l'un de ses grands regards suppliants. En général, cela suffisait à le faire céder ; mais elle avait déjà eu du mal à le convaincre de la laisser quitter Ravenscrag pour assister au tournoi.

— Le bal aura lieu seulement dans deux jours, et tu seras présent pour t'assurer qu'il ne m'arrive rien, non ? murmura-t-elle.

Hal fit non de la tête.

— Ta mère et moi avons été invités à dîner avec le bourgmestre. Lucy et Roger rentrent demain à Wharram Danby. Il n'est pas possible pour eux de reculer leur départ pour t'y emmener. Tu ne peux pas aller seule au bal, Rowenna.

Elle aurait pu pleurer de frustration ! Néanmoins, elle parvint à garder un semblant de calme – sangloter n'aurait rien arrangé.

— Si tu t'inquiètes pour moi, je peux te promettre de rester dans la salle ou les jardins. Et Robbie sera là. Il ne laissera jamais personne me faire de mal : il a toujours veillé sur moi.

Sa mère et tante Lucy échangèrent un sourire que Rowenna ignora de son mieux. Elle avait toujours pensé que leur famille espérait voir naître des sentiments entre eux autres qu'une simple amitié. Son estomac se noua. Tout le monde allait bientôt découvrir que Robbie avait d'autres projets en tête…

— Laissons donc Rowenna s'amuser un peu, suggéra finalement Lucy en remplissant la chope de bière de Hal. C'est une fille raisonnable. Robbie gardera un œil sur elle et son cousin Geoff pourra aussi faire office de chaperon.

— Geoff n'est pas mon chaperon ! lâcha Rowenna.

Si elle avait son mot à dire, Geoff ne ferait même pas partie de sa vie.

— Les guildes financent la fête, intervint à son tour Joanna. Il serait mal vu qu'aucun membre de notre famille n'y assiste.

— Bien sûr ! Ils sont prêts à prendre l'argent durement gagné d'un bâtard quand cela les arrange, mais me nommer maître de la guilde, ça jamais ! grommela Hal avec amertume. Je suis vraiment désolé, Rowenna. Jamais je n'aurais voulu que ma naissance soit un tel poids pour toi et t'empêche de côtoyer la haute société…

Elle connaissait bien cette rengaine, hélas. Rowenna sentit sa gorge se nouer en voyant à quel point son père avait l'air malheureux. Si elle l'avait osé, elle aurait tourné le dos à tous ceux qui traitaient sa famille avec mépris.

— Dans ce cas, laisse-moi y aller et essayer de faire tourner ma chance, dit-elle avec douceur. J'ai si peu d'opportunités à la maison… Ce serait idiot de ma part de ne pas saisir celle-ci. Après tout, j'ai si peu vu la ville depuis notre arrivée.

— Tu ne vas quand même pas la priver du plaisir d'un bal, si ? demanda Joanna.

Elle se pencha sur lui dans son dos et lui prit les mains avec tendresse.

— Tu te souviens du bal où nous nous sommes rencontrés ?

Hal lâcha un petit gloussement.

— Ne me rappelle pas trop ce qui s'est passé ce soir-là, ma chère, ou je risque d'enfermer notre fille à double tour !

Joanna lui donna un petit coup sur le bras en riant,

et Rowenna sut qu'elle avait gagné. Elle courut à l'étage pour étaler ses robes sur son lit, tout en remerciant intérieurement sa mère et sa tante de l'avoir soutenue. Elle allait bel et bien pouvoir danser avec Robbie !

Le simple fait de penser à lui la poussa à se mordre la lèvre pour ne pas sourire. Il l'avait choquée en prononçant le mot *aimer*... Plus elle passait de temps avec lui, plus ses sentiments pour lui prenaient racine – et cela ne lui apporterait rien d'autre que du malheur. Robbie n'était sans doute pas vraiment amoureux de Mary, mais il était clair aussi que ses sentiments pour elle dépassaient la simple amitié. Rowenna savait très bien ce qui lui restait à faire : trouver un homme libre au bal, essayer de tomber amoureuse de lui et oublier son cousin une bonne fois pour toutes.

La Chambre des Communs était plus belle que jamais quand Rowenna y mit les pieds deux jours plus tard, escortée par son père. Une troupe de ménestrels jouait un air joyeux et l'on entendait la mélodie jusque dans la rue. Tout en approchant du bâtiment, Rowenna ne put s'empêcher de chantonner.

Hal l'attira à lui et sourit.

— Tu as l'air tellement heureuse... Je suis désolé d'avoir voulu t'empêcher de venir à York. Je m'inquiétais pour toi, c'est tout. Est-ce que tu pardonnes à ton père ses excès de prudence ?

— Bien sûr !

Elle l'embrassa sur la joue en songeant qu'il n'aurait sans doute pas dit la même chose s'il avait su de quel danger Robbie l'avait sauvée le jour du tournoi. Au souvenir des bras puissants de son cousin autour de sa taille, Rowenna fut parcourue de la tête aux pieds par un frisson d'impatience. Elle dut s'empêcher de sourire – ce qui ne fut pas facile.

Pourquoi son imagination continuait-elle à la tourmenter avec des désirs inappropriés qu'elle ne pourrait jamais satisfaire ? Elle dut échouer à cacher son excitation car son père devint soudain très grave.

— Surtout, ne te laisse pas charmer par un homme qui n'en vaut pas la peine, dit-il avec le plus grand sérieux.

— Père ! Je suis ici pour danser, c'est tout. Je ne ferai rien que Mère et toi pourriez désapprouver. Je saurai me comporter en dame, comme vous me l'avez appris.

Hal ne parut pas rassuré pour autant.

— J'aurais dû annuler mon dîner pour rester avec toi. Ou bien envoyer ta mère et ta tante. Promets-moi de rester dans la salle et, si tu as besoin de prendre l'air, ne t'éloigne pas du porche. Geoffrey a promis de t'escorter jusqu'à la maison quand tu seras fatiguée. Je doute que Sir John soit présent, mais si jamais tu as besoin d'aide essaie de le trouver – lui ou sa femme.

— Robbie sera là, lui rappela Rowenna. Je ne risque rien avec lui pour veiller sur moi.

— Bien entendu. Mais ton cousin aura sans doute des choses à faire, des gens à voir. Tu ne peux pas uniquement t'appuyer sur lui. Geoffrey est prévenu, il gardera un œil sur toi. C'est un jeune homme très bien, Rowenna.

Rowenna sentit soudain sa bonne humeur s'évaporer. Bien sûr que Robbie aurait des gens à voir ! Une personne, en particulier… Elle embrassa son père sur la joue et le renvoya fermement dans la rue de peur qu'il n'arrange ses fiançailles avec Geoff avant même la première danse.

Une fois seule, elle s'arrêta un instant sur le seuil de la salle et poussa un soupir d'aise. Les membres de la guilde avaient travaillé dur pour que les participants du tournoi et le public gardent d'York une bonne impression… On ne voyait plus la moindre trace des troubles qui avaient agité la ville les jours précédents. Des serviteurs en livrée garnissaient les tables de viandes, de pâtisseries, de confiseries et de desserts variés. Rowenna chercha Robbie dans la foule mais ne le trouva pas. Il ne faisait pas non plus partie des couples qui avaient commencé à danser.

Elle se fraya alors un chemin vers la salle du conseil, qui avait été aménagée pour que les dames puissent y rajuster leur toilette. La pièce était remplie de femmes jeunes et vieilles occupées à lisser leurs cheveux, à renouer leurs rubans et à défroisser leurs jupons. Rowenna hésita un instant au moment de passer la porte. Les nerfs à fleur de peau, elle reconnut plusieurs nobles épouses et filles d'York qui l'avaient souvent ignorée dans la rue. Cela n'aurait pourtant pas dû avoir d'importance… Elle avait été sincère quand elle avait dit à Robbie que la vie de cour était synonyme d'ennui à ses yeux. Elle n'avait pas envie de fréquenter ces personnes. Mais se promener seule et être évitée par une bonne moitié de la ville était difficile à supporter ; cela lui rappelait sans cesse la frustration que son père essayait de cacher et le fait que jamais, quoi que sa famille fasse, elle ne serait admise dans certains cercles.

Elle faillit tourner les talons quand elle aperçut deux femmes qui accepteraient certainement de lui parler. Elle vit aussi l'épouse d'un marchand d'épices de sa connaissance lui sourire de loin et elle la salua avec reconnaissance. Sa confiance ainsi renforcée, Rowenna confia sa cape à une servante et entreprit de relacer son corsage plus serré. En dépit de toutes les promesses qu'elle avait faites à son père – et bien qu'elle ne comptât pas entacher son honneur pendant la soirée – elle n'avait pas envie de se montrer avec une robe trop lâche. Maintenant que ses parents n'étaient plus là pour la voir, elle fit de son mieux pour mettre sa silhouette en valeur.

Elle aperçut soudain deux des jeunes suivantes qu'elle avait vues en compagnie de l'épouse de Sir John au tournoi. Elles étaient assises sur des tabourets bas, à l'autre bout de la table garnie de boissons qu'on avait dressée dans la salle. Rowenna s'approcha discrètement. Laquelle de ces femmes était la bien-aimée de Robbie ? Elles parlaient de chevaliers, listant certains des noms que Rowenna avait aperçus sur le tableau des victoires, et débattaient de ceux qui méritaient ou non qu'on s'y intéresse. Rowenna prit un petit gâteau et le grignota tout en écoutant. C'était une conversation plutôt ennuyeuse, à dire vrai…

— Je veux bien embrasser l'écuyer de Lord Dunhelm, s'il me le propose, disait l'une des deux filles, une jeune femme aux cheveux flamboyants.

— Amy, tu n'oserais pas ! répliqua froidement l'autre. Ou si tu le fais, je danserai avec le comte lui-même !

— Tu danserais aussi avec maître Danby, s'il te le demandait ?

Soudain intriguée, Rowenna redressa la tête. Elle termina son gâteau et se lécha les doigts. Cette fille était donc Mary… Elle l'examina avec soin. Mary avait le nez droit et des yeux bleu ciel. Elle était grande et fine. Ses cheveux d'un blond doré retombaient sous sa coiffe et coulaient en cascade dans le dos de sa robe pervenche. Rowenna songea que ces reflets d'or étaient trop lumineux pour être naturels.

— Beaucoup de beaux chevaliers me proposent de danser avec eux, répondit Mary d'une voix pincée, en agitant dans l'air sa main chargée de bagues. Pourquoi est-ce que je me contenterais d'un homme qui n'est encore qu'écuyer, en dépit de sa beauté ?

— Maître Danby ne restera pas toujours écuyer. Je suis sûre qu'on l'adoubera très bientôt, remarqua Amy.

À raison, songea Rowenna. Décidément, elle préférait Amy. Quel dommage que Robbie ne soit pas tombé amoureux d'elle ! En tout cas, s'il devait *vraiment* aimer une autre femme…

— C'est vrai, murmura Mary. J'ai déjà remarqué qu'il dansait bien et il *est* bel homme.

Rowenna ne put s'empêcher d'acquiescer dans son coin. Elle se reprit bien vite et attrapa une coupe pour se désaltérer. Hélas, on ne servait dans cette salle qu'un nectar écœurant de vin et de miel, beaucoup trop épicé à son goût.

— Il héritera d'un titre aussi, à ce qu'on dit, reprit Amy. Une baronnie, je crois.

— Sans doute.

Le visage de Mary s'illumina un instant avant de retrouver sa morosité.

— Mais il y a des naissances illégitimes dans sa famille… Tu as bien vu son oncle, toi aussi.

Amy ne parut pas troublée par cette idée.

— Je doute qu'il ait beaucoup de liens avec eux. À chaque fois que quelqu'un parle de bâtards, il se ferme comme une huître. Il avait l'air furieux de voir sa famille aborder Sir John pendant le tournoi.

Rowenna se figea. Robbie lui avait toujours dit que la naissance de Hal n'avait aucune importance pour lui… Mais maintenant qu'elle y songeait, il était vrai qu'il devenait plus grave quand elle abordait le sujet. Est-ce qu'il méprisait secrètement le statut de son père, et donc le sien ? Cette idée atroce la bouleversa.

Mary lissa tranquillement sa jupe, l'air hautain.

— Qu'il apprécie ou non sa famille, je doute que maître Danby puisse hériter d'assez d'argent pour convaincre oncle John. Il tient à ce que je fasse un beau mariage.

Bien que Rowenna regrette de devoir l'admettre, Mary avait raison sur ce point. Hal avait travaillé dur pour assurer à sa fille une dot conséquente afin d'inciter ses prétendants à ignorer son statut modeste et l'illégitimité qui entachait son nom. Mais, pour la première fois de sa vie, elle comprenait à quel point Roger avait été imprudent, se contentant de vivre à l'écart dans la campagne. Robbie hériterait d'une propriété respectable mais petite et d'une fortune plus petite encore. Jamais son père n'avait tenté d'attirer l'attention sur lui ou sur son fils.

Robbie semblait lui-même s'en satisfaire. Il préférait tirer ses flèches sur des mannequins de paille plutôt que jouter ; et être l'écuyer de corps de Sir John au lieu de devenir son valet personnel. N'importe quel jeune noble aurait tout fait pour se faire connaître du royaume entier à sa place. Et voilà qu'il était tombé amoureux d'une femme qui se moquait de lui dans son dos !

Perdue dans ses pensées, Rowenna attrapa une seconde coupe et la carafe d'eau pour diluer son vin.

— En tout cas, ce n'est pas ton oncle que maître Danby doit séduire, ce soir, gloussa Amy. Et tu ne crains rien à accepter de danser avec lui : il a bien trop d'honneur pour essayer de t'embrasser.

Rowenna but sa coupe d'une traite. Robbie avait failli l'embrasser, *elle* ! Serait-il allé jusqu'au bout de son geste, si elle ne l'en avait pas empêché ? Ses joues s'embrasèrent. Comment Robbie pouvait-il aimer une fille aussi méprisante et hautaine que Mary ? Et si Mary, avec tous ses bijoux et son ambition débordante, était vraiment le genre de femme qu'il voulait, comment pourrait-il un jour envisager d'épouser la fille d'un bâtard ?

— Très bien, déclara Mary. Je danserai avec lui *et* je trouverai un moyen de l'embrasser. Mais il va d'abord falloir qu'il vienne me parler, et ce n'est pas gagné. J'avoue que je pourrais avoir un faible pour lui, si je n'avais pas de migraine à chaque fois qu'il ouvre la bouche ! Qui v-v-voudrait d'un m-m-mari qui ne p-p-peut pas prononcer le n-n-nom de son épouse ?

Rowenna serra les poings. Robbie adorait cette femme, et elle… Quelle cruauté ! Une douleur lui traversa la poitrine. Cette Mary ne devait rien savoir de Robbie, si elle se permettait de rire ainsi d'une chose qui le faisait tant souffrir.

Car elle riait, oui. Aux éclats.

— En revanche, ajouta-t-elle, j'ai remarqué que sa mère portait des saphirs ravissants. Ils seraient tout à fait assortis à mes yeux… Peut-être que je pourrais supporter de l'écouter, s'il me les offrait.

Oh non, cette fille ne méritait pas de saphirs ! Elle ne méritait pas Robbie. Elle ne méritait même pas d'épouser le fils d'un porcher. Elle méritait…

Rowenna se rendit soudain compte qu'elle avait agrippé la poignée de la carafe d'eau et sourit. Mary méritait qu'on refroidisse ses ardeurs.

Rowenna reposa avec soin la carafe tout au bord de la table, vida sa seconde coupe de vin. Puis elle s'écarta avant de revenir, de prendre une troisième coupe et de se pencher maladroitement par-dessus la table.

— Pardonnez-moi, il y a de l'eau par ici ? demanda-t-elle à Mary.

La jeune femme se tourna pour voir qui lui parlait au moment où Rowenna faisait basculer la carafe et la renversait. L'eau jaillit, inonda le plateau de la table et éclaboussa copieusement la robe de Mary. Celle-ci se dressa d'un bond avec un cri horrifié, ignorant les excuses bruyantes de Rowenna.

— Est-ce que quelqu'un peut apporter un chiffon ? demanda-t-elle à la cantonade en cachant tant bien que mal son triomphe.

Une servante et quelques femmes se précipitèrent. Mary lança à Rowenna un regard venimeux et se précipita vers la cheminée pour étaler les plis de sa robe devant le feu. Rowenna redressa la carafe vide, acheva son troisième verre et quitta la pièce comme un roi victorieux quitte le champ de bataille. Mary avait été plus rapide à se lever qu'elle ne l'avait imaginé et avait évité le plus gros de l'eau mais, avec un peu de chance, elle passerait assez de temps à se sécher pour que Rowenna puisse parler à Robbie.

Elle réprima un soupir exaspéré. Il fallait qu'il soit aveugle pour croire que cette fille était faite pour lui !

— Il ne comprendra sans doute pas les sous-entendus subtils, murmura-t-elle pour elle-même. Il va falloir être directe…

Le centre de la grande salle était rempli de danseurs à présent. Leurs pieds frottant les joncs disposés sur les dalles faisaient ressortir le parfum du thym et celui, plus vert, de l'herbe fraîchement coupée. Les chandelles, installées dans des niches le long des murs, projetaient partout leur douce lumière ambrée et leur odeur s'élevait jusqu'au plafond vertigineux. Un feu ronflait dans l'immense âtre, à l'autre bout de la pièce, diffusant sa chaleur alentour. Rowenna, étourdie par les fragrances mélangées du bois et des plantes, eut un petit vertige. Elle s'appuya contre un mur. La méchanceté gratuite de Mary lui laissait un goût amer en bouche.

Soudain, une voix toute proche la fit sursauter.

— Est-ce que vous avez besoin d'aide, mademoiselle ?

Rowenna se tourna pour découvrir un jeune homme blond qui la dévisageait d'un air inquiet.

— Je ne sais pas, lâcha-t-elle.

Elle avait surtout besoin de réfléchir. Il allait falloir qu'elle répète à Robbie tout ce qu'elle avait entendu dans la chambre du conseil, et cela briserait le cœur de son cousin. Une petite part égoïste de son esprit lui murmurait qu'elle pourrait ensuite le consoler… Quoi qu'il en soit, l'inconnu qui se tenait là ne lui serait d'aucun secours.

— Pardonnez mon impudence, je sais que nous n'avons pas été présentés. Mais vous aviez l'air un peu perdue, reprit-il avec un sourire. Je suis maître Hugone.

Rowenna se souvenait de ce nom. Cet homme était l'autre écuyer de Sir John – et l'ami de Robbie. Elle ne risquait rien à lui parler.

— Je m'appelle Rowenna, répondit-elle en s'éventant

avec la main. Il fait tellement chaud, ici. Je ne m'attendais pas à cela… J'étais en train de chercher mon cousin, mais je ne le vois nulle part. Et j'ai un peu soif aussi.

— Quelle tristesse de voir une dame dans le besoin ! Surtout une dame sans cavalier. Me laisserez-vous vous accompagner jusqu'aux tables pour vous trouver un verre de vin ? Et quand vous vous sentirez mieux, peut-être pourrions-nous danser…

Rowenna lui sourit, tentée par sa proposition. Elle devait trouver Robbie au plus vite pour lui rapporter ce qu'avait dit Mary à son sujet. Hélas, elle ne le voyait toujours pas. De plus, il faisait *vraiment* chaud et le nectar trop sucré qu'elle avait bu ne l'avait pas désaltérée. Une coupe de vin l'aiderait sans doute à y voir plus clair et à calmer sa fureur. Son père lui avait bien dit de se méfier des hommes volages, mais elle pouvait certainement se fier à l'ami de Robbie.

Elle prit donc le bras de maître Hugone et le suivit jusqu'à la table des rafraîchissements où il lui remplit une coupe de vin léger bien plus agréable que ce que l'on servait aux femmes dans l'autre pièce. Son compagnon la regarda boire avidement avec un grand sourire.

— Vous aviez réellement soif, on dirait ! Je suis sûr que vous tenez le vin mieux que moi.

Rowenna lui rendit son sourire.

— Je n'ai pas l'intention d'essayer d'entrer en compétition avec vous, répondit-elle.

— C'est sage. Est-ce que vous m'accorderiez cette danse, maintenant ?

Il lui tendit la main et ponctua sa question d'un regard engageant. Rowenna sourit de plus belle. Robbie ne lui avait pas dit que son ami était aussi charmant – ou aussi blond et aussi beau. Elle jeta un rapide coup d'œil aux autres couples. Combien d'hommes, dans cette salle, l'auraient évitée comme la peste ? Elle n'aurait sans doute pas beaucoup d'autres cavaliers et Robbie n'avait toujours pas fait son apparition. En attendant son arrivée, elle ne voyait aucun mal à danser avec maître Hugone.

Après tout, c'était pour cela qu'elle était venue, non ?

Robbie était surpris qu'on n'ait pas annulé le bal après les émeutes qui avaient éclaté en ville. Bien que le calme soit à peu près revenu, le mécontentement était encore palpable dans les rues d'York. Trois jours plus tôt, la Chambre des Communs avait été barricadée pour empêcher les rebelles d'y pénétrer. Maintenant, les portes étaient grandes ouvertes. Du moins, pour un homme de son rang supposé.

Quand il entendit les rires et la musique résonner dans la nuit, Robbie faillit tourner les talons. Il aurait de loin préféré passer une soirée tranquille, dans une taverne calme, plutôt qu'être entouré par tout ce bruit et tous ces gens. Il desserra le col de sa cape. Ses abdominaux et ses côtes protestaient encore contre les coups qu'il avait reçus en ville et pendant le bohort. Il se glissa dans la salle mais, comme il n'avait pas encore envie de danser, il se détourna des couples qui virevoltaient pour s'installer sur un banc un peu à l'écart et observer.

Mary dansait avec Lord Dunhelm. Elle se tenait très droite, la tête haute. Chacun de ses gestes avait une grâce étudiée et sa démarche était d'une élégance parfaite. Elle portait une robe bleu clair qui ondulait autour de son corps comme des vagues. Son beau visage était toujours serein. Si elle avait conscience des regards qui la suivaient avec insistance, elle n'en montrait rien. Robbie sentit son cœur tambouriner dans sa poitrine. Si seulement il avait eu le courage d'aller lui demander une danse avant ses rivaux…

Il prit le temps d'examiner le reste de la salle, profitant du spectacle offert par les nombreux danseurs. Il reconnut rapidement Cecil, à l'autre bout de la pièce, au bras d'une belle femme, plutôt petite, en robe de soie lie-de-vin. Chaque mouvement faisait virevolter sa jupe, qui reflétait la lumière moirée des bougies. Ses cheveux étaient retenus par de fins rubans dorés de part et d'autre de sa tête, mettant en valeur une nuque fine. Quelques boucles brunes, à la base de sa coiffure, scintillaient joyeusement.

Tandis qu'il observait le couple, Robbie vit Cecil faire descendre sa main le long du dos de sa partenaire et caresser ses fesses pour l'attirer un peu plus près de lui. C'était exaspérant de voir son rival tenter sa chance d'une manière aussi flagrante – et en public ! Le couple s'élança jusqu'au mur du fond, puis Cecil fit tourner sa cavalière et Robbie aperçut enfin le visage de la danseuse. Il se dressa d'un bond, manquant de renverser sa coupe de vin.

La femme qui s'abandonnait ainsi dans les bras de Cecil… C'était Rowenna !

Un voile de sueur perla au front de Robbie et son sourire amusé s'effaça. Rowenna était dos à Cecil, à présent, appuyée contre son torse. Elle se laissait aller contre son corps, guidée par sa main, tandis qu'il appuyait sa joue contre la sienne. La main droite de Cecil tenait fermement la taille fine de Rowenna… Certes, cela faisait partie de la danse, mais il n'était pas obligé de la serrer autant et ses doigts n'avaient pas à effleurer la hanche de sa cavalière d'une manière aussi suggestive ! Une hanche délicatement soulignée par le laçage serré de la robe et qui semblait avoir été façonnée pour attirer les caresses…

De plus, si les pas les obligeaient à se tenir par la main, ils n'avaient pas besoin de le faire avec autant de fièvre.

Hors de lui, Robbie vit Cecil se pencher à l'oreille de Rowenna et lui murmurer quelques mots, les lèvres tout près de son cou. Rowenna éclata de rire et se tourna pour lui répondre. Sa bouche effleura la joue de son partenaire, qui sourit avant de s'humecter les lèvres. Il lui dit autre chose, qui la fit rire de plus belle. Dans le mouvement de sa tête, ses rubans dorés brillèrent plus que jamais. Cecil avait l'air ravi de l'effet qu'il avait sur elle…

Robbie se rendit soudain compte qu'il avait les doigts crispés sur son verre. Depuis quand parlait-on autant, pendant une simple danse ? Ils étaient si proches qu'ils auraient facilement pu s'embrasser… Robbie savait qu'il n'aurait pas dû laisser sa cousine se montrer aussi libérée avec un homme qu'elle connaissait à peine, mais il ne pouvait pas les séparer sans provoquer un esclandre. Il se rassit donc et les observa, exaspéré par leur honteux badinage.

Chapitre 9

Peu à peu, à force de regarder Rowenna danser, Robbie sentit sa colère faire place à une profonde admiration. Elle dansait très bien, d'un pied léger, et ne manquait jamais une mesure. Il était clair qu'elle s'amusait beaucoup et se laissait complètement emporter par le rythme endiablé de la musique. Malgré sa désapprobation, Robbie ne put s'empêcher de sourire. Au fond, il était un peu jaloux de voir Rowenna se comporter avec un tel abandon quand lui en était incapable.

Le moindre geste de sa main attirait les regards. Le moindre pas enlevé faisait ondoyer sa robe. Un sourire béat flottait sur ses lèvres et ses yeux noirs scintillaient. Cecil et elle enchaînaient les mêmes pas que Mary et Lord Dunhelm ; mais même à une telle distance, Robbie ressentait le rayonnement de l'énergie indomptable de sa cousine. Il commença à marquer le rythme du bout de sa botte et une pensée traîtresse, inattendue, lui traversa l'esprit : la perspective de danser avec Rowenna l'attirait beaucoup plus que celle de danser avec Mary…

Si seulement elle n'avait pas jeté son dévolu sur Cecil et son charisme ravageur ! Robbie ravala sa frustration, tapotant nerveusement la table. Sa réaction était exagérée. Rowenna serait sans doute aussi ravie de danser avec un autre partenaire. Cecil n'avait rien à voir avec sa joie évidente. Peu à peu, Robbie constata, de plus en plus révolté, que plusieurs autres hommes l'avaient remarquée et l'observaient désormais avec intérêt. Certes, elle avait beaucoup changé pendant la longue absence de Robbie : elle était devenue très belle et très élégante. Visiblement, son charme n'avait pas d'effet que sur lui ; et Robbie n'était pas certain d'apprécier cela.

Les rangées de danseurs se croisèrent, rapprochant Rowenna et Cecil de Robbie. Au milieu d'un pas souple qui fit tourbillonner ses jupes, Rowenna croisa le regard de Robbie. Elle sauta un temps pour la première fois depuis le début de la danse et se figea un instant. Elle dévisagea Robbie, les yeux écarquillés par la surprise, jusqu'à ce que Cecil tire un peu sur sa manche et l'entraîne de nouveau au milieu des couples. Elle disparut dans un éclat de rire, sans même un dernier regard en direction de Robbie. L'estomac noué, il resta crispé sur son siège, bien décidé à bondir dès les dernières notes pour l'inviter à danser avec lui, ensuite. Il en profiterait aussi pour lui rappeler les règles de la bienséance…

Quand la musique s'acheva enfin, Rowenna était de l'autre côté de la salle et, avant que Robbie ait pu la rejoindre, un autre jeune homme l'aborda en lui tendant une coupe de vin – qu'elle prit avec enthousiasme. Ravalant sa frustration, Robbie tourna les talons. Il vit soudain Mary, qui faisait la révérence à Lord Dunhelm. Robbie fut assailli par une vague de culpabilité : c'était pour danser avec Mary qu'il était venu, pas pour surveiller sa cousine ! Il avait été tellement obnubilé par Rowenna qu'il avait complètement oublié sa bien-aimée…

Puisqu'il ne pouvait pas empêcher Ro de se déshonorer en badinant avec ses cavaliers sans provoquer un scandale, il décida d'aller tenter sa chance auprès de Mary. Il n'avait eu aucun problème à parler, quand il s'était entraîné avec Rowenna. Tout devrait bien se passer… Il prit une profonde inspiration, salua Mary et – sans trop bégayer – parvint à lui demander de lui accorder la danse suivante. Elle le dévisagea quelques instants comme si elle le jaugeait avant d'acquiescer.

Elle dansait avec une élégance raffinée, ne manquant jamais un pas et gardant la tête haute. Son corps était aussi rigide que celui d'un maître de ballet en plein cours. Robbie se demanda un instant s'il pouvait se risquer à passer la main autour de sa taille, comme Cecil l'avait fait avec Rowenna – cette image le troubla tant qu'il faillit perdre la mesure. Il commença à observer les autres danseurs et remarqua bien vite que sa cousine n'était pas parmi eux. Elle était assise sur un banc un peu à l'écart, entre Cecil et l'autre homme. Et elle buvait un nouveau verre de vin.

— Vous dansez bien, maître Danby.

Robbie entendit à peine la remarque de Mary et eut besoin de quelques secondes avant de reconnaître cette voix douce et de se concentrer de nouveau sur elle. Mary le dévisageait avec attention, ses grands yeux bleus fixés sur lui, en attendant sa réponse.

— Au bras d'une partenaire aussi gracieuse que vous, n'importe q-quel homme se verrait p-pousser des ailes…

Elle rit joyeusement et Robbie s'efforça de sourire aussi. Durant tout le reste du morceau de musique, il parvint presque à oublier Rowenna, à ne pas penser à ce qu'elle faisait ou à qui l'accompagnait. Après tout, n'avait-il pas rêvé de cet instant pendant des semaines ? Et le fait qu'il ait l'amère impression de n'avoir décroché que le second prix d'une joute n'avait rien à voir avec Mary.

— Pourrais-je d-danser de nouveau avec vous ? demanda-t-il quand les dernières notes se turent.

— J'ai promis à ma tante que je ne danserais pas deux fois de suite avec le même homme, répondit Mary. Revenez me voir plus tard dans la soirée.

Robbie se mit alors en quête de sa cousine et la vit au milieu des danseurs. Une fois de plus, elle s'abandonnait dans les bras de Cecil. Il la couvait d'un regard brûlant que Robbie connaissait hélas trop bien. De nouveau, des pensées sombres l'envahirent. Rowenna dansait deux fois de suite avec Cecil et avait passé tout son temps avec lui entre les deux morceaux… Soit tante Joanna ne lui avait pas donné les mêmes consignes que celles qu'avait reçues Mary ; soit – et c'était plus probable – Rowenna avait décidé d'ignorer les conseils de sa mère. Cecil l'aperçut et lui lança un sourire lourd de sous-entendus. Cette fois, cependant, Robbie était bien décidé à intervenir. Il plongea dans la foule, écartant les danseurs qui le gênaient, et se retrouva aux côtés de Rowenna à l'instant où le luth égrenait ses derniers accords.

— Eh bien, maître Danby, on essaie de voler ma cavalière ? s'écria Cecil, l'air surpris. Est-ce que vous vous connaissez, au moins ?

— N-n-nous…

Robbie sentit sa gorge se nouer. Il aurait pu hurler de frustration.

— Oui, nous nous connaissons, dit à sa place Rowenna dans un grand éclat de rire.

Combien de verres avait-elle bus avant qu'il l'aperçoive ?

— Est-ce que *tu* accepterais de danser avec moi, Robbie ?

Elle se campa devant lui et le contempla comme elle avait contemplé Cecil peu de temps auparavant. Ses paupières papillotaient avec coquetterie. Ses longs cils voilaient en partie ses beaux yeux noirs et elle se mordillait la lèvre. Robbie aurait voulu accepter immédiatement, mais il se rappela avec sévérité pourquoi il s'était interposé.

— Non, répondit-il donc. Il faut que je te parle.

Sans attendre la réponse de Rowenna, il lui prit le bras et l'entraîna vers le banc qu'il venait de quitter.

Rowenna frissonna avec une grimace théâtrale.

— Tu t'assieds toujours si loin du feu ! J'espérais que les années t'auraient fait perdre cette manie. Peu importe : la danse m'a réchauffée…

Elle tourna dans un froissement de jupes et se laissa tomber sur le banc près de lui. Quelques mèches s'étaient échappées du filet doré qui emprisonnait ses cheveux et la sueur les avait collées sur son visage. Elle souffla vers son front pour les chasser. L'exercice l'avait essoufflée et sa poitrine se soulevait à chaque inspiration qu'elle prenait. Robbie eut du mal à ne pas baisser les yeux sur son décolleté. C'était comme si un artiste aux mains invisibles avait façonné le corps de Rowenna d'une manière nouvelle depuis leur dernière rencontre, la veille. Comme si on avait fait d'elle une femme différente, fascinante, séduisante et très, très désirable. Ses yeux pétillaient plus que jamais et ses pommettes rougies par la danse mettaient sa beauté en valeur. Troublé, Robbie ne trouva pas la force de parler.

Rowenna se pencha contre son épaule et profita de son silence pour lancer :

— Cette dernière danse était amusante, mais je meurs de soif, maintenant ! Est-ce que tu pourrais aller me chercher une autre coupe de vin, s'il te plaît ?

Son souffle sentait l'alcool. Elle voulait une *autre* coupe ? Combien de verres avait-elle déjà bus ?

— Ce n'est pas une bonne idée, répondit sèchement Robbie. Tu vas être ivre.

— Pas du tout !

Elle eut un hoquet et plaqua sa main contre sa poitrine en riant.

— Tu as peut-être raison… Mais cela ne te regarde pas, il me semble. Tu n'es pas mon chaperon.

— Apparemment, personne ne l'est, ce soir, marmonna Robbie.

Rowenna le gratifia d'une moue boudeuse.

— Quel rabat-joie tu fais !

Elle glissa la main sur son bras, mais il la chassa d'un geste agacé et la dévisagea sévèrement.

— Ça t'étonne ? J'avais enfin une chance de danser avec Mary et, au lieu d'en profiter, j'ai dû te surveiller de loin pour m'assurer que tu ne ruines pas ta réputation en te comportant comme une traînée devant la moitié de la ville !

— Une traînée ? répéta-t-elle en le fusillant du regard. Je ne faisais que danser, Robbie, comme tout le monde ici ! Pourquoi est-ce que tu es toujours aussi guindé ?

Robbie la regarda un instant, choqué.

— Tu peux faire tout ce que tu veux, bien sûr, mais je refuse de te regarder te ridiculiser et humilier notre famille sans rien dire !

Rowenna paraissait révoltée.

— Comment peux-tu être aussi injuste ? Tu n'as aucun droit de me juger comme ça ! Tu sais mieux que personne que j'ai rarement l'occasion de rencontrer des gens et que je désespère de trouver un jour un mari !

Ses yeux noirs lançaient des éclairs et Robbie sentit que la querelle bruyante n'était pas loin. Il serra néanmoins les dents et ne céda pas.

— Raison de plus pour rester modeste, Rowenna. Je croyais que tu avais appris à te comporter en dame.

— C'est ce que je fais ! Je n'ai pas passé les bornes de la bienséance et je n'ai pas manqué de modestie, il me semble ! Toutes les femmes, ici, ont déjà dansé avec au moins cinq hommes, au cas où tu ne l'aurais pas remarqué !

Elle indiqua la foule d'un grand geste et manqua de gifler Robbie au passage. Il attrapa sa main au dernier moment.

— Tu devrais mieux contrôler ta passion quand tu

danses, répliqua-t-il. Tes regards et tes gestes te trahissent. Ce n'est ni convenable… ni prudent.

— Mère a déjà passé la journée à me parler de prudence, comme si j'allais m'offrir à la moitié de la ville ! lâcha Rowenna en levant les yeux au ciel.

Robbie aurait aimé avoir un miroir pour lui montrer avec quelle facilité on pouvait lire sur ses traits.

— C'est vraiment ce que tu penses de moi, toi aussi ? reprit-elle.

Rowenna était forcément encore vierge, comme lui. Que savait-elle des désirs qui s'emparaient parfois d'un homme ? Les femmes étaient-elles froides de nature, ou bien Rowenna ressentait-elle par moments la même soif d'amour et de passion que lui ? L'image de son corps nu, offert, devant *lui* le traversa comme une lance de feu au creux des reins. Rowenna ferait-elle l'amour avec la même fièvre et la même passion qui l'animaient lorsqu'elle dansait ? Des comparaisons déplacées entre elle et Mary vinrent hanter Robbie, et il retrouva sa vieille culpabilité en constatant qu'une fois encore, la balance penchait en faveur de Rowenna.

— Bien sûr que non ! finit-il par dire en voyant qu'elle le dévisageait toujours. Mais tous les hommes n'attendent pas qu'on s'offre à eux. Tu dois vraiment apprendre à faire attention… Je ne serai peut-être pas là pour te protéger, la prochaine fois.

— Me protéger de quoi ?

Elle le fixa avec un sourire beaucoup trop mutin, un sourcil dressé.

— Ne me blâme pas pour *ta* timidité. Si tu n'apprécies pas mon comportement, c'est tout simplement parce que tu n'oses pas faire la même chose ! Tu aurais dû avoir le courage de demander une danse à ta Mary au lieu de venir m'arracher à mon cavalier : cela t'aurait permis de passer moins de temps à bouder sur ton banc. Cecil m'a dit que tu voulais passer le plus de temps possible avec elle. D'ailleurs, à ce sujet, je dois…

Robbie se redressa et l'interrompit d'un geste. Apparemment, Rowenna n'avait même pas remarqué qu'il *avait eu* le courage de parler à Mary.

— Oui, j'ai bien regardé Cecil, dit-il amèrement, et il a eu l'air de beaucoup te parler. Il a passé son temps penché à ton oreille.

Rowenna lâcha un hoquet indigné, voulut se lever, puis se ravisa d'un air boudeur.

— Peut-être que discuter avec Cecil m'a paru plus amusant que rester assise dans mon coin pendant que tu m'observais de loin, sans rien dire. Sa conversation est passionnante, au moins !

— La passion ne fait pas tout. Tu as besoin de quelqu'un sur qui tu puisses compter.

— Que ça a l'air ennuyeux ! répliqua Rowenna.

— Vraiment ?

Pourtant, elle lui avait déjà dit qu'elle pouvait « compter » sur lui, autrefois. Robbie sentit son impatience monter et dut ravaler l'envie soudaine de s'énerver à son tour.

Rowenna se leva et se campa devant lui.

— Si je veux pouvoir enfin quitter Ravenscrag, il faut que je me marie, et trouver un époux sera déjà bien assez difficile sans que je passe la soirée assise dans un coin à regarder le monde danser autour de moi !

— Dans ce cas, bonne soirée, Rowenna, lâcha Robbie, exaspéré. Je vais te chercher ton vin et je te laisse retourner à ta danse. Pour ma part, je crois que je vais rentrer. Je n'ai plus vraiment envie de voir du monde, ce soir…

Il la salua les poings serrés et s'éloigna.

Une part de lui s'attendait presque à ce que Rowenna le suive, mais elle n'en fit rien. Il traversa l'espace central et les danseurs rassemblés en cercle sans lever les yeux de ses bottes. Tous ces hommes et ces femmes ne s'étaient sans doute jamais rencontrés avant ce soir-là ; et voilà qu'ils se tenaient par le bras, riaient, se pressaient les uns contre les autres. Robbie les regarda faire pendant quelques secondes, les dents serrées.

Rowenna avait-elle réellement eu un comportement plus dévergondé que ces autres femmes ? Ou bien avait-il été injuste envers elle simplement parce qu'il avait été jaloux de la voir danser avec Cecil ? Son amertume lui avait-elle fait perdre tout sens de la mesure ? Il jeta un coup d'œil par-dessus son épaule. Rowenna s'était rassise sur le banc, seule dans le coin le plus froid de la salle, la tête baissée. Et il était responsable de cela, songea Robbie, la gorge nouée. Rowenna avait attendu ce bal pendant des jours, et il avait gâché son plaisir. Pire encore : il n'était plus aussi sûr d'avoir eu raison de la sermonner. Il n'était plus sûr de rien. Pouvait-il vraiment se fier à son jugement, en ce qui concernait sa cousine ?

Rowenna suivit Robbie des yeux jusqu'à ce qu'il disparaisse dans la foule. Il ne se retourna pas une seule fois. Et il n'alla pas non plus jusqu'à la table des rafraîchissements pour lui apporter une coupe de vin. Il s'immobilisa juste dans un coin, le plus loin possible d'elle et gardant le dos obstinément tourné. Rowenna se laissa aller et s'adossa à la table, derrière elle, avec un soupir exaspéré. Elle ne perdait rien à le laisser partir, surtout quand il se montrait aussi froid et sévère avec elle. Finalement, il méritait peut-être d'épouser Mary et de découvrir après coup tout le mépris qu'elle avait pour lui !

Elle resta immobile pendant tout le temps de la danse. Robbie ne revint pas avec son vin. Rowenna commençait à penser qu'il était bel et bien parti quand elle l'aperçut, de loin. Il était en train de discuter avec un de ces dignitaires de la guilde trop fiers pour s'adresser à la famille de Rowenna. Une vague de colère lui monta à la gorge. C'était facile, pour lui, de la réprimander… Mais si elle s'empêchait de parler aux quelques hommes qui voulaient bien être vus en sa compagnie, comment trouverait-elle un mari ?

Elle vit soudain Robbie offrir son bras à une belle femme d'une quarantaine d'années richement vêtue et se mettre à danser avec elle. Pendant un instant, il leva les yeux vers Rowenna et elle se détourna de peur qu'il ne la surprenne en train de le regarder. D'amères larmes lui montèrent aux yeux. Elle les ravala tant bien que mal, victime d'une migraine soudaine. Se retournant sur son banc, elle s'accouda à la table et appuya son menton sur ses bras croisés, le cœur lourd. Si jamais Robbie la surveillait, elle ne voulait pas lui montrer à quel point leur dispute l'avait bouleversée. Elle se mit à dessiner du bout du doigt des spirales dans une flaque de vin renversé.

— On vous a abandonnée ? demanda une voix, tout près d'elle. J'ai eu du mal à en croire mes yeux quand Danby s'est éloigné…

Cecil Hugone se glissa sur le banc à côté d'elle. Rowenna fut tentée de lui confier tous ses malheurs, mais se ravisa. Robbie faisait partie de sa famille. Pas Cecil. Oh ! elle ne se priverait pas de s'épandre en critiques sur son cousin dès qu'elle rentrerait chez elle mais, en dépit de ce que Robbie semblait penser, elle *se souciait* de la réputation de sa famille et n'allait pas laver son linge sale en public !

— La danse me lasse, répliqua-t-elle froidement. Je l'ai renvoyé.

— Et il vous a obéi ? J'avoue que j'admire sa docilité, mais ce brave Robbie ne sait pas ce qu'il perd. Aucune autre femme d'York ne vous arrive à la cheville !

Rowenna le dévisagea, la tête haute. Elle n'était pas du genre à se laisser aveugler par la moindre flatterie ; néanmoins, elle commençait à douter du bon sens de

Robbie. Elle risqua un regard en direction de son cousin. Il dansait toujours, avec une pointe de raideur et l'air distrait. La seule consolation de Rowenna fut qu'il n'était pas allé voir Mary, qui observait la salle d'un air hautain, en compagnie de son amie Amy.

Elle se remit à dessiner dans le vin. Avec un peu de chance, Cecil la laisserait seule si elle refusait de lui parler… Mais non, il posa sa main sur la table, beaucoup trop près de la sienne, et la dévisagea avec intérêt.

— Les compliments ne vous font ni chaud ni froid. Vous êtes vraiment une perle rare, murmura-t-il. Loin de moi l'idée de vous offenser, mais je n'aime pas vous voir aussi triste. Peut-être pourrais-je vous offrir un verre ?

Rowenna sentit son estomac se soulever. Le goût du vin fort était encore trop présent sur sa langue.

— Merci, mais je crois que j'ai assez bu pour ce soir.

Sa conscience ne la laissait plus tranquille. Robbie avait eu raison de lui refuser la moindre boisson alcoolisée quand elle lui en avait demandé. Avait-il eu raison pour le reste aussi ? Se comportait-elle mal, ce soir ? songea-t-elle amèrement.

— Dans ce cas, accepteriez-vous une autre danse ?

Cecil lui prit la main avec autorité et elle le laissa faire. En un éclair, ses inquiétudes s'évanouirent. Si Robbie dansait, pourquoi se priverait-elle ? Son cavalier l'aida à se relever et l'entraîna au milieu des couples. Du coin de l'œil, elle vit Robbie la regarder. Il grimaça avec désapprobation, mais Rowenna l'ignora et suivit Cecil.

Elle fit de son mieux pour ne pas se soucier de Robbie pendant tout le morceau. Il n'existait plus pour elle. À chaque fois qu'ils se rapprochaient, Cecil l'entraînait plus loin et, quand ils étaient obligés de se croiser, elle gardait les yeux fixés sur son partenaire. Ce qui ne l'empêcha pas de remarquer les regards noirs que lui lançait Robbie. Cecil se montra aussi gracieux et enjoué qu'avant, mais Rowenna n'arriva pas à savourer la musique comme elle l'avait fait au début de la soirée.

Ce n'était pas la faute de son cavalier. Il souriait et plaisantait de son mieux. Hélas, les lèvres qui l'obsédaient n'étaient pas les siennes et ce n'était pas la main de Cecil qu'elle avait envie de sentir à sa taille… Elle aurait préféré rester assise dans son coin plutôt que de voir Robbie danser avec une autre femme et devoir faire semblant d'aller bien quand, au fond, elle était au bord des larmes.

À la fin du morceau, elle remercia Cecil poliment et lui refusa une nouvelle danse sous prétexte d'avoir besoin de respirer un peu d'air frais. Le jeune homme parut si sincèrement inquiet pour elle qu'elle s'en voulut de lui mentir ainsi.

— Accompagnez-moi donc au jardin, vous vous sentirez mieux, lui glissa-t-il à l'oreille. La nuit est calme et fraîche. Nous pourrions nous installer sur un banc le temps que vous vous reposiez. Cela nous permettrait d'apprendre à mieux nous connaître…

Il lui lança un sourire engageant et Rowenna hésita. Elle savait très bien ce que certains couples allaient faire dans le jardin… et c'était une idée tentante. Cecil était bel homme. Et bon danseur. À chaque fois que la main du jeune écuyer s'attardait à sa taille, Rowenna sentait son cœur battre un peu plus fort. Sans doute était-il aussi un homme d'honneur – sans quoi Robbie ne serait pas son ami. Néanmoins, elle se souvint des mises en garde de son père et des remarques de sa mère et de sa tante. Même si Cecil et elle restaient sagement assis sans se toucher, ce qu'il avait sans doute l'intention de faire, les gens risquaient de jaser et Rowenna aurait du mal à faire taire les rumeurs. Cette fois, Robbie aurait raison de la gronder. Et il ne s'en priverait sans doute pas.

À regret, elle songea qu'elle allait devoir refuser.

Heureusement, alors qu'elle cherchait une manière polie de décliner, le chef des musiciens annonça que l'orchestre allait faire une pause pour laisser la place aux ménestrels et à leurs chants. Les serviteurs déposèrent des bancs et des tabourets en demi-cercle devant l'estrade où étaient installés les artistes. Rowenna aperçut l'épouse et la fille d'un argentier de sa connaissance et saisit ce prétexte pour s'éclipser.

— Veuillez m'excuser, murmura-t-elle. J'ai un message de mon père pour Mrs Ashe.

Elle fit la révérence à Cecil sans lui laisser le temps de protester et rejoignit les deux femmes sur l'un des derniers bancs. À peine fut-elle assise que les premières notes du concert s'élevèrent. Rowenna vit son cousin adossé à un pilier, un peu plus loin sur sa droite. Cecil s'était installé entre Mary et Amy. Robbie s'en était-il rendu compte ? Il y avait encore une place près de Mary, sur le banc, mais il ne la prit pas. Rowenna fit de son mieux pour rester concentrée sur la musique – qui était très agréable – mais elle ne pouvait s'empêcher de jeter sans arrêt des coups d'œil à Robbie. Il contemplait tour à tour les ménestrels et les femmes assises sur les bancs. Soudain, elle se rendit compte avec stupeur que c'était *elle* qu'il regardait.

Il avait l'air tellement malheureux que toute la colère qui étouffait Rowenna depuis leur dispute s'évanouit. Comment avait-elle pu être assez bête pour se fâcher à ce point ? Un désir irrépressible de le rejoindre et de le serrer dans ses bras pour mettre fin à son tourment monta en elle mais elle le refoula. Elle fit même tout son possible pour avoir l'air absorbée par le concert à chaque fois que Robbie levait les yeux sur elle. Si jamais elle faisait l'erreur de croiser son regard, elle ne pourrait sans doute pas s'empêcher de fondre en larmes.

Le dernier morceau s'acheva, sous des applaudissements

polis. Maintenant, Rowenna pouvait se permettre de se retourner vers Robbie. Il la salua courtoisement de la tête, mais paraissait méfiant après leur querelle – et il ne sourit pas. Un raz-de-marée de tristesse envahit Rowenna et la fit frémir. Elle se leva, bien décidée à le rejoindre et à lui parler, mais songea que ce serait peut-être une approche trop directe. Et s'il n'avait pas envie de passer du temps avec elle ? Et s'il préférait la compagnie de Mary ?

Elle hésita quelques secondes de trop : Cecil traversa la salle avec deux coupes de vin et en tendit une à Robbie. Celui-ci jeta un dernier coup d'œil à Rowenna avant de suivre son ami. Elle se rassit, le cœur lourd, et bavarda quelques minutes avec Mrs Ashe et sa fille – juste assez pour rester polie et sauver les apparences. Dès qu'elle put se libérer, elle se mit en quête de Robbie.

Il était toujours avec Cecil, près de la grande cheminée de pierre, au centre d'un groupe de jeunes femmes. Cecil parlait fort en agitant les bras dans tous les sens, sans doute pour décrire une joute ou un combat. Robbie, lui, restait silencieux. Rowenna vit Mary se rapprocher subrepticement de lui. Elle le dévisageait à présent d'un air parfaitement innocent et lui parlait très vite. De toute évidence, elle avait décidé de s'intéresser à lui, comme elle l'avait dit à Amy. Rowenna sentit ses joues s'embraser. Elle se rappelait bien évidemment la cruauté des moqueries de Mary, un peu plus tôt ; mais avec tout ce qui s'était passé depuis, elle avait oublié de rapporter les paroles de la jeune femme à son cousin. Maintenant, c'était trop tard. Elle ne pouvait pas se permettre d'interrompre les conversations sans savoir comment Robbie réagirait…

Elle dut donc se résoudre à observer le groupe de loin, impuissante. Robbie acquiesçait quand on lui posait une question et paraissait s'intéresser à tout ce que les femmes du groupe pouvaient dire. Il souriait, néanmoins ses épaules restaient crispées et de petites rides de tension se dessinaient au coin de ses yeux. Quand il leva sa coupe pour boire, Rowenna vit que ses articulations avaient blanchi à force de serrer le gobelet. Elle se souvint alors de son ancienne terreur des feux. Il fallait sans doute bien le connaître pour remarquer sa tension – et Rowenna le connaissait depuis toujours. Elle savait ce que voulait dire chacun de ses signes de tête, chaque frémissement de sa lèvre. Il était nerveux, et sa timidité rendait chaque instant de cette conversation éprouvant. Comment pouvait-on être si brave, si courageux avec une épée à la main, et perdre tous ses moyens dès qu'il s'agissait de parler à des inconnus ?

Les quelques femmes du groupe, séduites par sa beauté et ses épaules puissantes, ne se rendaient pas compte de la torture qu'il subissait. Inquiète, Rowenna les vit se presser autour de lui et roucouler comme un groupe de poules faisanes autour d'un coq. Ou comme des oies autour d'un poirier… Le souvenir lointain de ce jour se raviva d'un seul coup et Rowenna ne put s'empêcher de glousser en dépit de son anxiété. Robbie et elle étaient amis depuis trop longtemps pour que quelques éclats de colère puissent les séparer. Il ne se détournerait jamais d'elle devant du monde…

Son courage retrouvé, Rowenna se fraya un chemin dans la foule pour arriver dans le champ de vision de Robbie. Il l'aperçut et tressaillit. Son rire se figea sur ses lèvres, puis se tut. Rowenna était déjà sur le point de faire demi-tour quand le sourire de Robbie revint, plus sincère, plus doux. Un sourire qui vint même illuminer ses yeux.

— Toutes mes excuses, maître Danby, lança alors Rowenna en s'avançant, remarquant avec plaisir que les autres femmes s'écartaient devant elle comme la mer Rouge de la Bible. J'ai un message de la part d'un membre de notre famille.

— Bien sûr, j'arrive.

Il avait répondu presque avant qu'elle ait eu le temps de terminer sa phrase et murmura quelques excuses aux autres avant de la suivre. Rowenna s'arrêta entre deux piliers, dans l'un des recoins les moins bruyants de la salle.

— Qui envoie un message ? demanda Robbie dès qu'ils furent seuls. Quelque chose ne va pas ?

— Le message vient de ta cousine, lâcha Rowenna les yeux baissés. Elle a dit des mots qu'elle regrette et voudrait se faire pardonner…

Elle n'osa pas le regarder en face. Au bout de quelques secondes, Robbie lui prit la main et la souleva. Au lieu de la porter à ses lèvres, il la plaqua contre son cœur.

— Tu m'as demandé du vin et je ne te l'ai jamais apporté, remarqua-t-il.

— Je n'ai pas besoin de vin, murmura Rowenna. Tu avais raison. Je t'en prie, ne nous disputons plus.

— J'ai été injuste, Ro…

— Tu as tes opinions et, parfois, elles sont justes.

Elle fit de son mieux pour sourire.

— Après tout, tu ne peux pas passer ta vie entière à avoir tort, n'est-ce pas ?

Robbie la gratifia d'un petit sourire qui lui remonta le moral. Ils restèrent quelques instants debout, côte à côte, à regarder les danseurs. Des petits groupes d'hommes et de femmes se rassemblaient dans tous les coins pour bavarder, badiner et rire. Rowenna aperçut Geoffrey et se sentit obligée de lui faire signe, sans grand enthousiasme. Mary dansait avec un noble de passage, ses cheveux blonds brillant dans l'éclat des bougies.

— Je suis sûre qu'elle les lave à l'eau de safran, grommela Rowenna pour elle-même.

Elle glissa une de ses mèches brunes dans le filet doré d'où elle s'était échappée, consciente que Robbie la dévisageait sans rien dire. Pourvu qu'il n'ait pas entendu son commentaire mesquin, songea-t-elle…

— Je pensais que ce bal serait plus amusant, admit-elle au bout d'un moment. J'aime danser, mais toutes ces conversations et ces ragots m'ennuient. Comment est-ce que tu peux supporter une telle frivolité, chaque jour ?

— Parfois, j'aimerais pouvoir tourner le dos à tout ça, dit Robbie avant de lui offrir son bras. Que dirais-tu d'une p-promenade au jardin ? Il y fera plus frais et on ne croisera personne… Je crois que je n'ai plus envie de danser.

Robbie était le second homme, ce soir-là, à lui proposer de sortir au jardin. Mais, cette fois, Rowenna n'hésita pas, n'eut pas le moindre doute. Tout ce qu'elle voulait, c'était passer du temps seule avec Robbie.

— Je ne veux plus danser non plus, répondit-elle donc. Et puis, on se voit si peu… Dans quelques jours, tu seras parti.

Robbie avait-il la même idée en tête que Cecil en lui proposant cette promenade nocturne ? se demanda Rowenna. Si c'était le cas, elle le laisserait sans doute faire…

Chapitre 10

Tenant Rowenna par le bras, Robbie se fraya un chemin jusqu'à la cour. Des torches brûlaient dans les niches creusées à même les murs et des nuées d'insectes tournaient frénétiquement autour des flammes. Un groupe de jeunes garçons bruyants était assis sur le muret le plus proche pour boire. Quelque part, derrière eux, des couples discutaient à voix basse et riaient dans la pénombre. Robbie s'écarta instinctivement de ces gens. Rowenna l'avait accusé d'être « guindé » ; et c'était peut-être vrai. Il la conduisit plus loin, au milieu des haies basses qui marquaient l'entrée du jardin. Ici, il faisait plus sombre. Un profond silence régnait.

Rowenna ferma les yeux, rejeta la tête en arrière et prit une profonde inspiration.

— Hum... *Voilà* ce qu'il me fallait. Ça sent si bon, ici.

Robbie cueillit quelques brins de lavande sur le buisson le plus proche et frotta les fleurs entre ses doigts pour libérer leur parfum. Il les tendit à Rowenna. Elle referma les doigts sur le poignet de Robbie pour l'empêcher de bouger et enfouit son nez dans les quelques feuilles odorantes qu'il tenait. La main de sa cousine était chaude et Robbie sentit la douceur qui émanait d'elle s'étendre dans tout son corps.

— Je suis désolée d'avoir menti pour te faire quitter le

groupe, dit-elle finalement, mais tu avais l'air tellement mal à l'aise, près du feu.

— Je ne t'en veux pas.

C'était la vérité. À aucun moment, il n'avait été agacé par l'intervention de sa cousine. Il avait simplement été soulagé de voir que leur dispute était terminée.

Elle eut un petit rire.

— Est-ce que tu te souviens du jour où j'ai été encerclée par les oies dans le verger et où tu as volé à mon secours ? J'y ai repensé quand je t'ai vu là, avec toutes ces femmes autour de toi.

Ils s'assirent sur le rebord d'une petite fontaine. Rowenna soupira, les yeux levés vers le ciel dégagé et piqueté d'étoiles. La lune jetait sa lumière pâle sur la gorge nue de la jeune femme, illuminant son cou et la ligne fine de ses clavicules. Robbie ne put s'empêcher d'admirer le contraste entre sa peau laiteuse et la soie rouge sombre de son corsage, tendue sur sa poitrine généreuse.

Sa langue devint soudain plus pesante et incroyablement sèche. Il aurait tant aimé pouvoir boire un verre d'eau ; ou mieux, le vin qu'il avait refusé à Rowenna. S'arrachant à sa contemplation, il attrapa la coupe qui pendait au bout d'une longue chaîne, au bord de la fontaine. Il but une longue gorgée d'eau fraîche avant de passer la timbale à Rowenna. Elle l'imita, puis laissa retomber la coupe dans l'eau.

— J'avais tellement soif, soupira-t-elle avec un sourire un peu trop prononcé. Ce vin était plus fort que je le croyais ! Merci de m'avoir accompagnée dehors… Tu es vraiment sûr que tu ne m'en veux pas de t'avoir privé de tes amis ?

Elle plongea les doigts dans l'eau et les passa derrière ses oreilles, laissant quelques gouttes couler le long de son cou. Ce geste avait peut-être été inconscient, mais il suffit à faire frissonner Robbie de plaisir. En cet instant, il lui aurait tout pardonné les yeux fermés, même un meurtre.

— Je n-ne t'en veux pas du t-tout, bégaya-t-il.

Il regarda la traînée que l'eau avait laissée sur la peau veloutée de la gorge de sa cousine. Est-ce qu'une goutte d'eau, aspirée à même son cou, aurait eu le pouvoir d'étancher la soif brûlante qui lui serrait la gorge ? Robbie se laissa un instant aller à rêver qu'il se penchait sur Rowenna et léchait cette goutte si tentante avant de laisser sa langue vagabonder sur d'autres parties du corps de la jeune femme. Un frisson le traversa au fil des images sensuelles qui venaient le hanter les unes après les autres.

Le vin avait dû lui monter à la tête ! Ce n'était pas normal : c'était Mary qu'il voulait, et pourtant il n'avait jamais fantasmé sur elle d'une manière aussi indécente… Tout comme il n'avait jamais senti son désir pour elle l'étouffer à ce point.

— C'est vraiment gentil à toi de veiller sur moi comme tu le fais, lança soudain Rowenna. Je suis désolée que tu n'aies pas eu l'occasion de danser avec ta Mary.

Ces paroles tirèrent violemment Robbie de sa rêverie. Il eut l'impression qu'on venait de lui jeter un seau d'eau glacée au visage et serra inconsciemment les dents. Elle le trouvait gentil, et pourtant il avait passé la soirée à la rabrouer pour une raison ou pour une autre…

— Boire trop n'attire que des ennuis, expliqua-t-il. Une fois, quand j'avais douze ans, je me suis rendu malade en buvant en cachette une cuvée de bière de Mère alors qu'elle n'était pas encore prête. J'ai cru mourir et, sur le moment, je me suis même dit que ce ne serait pas une mauvaise chose !

Rowenna éclata de rire. Sa joie suffit à redonner le sourire à Robbie.

— Eh bien, je suis contente de ne pas en être arrivée

là ! J'imagine que tante Lucy était furieuse… Est-ce qu'elle t'a battu ?

— Non. Pour une fois, Lady Trique et elle étaient d'accord pour me fouetter, mais Père leur a fait remarquer que je serais bien assez puni si on m'obligeait à me lever à l'aube pour m'occuper des moutons, comme d'habitude. Il avait raison : j'ai dû me plonger la tête au moins dix fois dans le ruisseau pour qu'elle arrête de tourner.

Robbie étendit ses jambes et se laissa aller contre la fontaine. Rowenna et lui restèrent assis en silence pendant un long moment. C'était à la fois agréable et étrange : Robbie avait rarement vu sa cousine aussi calme et immobile. Elle passait le plus clair de son temps à s'agiter dans tous les sens, toujours avec un sourire au coin des lèvres. La femme sereine qui était ce soir assise près de lui était si tranquille, si belle qu'il aurait pu passer le reste de la soirée avec elle dans ce jardin sans voir passer les heures. Tout à coup, Robbie regretta la campagne silencieuse de son enfance et les collines ondoyantes qu'il n'avait plus revues depuis tant d'années.

— J'ai beaucoup aimé voyager dans toute l'Angleterre et même en France avec Sir John, murmura-t-il, mais cela me fait du bien de pouvoir à nouveau parler de la maison…

Pendant le bal, Mary n'avait su parler que de vêtements. Elle semblait obnubilée par ses saphirs et ses diamants, se demandant lesquels mettaient le mieux ses yeux en valeur. Au final, cela avait été plutôt ennuyeux.

Rowenna se redressa soudain et passa les bras autour du cou de Robbie. Ce câlin impulsif manqua de les faire tous les deux basculer dans la fontaine. Robbie la prit par la taille pour l'empêcher de tomber et elle se laissa aller contre lui, la joue appuyée sur sa poitrine.

— Je suis tellement heureuse que tu sois revenu. Tu m'as tant manqué ! s'écria-t-elle. J'ai toujours regretté de ne pas avoir de frère de mon âge, mais avec toi, je n'en ai finalement jamais eu besoin. Tu as été mon frère…

— Vraiment ?

Cette pensée le déçut plus qu'il n'aurait osé l'avouer.

Rowenna resta nichée contre lui mais releva la tête pour le contempler. Dans le mouvement, sa poitrine effleura le torse de Robbie pendant quelques secondes. Son regard, encore pétillant l'instant d'avant, devint soudain plus sérieux.

— Non, je ne te considère pas vraiment comme un frère.

Elle était si proche de lui qu'il sentit les effluves épicés du vin dans son souffle. Ce parfum venait se mêler à l'huile à la cannelle qu'elle avait appliquée sur ses cheveux et à la lavande qu'il avait cueillie pour elle. C'était enivrant… Perdu dans ses pensées, Robbie songea vaguement que les sentiments qui emplissaient son cœur à ce moment-là n'avaient rien de fraternel.

Finalement, Rowenna se redressa et fit retomber sa main sur son genou, caressant la cuisse de Robbie au passage. Elle avait l'air songeuse et le dévisageait dans la pénombre.

Robbie retint son souffle. C'était comme si quelqu'un le caressait, à l'intérieur. Il n'avait pas encore lâché la taille de Rowenna, laissant sa main contre le corps chaud de sa cousine pour savourer le plus longtemps possible cette délicieuse sensation nouvelle. Il avait soudain très envie de l'embrasser, pour voir comment elle réagirait.

— Quelque chose ne va pas ? demanda-t-elle.

Non, ça n'allait pas. Le cœur de Robbie était pris dans une tempête d'émotions et sa peau s'embrasait à l'idée de déposer un baiser sur les lèvres rosées de Rowenna. Rowenna. Sa cousine. Sa meilleure amie dont les yeux illuminaient un visage qu'il ne reconnaissait plus qu'à moitié. Cette femme qui s'était épanouie pendant sa longue absence dans le corps de la petite fille avec qui il avait tant joué. Jamais il n'avait été aussi perdu.

Finalement, le regard interrogateur de Rowenna effaça les dernières brumes de son fantasme et il esquissa un sourire douloureux.

— Tout va bien, ne t'en fais pas. Je pensais juste à Wharram. La dernière fois que nous nous sommes retrouvés assis tous les deux, comme ça, c'était la veille de mon départ.

— Je m'en souviens.

Elle joua un instant avec une mèche de cheveux échappée de son filet et reprit :

— Je t'avais donné un ruban pour te porter chance.

— Je l'ai encore…

Rowenna le dévisagea avec solennité. Ses grands yeux sombres paraissaient encore plus noirs que d'habitude.

— Tu m'avais promis de venir me voir avant de partir, mais je me suis levée tard et tu n'étais déjà plus là.

Robbie se redressa sur la margelle de la fontaine, les pieds ancrés dans le sol. La vérité bouillonnait en lui, luttant pour éclater au grand jour, mais il se retint. Il n'aurait pas supporté que Rowenna le rejette à cause de ce qu'il était.

— Je me suis d-disputé avec Roger en rentrant à la maison. P-partir vite était la meilleure chose à faire.

Ce fut tout ce qu'il arriva à dire pour expliquer sa conduite.

— Oui, j'ai remarqué que tu es mal à l'aise avec lui. C'est triste. Que s'est-il passé ?

Elle étendit ses jambes près des siennes et s'appuya contre son épaule. Robbie sentit la chaleur du corps de Rowenna là où il touchait le sien, et le froid de la nuit partout ailleurs.

Il prit une profonde inspiration. Plus que jamais, il aurait voulu partager son secret avec sa cousine.

— Il a cru pouvoir fouler aux pieds ce qu'il y avait de plus important à mes yeux et être pardonné pour cela…

Il commença alors à lui expliquer de quelle manière son beau-père avait tenté de prendre les commandes à sa place pendant les émeutes. Mais, par souci d'honnêteté, il dut admettre que Roger avait finalement renoncé pour le laisser donner les ordres.

— Tu le connais. Il essaie de convaincre tout le monde qu'il a toujours raison. Il éclipse tout le monde avec son assurance, et je ne veux pas disparaître dans son ombre.

— Tu vas bientôt repartir, non ? demanda Rowenna. Tu ne crois pas que tu devrais faire la paix avec Roger avant ton départ ?

— Peut-être. Mais je ne suis pas pressé de retourner à Wharram, avoua Robbie, les yeux baissés sur ses mains.

— Je ne peux pas te blâmer pour ça !

Elle eut un profond soupir d'amertume.

— J'aurais tellement aimé pouvoir voyager, comme toi, et voir tout ce que tu as vu. Mon père a parcouru le pays pendant son apprentissage. Le tien a passé des années à combattre en France et en Italie.

Rowenna eut un geste dans sa direction et effleura son torse du bout des doigts – ce qui fit battre le cœur de Robbie plus vite que jamais.

— Même toi, tu as vu Londres ! On ne m'a jamais laissée m'éloigner d'York et des villages qui l'entourent…

Robbie prit une profonde inspiration, s'emplissant les poumons du parfum entêtant de la lavande. Il y avait aussi autre chose qui flottait plus discrètement dans l'air.

— Des roses, murmura-t-il.

Il se leva et explora le fond du jardin jusqu'à découvrir un rosier grimpant qui recouvrait de son dais un portail percé dans la haie. De grosses fleurs d'un rouge profond pendaient lourdement au bout de leurs branches et embaumaient l'air de leur parfum capiteux. Robbie cassa la tige de la plus belle rose en prenant soin d'éviter ses épines, puis se tourna vers Rowenna qui l'avait suivi.

— Elle sent si bon, dit-il en lui tendant la fleur, qu'il maintenait dans le creux de sa paume.

— Je peux ?

Rowenna se pencha pour la humer. Cette fois, Robbie ne tint pas la fleur à bout de bras. Il la garda tout près de son propre visage pour s'enivrer aussi de son odeur. Rowenna ferma les yeux, une main posée sur l'épaule de Robbie et prenant son poignet de l'autre pour qu'il ne bouge pas, comme elle l'avait fait quand il lui avait fait sentir la lavande. Elle enfouit son visage dans les pétales soyeux et prit plusieurs profondes inspirations, un petit sourire flottant au coin de ses lèvres. Son visage, un peu incliné sur le côté, était proche de celui de Robbie. Seule la fleur les séparait encore. Il aurait presque pu compter les longs cils noirs qui voilaient ses yeux. Ses lèvres étaient aussi rouges que la rose qu'il tenait, et paraissaient aussi douces que les pétales de velours de la fleur. Mais elles étaient beaucoup plus sensuelles…

— Magnifique, soupira-t-il.

— Le parfum est si fort que j'en ai la tête qui tourne, répondit Rowenna.

Elle ouvrit les yeux et le contempla par-dessus la fleur. Ses cils dévoilèrent de grands yeux noirs emplis de promesses charnelles. Elle sourit et Robbie sentit une nouvelle fois son cœur s'emballer. Il commençait à avoir la tête qui tournait un peu aussi, mais cela n'avait rien à voir avec le parfum de la rose. Il était troublé – et particulièrement téméraire.

— Je ne parlais pas de la fleur, murmura-t-il.

Il referma la main sur la rose et l'écarta un peu, remarquant vaguement à quel point ses propres doigts tremblaient. Puis il se pencha un peu plus sur Rowenna, jusqu'à ce que leurs lèvres s'effleurent presque. Jusqu'à ce qu'il puisse sentir la douceur de sa joue contre la sienne. Jusqu'à ce qu'il puisse lui parler à l'oreille et être certain qu'aucun promeneur importun ne puisse entendre ses paroles.

— Je parlais de toi.

Et il l'embrassa.

Rowenna eut un petit hoquet de surprise et ses yeux s'écarquillèrent. Elle se crispa pendant un instant puis, alors que Robbie allait reculer mortifié par ce qu'il venait de faire, elle lui rendit son baiser avec une lenteur sensuelle. Elle ferma les yeux et passa ses bras autour de la taille de Robbie pour joindre les mains dans le creux de son dos. Ses lèvres étaient aussi chaudes et passionnées que dans les rêves de Robbie. Tenant toujours la rose à la main, il passa son bras dans la nuque de la jeune femme et l'attira à lui. Le parfum de la fleur mêlé à celui des cheveux de Rowenna avait quelque chose d'ensorcelant. Robbie se laissa avec bonheur entraîner dans ce torrent d'extase et de désir, au risque de s'y noyer.

Ce n'était pas son premier baiser, bien sûr. Mais, alors que Rowenna se pressait avec fièvre contre lui, une pointe de jalousie fit comprendre à Robbie qu'il n'était pas non plus le premier homme qu'elle embrassait. Quelqu'un d'autre lui avait appris à s'adapter au rythme de son partenaire, comme dans une danse, et à libérer les élans de son désir. Quelqu'un d'autre avait goûté ses lèvres avant lui. Il baissa son bras et s'écarta d'elle, mettant fin à cet instant magique. Rowenna ouvrit paresseusement les yeux, comme si elle venait d'émerger d'un profond sommeil. Robbie aurait aimé s'éveiller un jour à ses côtés, ne serait-ce que pour voir si elle serait aussi belle que ce soir-là. Ses lèvres si rouges restaient un peu entrouvertes. Robbie eut un instant envie de l'embrasser encore, mais Rowenna recula d'un pas – puis deux – sans cesser de le dévisager.

— Je ne t'avais encore jamais vu faire quoi que ce

soit d'aussi impulsif ! lança-t-elle. Je regrette d'avoir dit que tu étais guindé…

Elle leva une main à ses lèvres et les effleura un instant. Des ombres dansaient sur son visage, cachant l'éclat de ses yeux. Était-elle en colère ? Déçue ? Ou en proie au même désir brûlant que lui ?

— Je suis désolé, murmura Robbie.

— Pourquoi ? Ce n'était qu'un baiser ! On n'a rien fait de mal.

Rien fait de mal… À croire que ce baiser n'avait eu aucune importance pour elle.

— Je ne t'ai pas demandé la permission, expliqua-t-il.

Au final, il avait été aussi méprisable que les hommes contre lesquels il l'avait mise en garde. Pourtant, incapable de se contrôler, il s'approcha instinctivement d'elle et se pencha sur elle pour pouvoir se perdre dans les profondeurs de ses yeux.

— Oh si, tu l'as demandée, répondit Rowenna.

Elle se passa le bout de la langue sur les lèvres et Robbie crut que ses jambes allaient se dérober sous lui. Il sentait encore la saveur de la bouche de Rowenna sur la sienne.

— Tu me l'as demandée depuis que nous sommes sortis de la salle… Pas avec des mots, mais avec tes yeux.

— Mais tu es mon amie, protesta Robbie en s'approchant un peu.

— Et c'était un baiser *très* amical ! lâcha Rowenna dans un éclat de rire qui le fit frissonner, avant de le regarder d'un œil mutin. Tu as aimé ?

Certaines parties de l'anatomie de Robbie menaçaient de montrer très clairement leur approbation, en dépit de ses efforts pour se maîtriser. Il sentait la bosse qui enflait dans son pantalon, le membre qui palpitait de manière très inconfortable entre ses cuisses. Pourvu que Rowenna ne baisse pas les yeux, pourvu qu'elle ne s'en rende pas compte ! songea-t-il. Est-ce que son corps traître essayait de lui faire comprendre la nature de ses sentiments pour elle ? Ce baiser avait été envoûtant, exquis, délicieux… Une fois de plus, un élan de jalousie lui fit serrer les dents.

— Tu avais déjà fait ça avant, bougonna-t-il.

Rowenna leva le menton, sans honte mais avec une pointe d'agressivité.

— Toi aussi.

— Qui ? Est-ce que c'était Cecil ?

Si jamais elle disait oui, la colère de Robbie aurait sans doute explosé !

— Je n'ai rencontré ton ami qu'aujourd'hui, protesta-t-elle. Est-ce que tu as une si basse opinion de moi ?

Elle se mit à jouer nerveusement avec l'un des rubans noués dans ses cheveux, en dévisageant Robbie d'un air boudeur.

— J'ai embrassé Tom, le fils du fouleur, au 1er Mai il y a trois ans. Et Matthew Esmond m'a embrassée pendant la dernière fête d'anniversaire de Ralf. Oh ! et cette année, au festin de l'Épiphanie, j'ai embrassé Wat Corridge.

Son dernier baiser datait donc de six mois… Wat était un ami du grand frère de Rowenna et Robbie s'en souvenait – sans doute de manière un peu injuste – comme d'un lourdaud lent et niais. Indigne de sa cousine. Certes, cela valait mieux que d'embrasser Cecil, mais Robbie ne put réprimer une pointe de surprise.

— Pourquoi eux ? demanda-t-il.

— Parce que je voulais savoir ce que cela ferait, bien sûr !

Elle soupira et haussa les épaules d'une manière délicieusement sensuelle.

— Au final, embrasser Tom ou Matthew n'avait rien de passionnant et je pense que Wat avait peur de moi. Je ne veux pas d'un homme qui sursaute à chaque fois que je rentre dans une pièce !

Robbie eut une moue de dédain.

— Ça ne m'étonne pas que tu lui aies fait peur : il serait capable de fuir devant un mouton ! Alors toi… Le pauvre, il devait être terrifié !

— Ce n'est pas drôle, Robbie.

Elle le fusilla du regard et il dut se mordre la lèvre pour arrêter de rire. Il se serait peut-être fait peur tout seul, lui aussi, s'il avait prévu depuis le début d'embrasser Rowenna. Mais cela avait été une impulsion soudaine, irréfléchie. Son désir s'était emparé de lui et l'avait poussé à agir, le surprenant presque autant qu'elle.

Rowenna le dévisageait toujours, la tête penchée sur le côté maintenant, avec ses grands yeux de chat. Un sourire sensuel illumina son visage et Robbie crut que son cœur allait exploser dans sa poitrine.

— *Toi*, au moins, tu n'as pas eu peur de m'embrasser, murmura-t-elle.

Qu'est-ce que cela voulait dire ? Que ce baiser avait été meilleur ? Robbie retrouva dans la voix de sa cousine cet air de défi qu'elle avait si souvent quand ils étaient enfants. Combien de fois l'avait-elle ainsi entraîné dans des aventures qui se terminaient invariablement en punitions ? Cette fois, il ne se laisserait pas convaincre de la suivre. Mieux valait retrouver leur bonne vieille complicité, c'était plus prudent.

Oui. Mieux valait faire comme si tout cela n'était qu'une plaisanterie. Tout était bon pour lui faire oublier les images indécentes qui naissaient dans son esprit et qui lui montraient tout ce qu'il aurait pu faire avec Rowenna, dans ce jardin… Il s'approcha d'un pas assuré et se pencha vers elle. Du bout des doigts, il releva son menton et l'obligea à le regarder.

— Tu serais incapable de me faire peur, quoi que tu fasses, Rowenna Danby.

Elle pouvait le rendre fou. L'exaspérer, aussi. L'exciter et le déconcerter, c'était évident. Mais pas l'effrayer.

— Dans ce cas, tu n'hésiterais pas à m'embrasser une deuxième fois ? chuchota-t-elle en le dévisageant par-dessous ses longs cils.

Si elle essayait de paraître innocente, c'était raté… Soudain, elle se mit à glousser. C'était un petit rire pétillant, si contagieux que Robbie se surprit bien vite à sourire. Voilà qu'elle plaisantait, perdant toute la sensualité diabolique qui avait tant troublé Robbie ; mais, d'une certaine manière, son rire était tout aussi ensorceleur, à sa manière. Il serait peut-être tout aussi bon, voire meilleur, d'embrasser cette Rowenna rieuse et mutine que la Rowenna passionnée qu'il avait tenue dans ses bras un instant plus tôt. Heureusement pour Robbie, il avait enfin réussi à reprendre possession de son corps et il n'avait pas l'intention de perdre encore une fois le contrôle. Clairement, leur baiser n'avait été qu'une distraction pour Rowenna et Robbie sentait trop bien le désir brûler en lui pour l'attiser cruellement en embrassant une femme qui ne voulait pas de lui. Il souffrait déjà assez de son amour désespéré pour Mary…

Mary !

La honte envahit Robbie d'un seul coup. Il avait prévu de profiter du bal pour passer le plus de temps possible avec Mary et de lui ouvrir enfin son cœur. Mais c'était une autre femme qu'il avait entraînée dans ce jardin désert, avec qui il s'était assis près de la fontaine avant de l'embrasser. Il se comportait comme le pire des goujats. Qui avait-il le plus trahi, ce soir-là ? Rowenna, ou Mary ? Sa cousine savait qu'il en aimait une autre, et pourtant elle lui avait rendu son baiser. Qu'est-ce que cela voulait dire ?

— Nous n'aurions jamais dû faire ça, dit-il fermement.

Il jeta un rapide coup d'œil en direction de la Chambre des Communs, le cœur dévoré par la culpabilité. Rowenna suivit son regard, puis le dévisagea gravement. Toute sa bonne humeur semblait s'être évaporée.

— Tu as raison, lâcha-t-elle. Je te remercie pour cette soirée si… intéressante. Je crois que je ferais mieux de rentrer, maintenant.

Elle rajusta son corsage, qui avait été froissé dans leur étreinte, et commença à s'éloigner.

— Tu ne peux pas rentrer seule ! cria Robbie dans son dos.

Elle lui sourit sans s'arrêter de marcher.

— Je ne serai pas seule. Mon père a demandé à Geoffrey de m'accompagner. Je suis sûre que tu as d'autres personnes à voir.

Elle parut hésiter sur le mot *personnes* et Robbie comprit immédiatement de qui elle parlait. Rien n'aurait pu lui faire plus de mal que la résignation qu'il lut dans ses yeux.

— Non, pas du tout, répliqua-t-il.

Et il le pensait vraiment. Personne ne comptait autant que Rowenna à ses yeux. Sa dévotion pour elle s'intensifiait à chaque seconde qui passait, emplissant son être de sentiments intenses et terrifiants à la fois. Comment avait-il pu ignorer pendant si longtemps ce qu'elle avait éveillé en lui ?

Il se dépêcha de la rejoindre. Rowenna se raidit en l'entendant arriver et Robbie se figea. Il fallait qu'il garde le contrôle pour ne pas lui montrer à quel point il voulait la serrer dans ses bras, la toucher, être avec elle… À quel point il voulait l'embrasser de nouveau – et bien plus encore. Si Sir John lui avait demandé de faire vœu de chasteté, ce soir-là, il lui aurait sans doute ri au nez. Et si l'évêque d'York était apparu dans le jardin devant eux, il aurait épousé Rowenna sur-le-champ.

— Ro, je…

Il avait souffert de son bégaiement sa vie durant

mais, cette fois, Robbie fut heureux de ne pas arriver à lui déclarer sa flamme. Il se serait sans doute ridiculisé.

— Si tu veux vraiment rentrer, alors laisse-*moi* t'accompagner.

— Merci.

Elle sourit et, sans lui laisser le temps de réagir, caressa sa joue puis l'embrassa de nouveau en prenant tout son temps. Le monde se figea autour d'eux, comme un étang gelé qui se serait lentement craquelé sous les pieds de Robbie. Le moindre faux pas aurait pu l'entraîner dans les profondeurs de l'eau sombre… Il escorta Rowenna dans la salle, la fit asseoir sur un banc et lui dit qu'il allait chercher sa cape pour elle. Hélas, il s'était à peine éloigné de quelques pas que Cecil se campa devant lui.

— Tu m'as volé ma cavalière, Rob. Deux fois !

— Tu veux dire que je l'ai sauvée !

Malgré lui, Robbie songea que Rowenna n'avait pas dansé avec Cecil contre son gré. Aurait-elle suivi l'ami de Robbie dehors avec le même empressement, s'il le lui avait demandé ? Elle paraissait tellement habituée à dispenser ses baisers qu'elle se moquait sans doute de l'homme à qui elle les offrait. Robbie tressaillit en pensant que ce qui s'était passé entre eux n'avait peut-être pas la moindre importance pour elle.

— Le rouge lui va bien, murmura Cecil. Si tu n'as pas l'intention de passer plus de temps avec elle, laisse-la-moi, et je verrai si je ne peux pas ajouter quelques taches de gazon à sa robe… Je suis sûr qu'il ne lui en faudrait pas beaucoup pour donner un peu de plaisir à un homme.

Cette fois, Robbie ne put maîtriser sa colère en entendant son compagnon parler de Rowenna aussi vulgairement.

— C'est ma cousine ! s'écria-t-il, les poings serrés. Tais-toi si tu ne veux pas que je te frappe !

Il aurait volontiers envoyé son poing dans le beau visage de Cecil, si la musique ne s'était pas tue au même instant.

— Ah, soupira Cecil. Elle m'a parlé d'un cousin, en effet, mais je ne savais pas que c'était toi. Crois-moi, j'aurais été plus prudent… Pardonne-moi, Robbie. Tu sais que je plaisantais.

Robbie sourit, les mâchoires crispées. Une fois de plus, il fut envahi par l'instinct protecteur qui l'avait déjà poussé à mettre Rowenna en garde contre son ami.

— Laisse-moi passer, lança-t-il. Je ne veux pas la faire attendre trop longtemps.

Il salua Cecil avec raideur et s'apprêtait déjà à partir quand une trompette fit taire l'assemblée. Quelqu'un était sur le point de faire une annonce, sans doute. En effet, le maire d'York, Simon de Quixlay, sortit d'une petite antichambre et s'avança sur l'estrade, à l'autre bout de la salle. Il attendit que tous les convives se taisent avant de commencer son discours. Il s'attarda un instant sur les émeutes qui avaient secoué la ville et remercia chaleureusement les chevaliers, membres de la milice, nobles et écuyers qui avaient protégé les habitants.

— En tant que maire d'York, je tiens à rappeler à nos citadins que ce pays sera toujours protégé contre ceux qui cherchent à s'emparer du pouvoir illégalement, ajouta-t-il.

Avec un grand sourire, il ouvrit les bras pour bien souligner sa générosité et annonça l'adoubement prochain des cinq écuyers qui s'étaient montrés les plus méritants pendant la défense de la ville. Puis il énuméra leurs noms – dont celui de Robbie. Impossible de rejoindre Rowenna, maintenant… Le cœur lourd, Robbie s'avança jusqu'à l'estrade et y grimpa aux côtés des quatre autres écuyers qu'il ne connaissait pas.

Le maire s'adressa directement à lui :

— On m'a rapporté les actes de bravoure que vous avez accomplis ces derniers jours, maître Danby. La ville n'aurait jamais dû être déchirée ainsi. Les paysans semblent oublier leur place, ces derniers temps, et leur humeur devient incontrôlable.

Robbie acquiesça sans un mot. Certes, il y avait eu des paysans et des mendiants parmi les émeutiers, mais aussi des boutiquiers, des marchands et des travailleurs... Tout le monde avait profité des troubles pour se soulever contre une élite qui pressurait de plus en plus le peuple.

Robbie embrassa la salle du regard, assourdi par les applaudissements. Mary se tenait près de l'estrade avec Amy Mortimer, la femme de chambre de Lady Isobel. Son visage affichait toujours le même sourire serein. Robbie croisa un instant son regard mais se détourna vite à la recherche de Rowenna. Elle était près de la porte et lui lança un sourire extatique. On n'aurait pas pu trouver deux femmes plus différentes. Rowenna, vêtue de rouge et rayonnante. Mary, pâle dans sa toilette couleur de ciel matinal. Le feu et la glace. Le Soleil et la Lune. Robbie sentit une fois de plus à quel point ses sentiments penchaient en faveur de sa cousine. Heureusement pour lui, il n'avait pas commis l'erreur de déclarer sa flamme à Mary en public.

— Tu es censé être heureux, lui souffla soudain Cecil, pas contempler le mur d'en face.

Robbie s'efforça de sourire. Les musiciens se remirent à jouer et il dut s'attarder près de l'estrade pour recevoir les félicitations d'une foule d'hommes et de femmes. Mary était du nombre. Robbie murmura quelques remerciements, sans quitter des yeux le coin de la salle où il avait aperçu Rowenna. Il commençait déjà à se frayer un chemin vers elle quand une main légère se posa sur son bras. Mary était là, tout près de lui. Robbie ravala sa frustration et s'arrêta. Mary le contemplait de ses yeux bleus si clairs.

— Vous n'êtes pas revenu me voir après avoir reçu votre message, dit-elle. Pourtant, un jeune homme aussi brillant que vous aurait dû être facile à retrouver dans cette foule.

— Je… M-ma cousine, balbutia Robbie, stupéfié par ce compliment inattendu. N-nous sommes allés prendre l'air dans le jardin. Elle se sentait mal…

Il jeta un petit coup d'œil en direction de Rowenna et vit Geoffrey Vernon apparaître à ses côtés. Ils échangèrent quelques mots et Geoffrey s'éloigna, la laissant de nouveau seule.

— Quel dommage ! s'écria Mary sans cacher un certain agacement.

C'était la première fois que Robbie voyait une émotion violente se peindre sur ses traits si réguliers. Son visage si paisible prit pendant quelques instants une dureté de glace. Robbie cligna des paupières, convaincu qu'il s'était trompé. Mais non : Mary suivait son regard et un rictus mauvais déforma sa bouche.

— Cette femme est votre cousine ? J'ai entendu parler de son père et j'avoue que je la plains. Pauvre fille… Subir le déshonneur d'une naissance illégitime est une véritable épreuve.

Elle fronça le nez, clairement dégoûtée à cette idée, et malgré tout son charme, Robbie ne ressentit plus que mépris pour elle en cet instant.

— Veuillez m'excuser, Rowenna m'attend, répondit-il froidement.

Il s'apprêtait à s'éloigner quand Mary le retint par le bras. Bien entendu, il ne pouvait pas la repousser physiquement sans provoquer une scène.

— Elle a l'air bien remise de son malaise. Et on dirait qu'elle part avec quelqu'un d'autre.

Geoffrey était en effet revenu avec la cape de Rowenna. Un frisson glacé traversa Robbie. Rowenna laissa son compagnon l'aider à enfiler son vêtement puis lui sourit et prit le bras qu'il lui offrait. Au moment de partir, elle embrassa une dernière fois la salle du regard. Ses yeux s'arrêtèrent un instant sur Robbie, puis sur Mary à ses côtés. Elle adressa un petit signe de la main à Robbie avant de suivre Geoffrey dehors. C'était comme si elle venait de lui planter un poignard en plein ventre et de le retourner dans la plaie… Une bile amère monta à la gorge de Robbie. Non seulement Rowenna était convaincue qu'il l'avait abandonnée, mais en plus elle l'avait vu avec Mary. Ce n'était pas étonnant qu'elle ait laissé Geoffrey l'escorter jusque chez elle ! Robbie n'avait pas oublié que Hal espérait les voir mariés et pria pour que Rowenna n'accepte pas de devenir la femme de ce Geoffrey avant même d'avoir passé la porte de sa maison.

— Je vous ai souvent vu me regarder, maître Danby, mais ma modestie m'a bien évidemment empêchée de vous adresser la parole avant ce soir, murmura Mary d'une manière qui n'avait rien de modeste, au contraire. Peut-être que je pourrais vous autoriser à me rendre visite demain pour que nous apprenions à mieux nous connaître… Je suis certaine que mon oncle le permettrait.

Elle leva son joli minois vers lui, les lèvres tendues. De toute évidence, elle s'attendait à un baiser. Surpris, Robbie commença à se pencher sur elle, mais réalisa à temps ce qu'il était sur le point de faire et se retint de l'embrasser. Il se contenta de lui prendre la main et de la porter à ses lèvres.

— Maître Danby, vous m'avez promis une seconde danse, mais vous n'avez pas tenu parole, roucoula Mary avec un sourire cajoleur. Un chevalier ne romprait jamais une promesse, n'est-ce pas ?

Le sous-entendu était clair, et Robbie fut parcouru par une vague de dédain. Mary ne s'était jamais intéressée à lui jusqu'à maintenant ; mais un futur baron qui avait su attirer l'attention de la noblesse et des citoyens influents d'York devenait soudain digne d'être remarqué…

S'il l'avait pu, il se serait éclipsé discrètement. Hélas, les quatre autres écuyers que l'on allait adouber en même temps que lui avaient déjà pris place au milieu de la salle avec leurs cavalières. On n'attendait plus que lui pour jouer la première mesure… Il lui était impossible de décliner l'invitation de Mary devant tout ce monde sans l'insulter. Il la salua donc courtoisement et la conduisit au centre de la pièce.

Chapitre 11

La lumière du jour se déversa brusquement dans toute la chambre. Rowenna se réveilla en sursaut, les jambes emmêlées dans ses draps et sentant encore la pression des lèvres de Robbie sur les siennes. Ils s'étaient embrassés avec une passion fiévreuse, enlacés pour mieux caresser et explorer les endroits les plus intimes de leurs corps. La sensation lui avait paru si réaliste que Rowenna remonta instinctivement la courtepointe pour cacher Robbie dessous. Mais, bien sûr, elle était seule. Cela n'avait été qu'un rêve.

— Bonjour, Lady Traînarde, c'est l'heure de se lever !

Joanna était déjà en train de s'agiter dans la chambre, aussi rapide et efficace qu'à son habitude. Elle reprocha à Rowenna d'avoir laissé sa robe de la veille par terre après s'être déshabillée, rangea les quelques bibelots de la coiffeuse et rassembla les rubans dispersés dans la pièce. Rowenna la laissa parler sans répondre. Le temps de calmer les battements de son cœur et de ravaler l'excitation du rêve qui s'attardait, elle préférait ne pas croiser le regard de sa mère… Il était hors de question que Joanna devine quelles images avaient hanté le sommeil de sa fille. Rowenna était déjà suffisamment honteuse d'avoir été tirée d'un rêve aussi inconvenant.

Elle s'assit au milieu de son lit et remonta les genoux contre sa poitrine. Il n'y avait pas eu que le rêve. Une part des souvenirs qui la faisaient encore frémir était bien réelle… La veille, dans le jardin, au mépris de tout ce qu'on lui avait inculqué, elle s'était laissé embrasser par Robbie. Pire encore : elle lui avait rendu ses baisers avec un empressement indécent. Cela avait été le plus beau moment de sa vie. Le frisson qui avait parcouru son dos et la chaleur qui avait envahi ses veines avaient surpassé tout ce qu'elle avait pu éprouver avec les autres hommes qu'elle avait embrassés. Certes, ces premières expériences avaient été agréables, divertissantes, mais pas plus – des instants de plaisir qui ne lui avaient laissé aucun souvenir impérissable. Quand Robbie avait pressé ses lèvres sur les siennes, en revanche, les minutes étaient devenues des heures pour Rowenna et, en même temps, s'étaient écoulées en un clin d'œil. Tout son corps avait pris vie. Elle n'aurait pas su dire où elle se trouvait, ni quelle heure il était… Une confusion telle qu'elle n'en avait jamais connu avant avait vidé son esprit.

Sans doute dut-elle soupirer, car sa mère reposa les couvertures qu'elle était en train de plier et s'approcha du lit.

— Est-ce que tu as passé une bonne soirée ? Je t'ai entendue rentrer, hier. Geoffrey s'est-il arrêté pour boire une coupe de vin avec Hal ?

Geoffrey ! Qui se souciait de Geoffrey ? Rowenna haussa les épaules. Elle s'était éclipsée avant que son père puisse lui poser la moindre question, en rentrant, et avait laissé les deux hommes seuls dans la salle. Une fois dans sa chambre, elle avait pu épancher sa frustration et revivre en toute intimité les meilleurs moments de la soirée.

— Tu devrais boire ça, dit sa mère en lui montrant la coupe de lait au miel qu'elle avait laissée sur la table de chevet. Tu as mauvaise mine, je trouve… Est-ce que tu te sens mal ? Tu n'as tout de même pas bu trop de vin, hier soir ?

Rowenna répondit par la négative d'un hochement de tête virulent, mais sa mère ne parut pas convaincue. Elle s'assit au bord du lit, serra les mains de Rowenna dans les siennes et haussa un sourcil d'un air surpris. Rowenna se rendit soudain compte qu'elle tremblait. Ses joues étaient brûlantes – et sans doute rouges, aussi. La flamme du désir descendait toujours le long de sa gorge, entre ses seins et jusqu'à son ventre. Sa chemise de nuit, moite de sueur, lui collait à la peau. Elle aurait voulu l'arracher et se plonger tout entière dans un bain glacé pour étouffer enfin ces braises qui lui faisaient perdre tout contrôle sur ses émotions.

— Est-ce que tu as de la fièvre ? demanda Joanna d'un air soucieux.

Rowenna avait tellement envie de sentir de nouveau les lèvres et les mains de Robbie sur sa peau qu'elle se sentait presque fiévreuse, en effet. Mais il ne s'agissait pas de la fièvre qui terrifiait tous les habitants d'York. Il ne s'agissait pas de cette maladie née des vapeurs fétides de la rivière, capable de mettre sur les genoux les hommes les plus forts et de tuer ses victimes en quelques jours…

Ce matin-là, Rowenna était certaine de ce qu'elle avait soupçonné depuis des années : leur baiser le lui avait confirmé. Elle était désespérément amoureuse de Robbie.

— Est-ce que quelqu'un… Est-ce qu'on t'a fait du mal ? s'enquit sa mère.

Elle la dévisageait avec inquiétude.

Non. Pas intentionnellement, en tout cas. Robbie n'aurait pas pu se douter de l'effet que son baiser allait avoir sur elle, sans quoi il ne l'aurait pas fait souffrir ainsi. Quand il s'était écarté d'elle, Rowenna avait eu l'impression qu'on lui arrachait le cœur.

— J'ai passé presque toute la soirée avec Robbie, dit-elle le plus calmement possible. Personne ne m'a fait de mal.

— Tu n'as donc pas trouvé de beau chevalier à épouser ?

Rowenna se mordilla l'ongle nerveusement. Elle savait *qui* elle voulait épouser. Elle savait à quoi ressemblait l'éclat du désir et elle l'avait vu briller dans les yeux de Robbie. S'était-elle fait des idées ? Avait-elle imaginé une chose qui n'était pas là, juste parce qu'elle mourait d'envie de la voir depuis des années ? Quand on avait annoncé l'adoubement de Robbie, il était resté avec Mary. Il l'avait abandonnée à Geoffrey sans scrupule, alors qu'il lui avait promis de la raccompagner chez elle. Il avait clairement fait son choix et Rowenna se torturerait si elle perdait plus de temps à se représenter ce qui avait pu se passer entre Mary et lui, après son départ. Certes, Robbie avait eu l'air de la trouver attirante, quand il l'avait embrassée dans le jardin ; mais désir ne veut pas dire amour. Ce bref instant volé, près du rosier en fleur, serait tout ce que Rowenna obtiendrait de Robbie… Heureusement, elle ne s'était pas humiliée en lui parlant d'amour.

— Robbie va très bientôt être adoubé, annonça-t-elle à sa mère.

— Oui, nous l'avons appris ce matin. Tu le savais déjà ?

Rowenna se laissa retomber sur ses coussins. Elle avait été tellement heureuse en entendant la déclaration de Simon de Quixlay. Cela aurait pu être la fin idéale pour cette soirée… Elle comprenait, maintenant, pourquoi Robbie avait été si obsédé par ses vœux de chevalerie et pourquoi il avait tenu à les répéter avec elle. Il *savait* à ce moment-là qu'on allait l'adouber – et il ne le lui avait pas dit.

Rowenna sentit ses joues s'embraser sous le coup de l'indignation, et d'une amère déception. Autrefois, Robbie et elle avaient été tellement proches qu'il n'aurait jamais pensé à lui cacher quelque chose d'aussi important. La seule consolation qu'elle tirait de tout cela était le fait qu'il avait visiblement caché la vérité à Mary également.

Et celle-ci s'était empressée de l'attirer dans ses filets dès qu'il était descendu de l'estrade. Elle l'avait regardé avec l'admiration d'un veau qui contemple sa mère… Même le plus idiot des hommes aurait compris au premier regard que c'était le futur titre de Robbie qui avait enfin éveillé son intérêt.

— Bois ton lait, ordonna Joanna.

Rowenna obtempéra, un peu gênée par le regard insistant de sa mère.

— Je ne t'aurais jamais laissée aller à ce bal, si j'avais su que tu me reviendrais dans cet état !

Joanna lui adressa un sourire pincé, que Rowenna reconnut immédiatement. Elle-même s'en servait quand elle cherchait à vexer quelqu'un. Sa mère avait-elle des soupçons sur la façon dont elle avait occupé sa soirée ?

— Je dirai deux mots à Robbie sur sa manière de veiller sur toi, reprit-elle sévèrement.

— Il s'est très bien occupé de moi ! protesta Rowenna.

— Ah, vraiment ? J'espère que tu t'es conduite convenablement, au moins !

À en croire le regard noir que sa mère lui lança, elle avait dû deviner exactement ce que Rowenna avait fait pendant le bal… Joanna lui prit la coupe vide des mains et soupira.

— C'est donc bien vrai ?

Rowenna se mordit la lèvre pour l'empêcher de trembler. Comment sa mère aurait-elle pu comprendre à quel point elle souffrait d'aimer un homme bien décidé à en épouser une autre ? Elle renifla, essuya ses yeux humides d'un revers de manche et se détourna, incapable de soutenir le regard de sa mère.

— Est-ce que Robbie sait ce que tu ressens pour lui ?

— Non… Et il aime quelqu'un d'autre. Quelqu'un qui n'est pas digne de lui. Il faut que je lui parle franchement. Je crois que j'irai le retrouver à la tribune de Sir John, pendant le tournoi d'aujourd'hui.

— Certainement pas : tu te couvrirais de honte. Est-ce que tu imagines ce qui se passerait, si tu lui ouvrais ton cœur devant tout le monde ?

Joanna lui prit la main avec douceur.

— N'oublie pas : parfois, les gens qu'on aime le plus ne sont pas faits pour nous. Il existe peut-être un autre homme, quelque part, que tu n'as pas encore rencontré…

— Tu ne sais pas ce que tu dis, répliqua amèrement Rowenna.

Joanna croisa les bras et la dévisagea gravement.

— Bien sûr que non. Je suis beaucoup trop vieille pour savoir quoi que ce soit. Quoi qu'il en soit, ton père va bientôt partir au travail. Tu peux m'aider à ranger le cellier ou t'occuper de ses comptes, peu importe. Mais je *veux* que tu te lèves !

Rowenna retrouva un peu le sourire en descendant à l'atelier où l'attendait une pile de commandes à classer et de factures à écrire. Cela allait au moins l'occuper. Elle n'avait jamais apprécié l'oisiveté et se mit immédiatement au travail.

— Je vais en faire la moitié maintenant et le reste plus tard, dit-elle à son père. J'aimerais beaucoup assister au tournoi, cet après-midi.

— Non. Pas aujourd'hui, répondit Hal. Les rues ne sont pas encore sûres et j'ai peur que d'autres émeutes éclatent. Je pensais que la danse t'aurait assez fatiguée pour que tu n'aies pas envie de courir les rues, ce matin…

Il l'obligea à le regarder dans les yeux et lui ordonna de ne pas quitter la maison. Rowenna eut du mal à ravaler sa frustration. Elle avait espéré pouvoir retourner voir les joutes, maintenant que les soulèvements étaient terminés. Depuis son arrivée à York, elle avait passé le plus clair de son temps enfermée dans la maison. Bientôt, elle rentrerait à Ravenscrag avec ses parents et sa vie redeviendrait aussi vide et monotone qu'avant. C'était facile, pour Joanna, de lui dire de chercher un autre homme à épouser ; mais où pourrait-elle trouver ce prétendant miraculeux, si elle était condamnée à vivre dans son village pour toujours ? Il n'y aurait que Geoff ou l'un des garçons de Ravenscrag…

Elle ne danserait plus. Elle n'explorerait plus les rues animées de la ville ou le marché du tournoi.

Elle ne verrait plus Robbie.

Rowenna ravala tant bien que mal ses larmes et se mit au travail. Très vite, elle tomba sur la facture que son père avait préparée pour les deux dagues de Sir John. C'était Robbie qui était venu passer la commande.

En un instant, son optimisme revint. La veille, elle n'avait pas osé répéter à Robbie la conversation qu'elle avait surprise entre Mary et son amie. Elle n'avait pas pu mettre fin à cette romance insensée qui n'apporterait que du malheur à son cousin. Même sans lui avouer ses sentiments, elle *devait* lui dire la vérité avant qu'il ne soit trop tard.

Très vite, Rowenna oublia sa promesse de rester à la maison. Peu importait ce que sa mère pourrait dire, elle allait finir son travail et se faire accompagner d'une servante pour porter la facture à Sir John au lieu de la confier au coursier de son père. Cela lui donnerait au moins l'occasion de féliciter Robbie, puisqu'elle n'avait pas pu le faire pendant le bal.

Peut-être qu'elle pourrait retrouver au fond de ses yeux un peu de l'affection qu'elle avait ressentie la veille. Bien sûr, elle ne commettrait pas l'erreur de lui déclarer sa flamme directement, mais elle pourrait au moins essayer de le mettre en garde contre Mary. Robbie souffrirait en apprenant avec quelle cruauté sa bien-aimée parlait de lui dans son dos, mais mieux valait qu'il le sache maintenant – avant d'avoir passé trop de temps en sa compagnie ou de la croire amoureuse de lui. Rowenna comprenait mieux que personne à quel point un regard tendre pouvait blesser, quand il venait de quelqu'un qui ne saisissait pas son importance.

Hélas pour elle, son projet fut rapidement gâché par l'arrivée de Cecil Hugone à l'atelier. Il lui annonça que son maître l'envoyait chercher la facture. Rowenna tenta de cacher sa déception en voyant que Robbie n'avait pas été chargé de la commission et le fit entrer.

— J'espérais pouvoir encore danser avec vous, hier, lança le jeune écuyer en lui adressant un sourire désarmant. Vous n'imaginez pas à quel point j'ai été ravi quand Sir John m'a chargé de venir ici.

Il examina l'atelier avec curiosité avant de s'asseoir sur le banc près de Rowenna – sans attendre d'y être invité. Elle lui rendit son sourire, un peu gênée. Il l'avait complimentée et avait badiné avec elle pendant la moitié de la soirée… De toute évidence, il était intéressé par elle. Pourtant, cette idée ne lui fit ni chaud ni froid.

— Laissez-moi trouver la facture de votre maître, dit-elle avant de se mettre à fouiller dans ses papiers.

Si cela avait été Robbie à sa place, elle aurait pris tout son temps et en aurait profité pour bavarder. Mais elle n'était pas d'humeur à discuter avec Cecil. Il lui prit le document des mains en s'attardant un peu, ses doigts effleurant ceux de Rowenna.

— J'espère vous revoir ce soir…

Il ne la quittait pas des yeux. Rowenna fut choquée par son audace. Quelle impression lui avait-elle faite, la veille, pour qu'il se permette de lui parler ainsi ? Enivrée par le vin, lui avait-elle promis un rendez-vous quelconque ?

— Oh… Je vous demande pardon ! ajouta Cecil en voyant son étonnement. Je parlais de l'invitation de Sir John. Il a proposé à la famille de maître Danby de souper avec lui pour célébrer l'adoubement de Rob.

Il détourna les yeux, l'air vaguement embarrassé.

— Je pensais que cette invitation vous concernait aussi… Elle a été transmise à vos parents tôt ce matin.

— Mon cousin l'a-t-il apportée lui-même ? demanda Rowenna en faisant de son mieux pour ne pas avoir l'air trop excitée.

Ses parents n'avaient donc pas jugé bon de lui parler d'une chose aussi importante ? Pourquoi est-ce que Joanna ne l'avait pas réveillée ?

— Non, il était occupé, répondit Cecil. Il a dû escorter Sir John et sa famille pour assister au dernier jour du tournoi.

Le sourire du jeune écuyer restait impénétrable. Si jamais il espérait que Rowenna l'interroge pour lui soutirer la vérité, il allait être déçu…

— Je n'ai pas été prévenue de l'invitation, admit-elle, en partie soulagée de ne pas avoir raté le passage de Robbie. Je me suis attardée au lit, ce matin.

Une étincelle vorace traversa le regard de Cecil et Rowenna regretta immédiatement d'avoir mentionné son lit. Est-ce qu'il l'imaginait dans sa chemise de nuit ?

— La danse vous a donc tant fatiguée ? Dans ce cas, nous allons devoir vous proposer des divertissements moins éreintants, ce soir… Je vais y réfléchir.

Il lui fit un baisemain et Rowenna le raccompagna à la porte avant de courir jusqu'au banc et de se plonger de nouveau dans son travail pour contenir son excitation. La journée allait être longue… Elle verrait Robbie ce soir et, cette fois, rien ne l'empêcherait de faire tout son possible pour lui éviter un amer chagrin d'amour.

La journée de Robbie avait commencé brutalement. Une fois de plus, il s'était réveillé en sursaut pour découvrir Cecil penché au-dessus de lui.

Il avait de nouveau rêvé qu'il dansait, et cette fois, il avait très bien vu qui était sa partenaire. Le rire mélodieux de Rowenna et ses lèvres sensuelles avaient illuminé sa nuit. Hélas, le rêve s'était assombri quand elle avait quitté ses bras pour danser joyeusement avec Cecil, Geoffrey et une foule d'autres hommes sans visage. Robbie, contraint de les regarder sans rien faire, avait senti sa langue se transformer en pierre. Il avait voulu appeler Rowenna mais aucun son n'avait franchi ses lèvres.

— Qu'est-ce que tu veux ? demanda-t-il à son ami.

Il lui en voulait presque, encore envahi par la colère et la frustration de son rêve.

— Sir John veut te parler avant que vous ne partiez pour le tournoi. Encore.

Cecil fit les cent pas dans la chambre pendant que Robbie se lavait en vitesse à l'eau froide.

— Tu m'as délibérément menti quand tu m'as décrit ta cousine, Robbie, s'écria-t-il soudain. Tu m'as dit qu'elle était studieuse et pâle, mais elle est beaucoup plus jolie que je ne l'aurais cru ! Elle ne te ressemble en rien…

— Tu ne joueras pas avec elle. Elle n'est pas une fille de taverne qu'on peut séduire puis quitter dès le lendemain, lâcha Robbie tout en s'habillant, les joues en feu.

Il passa son peigne dans la masse emmêlée de ses cheveux.

Cecil eut une grimace faussement offensée.

— Qui a dit que je comptais la quitter ? C'est une perle rare. La manière dont elle est venue à ton secours pour t'arracher des griffes de Mary, hier, était plutôt charmante. *Elle* est charmante. Je n'aurais jamais cru voir Mary aussi furieuse.

Robbie grimaça. Mary avait en effet jeté des regards assassins à Rowenna – cela avait été un spectacle plutôt déplaisant… Dire qu'il avait cru pendant un moment qu'elles pourraient devenir amies !

Cecil, l'air rêveur et le regard dans le vide, soupira.

— Même une dispute, avec la belle Rowenna, pourrait devenir un jeu… C'est le genre de femme dont on tomberait amoureux sans le moindre effort.

Robbie serra les dents. Comment son ami pouvait-il parler aussi facilement des sentiments avec lesquels lui-même se débattait depuis des jours ? Après avoir embrassé Rowenna, il lui avait dit qu'elle ne pourrait jamais lui faire peur, mais il avait menti. Les émotions qui emplissaient son cœur, son esprit, même son corps commençaient vraiment à le terrifier…

— Tu es incapable de tomber amoureux, rappela-t-il à son ami.

— Peut-être que cette fois, si.

L'idée que Cecil puisse réellement tenir à Rowenna était presque aussi terrible que l'idée qu'il veuille juste jouer avec elle pour se distraire, comme il le faisait d'habitude.

— Rowenna est la fille d'un bâtard. Tu n'épouserais q-quand même pas quelqu'un aux origines si troubles ? Nous ne sommes que demi-cousins, en fait…

Tout en parlant, Robbie se rendit compte que ce n'était même pas vrai : il ne partageait *aucun* lien du sang avec Rowenna.

Cecil le dévisagea d'un air presque amusé.

— Tu as l'air bien anxieux de me dissuader. Est-ce que tu as des vues sur elle ? Je croyais que l'illégitimité était une tare impardonnable à tes yeux.

— Non !

Ce cri échappa à Robbie trop vite pour être tout à fait convaincant. Stupéfié par l'image que son ami semblait avoir de lui, il demanda plus calmement :

— J'ai l'air de désapprouver les bâtards ?

— Un peu, oui. Je sais à quel point tu tiens à tes principes.

Cecil s'interrompit un instant, puis eut un sourire chargé de sous-entendus.

— Tu préfères que je te laisse le champ libre avec ta cousine ? Je pourrais peut-être trouver une autre femme à courtiser. Notre charmante Mary, par exemple…

Il laissa la suggestion en suspens. Robbie fut dégoûté par cette basse tentative de chantage – abandonner Rowenna à Cecil, en échange de Mary. Étonnamment, imaginer Cecil et Mary ensemble ne réveillait pas son désespoir, comme avant. En fait, s'il était honnête avec lui-même, cette éventualité le laissait froid. En revanche, songer que Rowenna puisse lui préférer Cecil lui donnait envie de noyer son chagrin dans une bouteille pour le restant de ses jours.

— À t'entendre, ni M-Mary ni Rowenna n'auraient leur mot à dire sur la question, lâcha-t-il avec amertume.

Cecil sourit de plus belle.

— Tu as raison. Et je crois que je vais essayer de découvrir ce qu'elles pensent vraiment de nous deux…

Robbie sortit de la chambre et descendit l'escalier devant Cecil. Il entra dans la grande salle de l'auberge et salua son maître. À sa grande satisfaction, son ami fut congédié. Robbie resta seul avec Sir John.

— Tu as su honorer ma maison, maître Danby, et ton adoubement est largement mérité. Tes parents ne quitteront sans doute pas la ville avant la cérémonie et j'aimerais inviter ta famille à souper ici ce soir, pour fêter ton succès.

Sir John joignit le bout de ses doigts, sans quitter Robbie des yeux.

— J'espère aussi que nous pourrons célébrer un autre heureux événement…

— Cecil va être adoubé également ?

— Non, pas du tout.

Sir John l'invita à s'asseoir sur un tabouret, près de lui. Robbie obtempéra, se demandant vaguement où cette étrange conversation allait mener.

— Tout le monde, dans ma maison, sait que tu regardes ma nièce avec un certain intérêt, reprit son maître.

Robbie fut traversé par un frisson glacé. Heureusement qu'il était déjà assis, car le choc aurait pu lui faire perdre ses moyens. Il ouvrit la bouche pour protester, mais Sir John le fit taire d'un geste.

— Quand je vous ai vus danser ensemble, hier soir, j'ai compris qu'elle avait aussi un faible pour toi, du moins pour ton titre et ton rang futurs…

Il rit de bon cœur, mais Robbie ne put se résoudre à l'imiter. Bien sûr que c'était son rang qui avait attiré Mary ; il le comprenait, même s'il eût préféré que les choses se passent autrement. Hélas, un homme timide affligé d'un bégaiement ne devait pas avoir beaucoup d'attrait en lui-même, aux yeux d'une femme.

— Maintenant que Mary a rejoint ma maison, je considère qu'il est de ma responsabilité de lui trouver un mari convenable. Et j'ai décidé de t'autoriser à l'épouser.

Une semaine plus tôt, Robbie aurait bondi de joie et se serait prosterné aux pieds de Sir John pour le remercier. Mais à présent, l'idée de s'unir à Mary le rendait malade.

— Je ne lui ai même pas demandé sa main ! protesta-t-il.

— Inutile. Je suis son tuteur et j'ai pris ma décision.

— Monseigneur, veuillez me pardonner. Si j'ai d-d-d…

Robbie fut incapable d'achever sa phrase et secoua fiévreusement la tête, le cœur battant. Il ne pouvait pas épouser Mary, maintenant qu'il savait pour quelle femme son cœur battait. Quelle idée révoltante ! Ce serait un acte de cruauté envers Mary, Rowenna et lui-même…

— Je ne voulais pas donner de fausses impressions à votre nièce, parvint-il enfin à dire. J'ai peut-être espéré lui plaire autrefois, mais je sais que je ne pourrais pas la rendre heureuse. *Nous* ne pourrions pas nous rendre heureux.

Robbie leva les yeux vers son maître, qui le dévisageait

d'un air à la fois bon et un peu confus. Robbie était pris à son propre piège car Sir John pensait sincèrement lui accorder l'objet de ses désirs. D'ailleurs, avant que Rowenna réapparaisse dans sa vie et l'ensorcelle, cela aurait été le cas. Robbie songea que d'un autre côté, il aurait été stupide et ingrat de rejeter maintenant cette alliance généreuse proposée par son maître ! Et pourquoi ? Juste parce que ses sentiments fugaces pour Mary avaient été consumés par sa passion soudaine pour Rowenna ?

— Voilà un changement inattendu, maître Danby. Hier, tu as dansé avec Mary devant toute la ville et, avant ça, tu cherchais clairement à attirer son attention. Ce matin, elle est même venue nous voir, ma femme et moi, pour nous dire que tu lui avais demandé deux danses d'affilée, attention qui l'a d'ailleurs beaucoup touchée. Elle est convaincue qu'elle sera heureuse avec toi.

Robbie ne put cacher sa surprise et haussa un sourcil. Mary avait refusé, hautaine, de danser avec lui deux fois de suite. Elle l'avait à peine regardé avant que Simon de Quixlay ne fasse son annonce. Puis son comportement avait changé d'un seul coup et il était facile de deviner pourquoi.

— Son affection pour moi est très soudaine, je l'avoue. Il va me falloir du temps pour réfléchir…

Sir John le regarda tout à coup avec sévérité, puis il se pencha et reprit à voix basse :

— Je connais l'histoire de ta famille, maître Danby. Ton père m'en a parlé quand je t'ai pris à mon service.

Robbie sentit son sang se figer dans ses veines. Est-ce que Sir John avait été dans le secret depuis le début ?

— De quoi voulez-vous parler, Monseigneur ?

— La réputation de ton père a toujours été mitigée, c'est connu. Roger Danby était un mercenaire et il a traîné derrière lui un certain nombre d'aventures douteuses en Europe et en Angleterre. On m'a même dit qu'un scandale a autrefois eu lieu à York. La famille Danby était pauvre avant que Roger réapparaisse tout à coup avec une nouvelle fortune et une famille à lui. Comme ta mère n'était qu'une brasseuse avant d'épouser ton père, je doute qu'elle soit à l'origine de sa richesse…

Robbie se redressa d'un seul coup, envahi par un soudain élan de colère. Il fut tenté de répliquer vertement mais parvint à se contrôler tant bien que mal. Sir John peignait un portrait affligeant de son beau-père… L'estomac noué, Robbie serra les poings.

— Ma mère tenait la meilleure auberge du Cheshire et l'honneur de mon père n'a jamais été remis en question par son seigneur, déclara-t-il. Il est toujours juste envers ses serfs et accomplit tous ses devoirs avec diligence.

Il s'interrompit, surpris lui-même par sa véhémence à défendre Roger. Une vague d'amertume lui monta à la gorge. Après tout, n'avait-il pas rejeté toutes les tentatives de réconciliation de son beau-père depuis qu'il avait appris le Secret ?

Sir John lui adressa un sourire glacial.

— Tu es un brave jeune homme et tu as assez de qualités pour t'élever dans le monde. Si jamais tu refuses d'épouser Mary, tu risques de perdre ton unique chance d'assurer un avenir prospère à ta famille. Tu seras chevalier, certes, mais combien de nobles s'empresseront de te proposer la main de leur fille ?

Était-ce une menace ? Un frisson traversa Robbie, laissant une terreur sourde sur son passage. Il soutint le regard dur de son maître.

— Je n'ai pas honte de mes parents, répondit-il. Et je n'épouserai jamais une femme qui les méprise.

— Ta loyauté est tout à ton honneur, mais je te préviens : ma nièce ne supportera pas de se retrouver au cœur du moindre scandale. Mary est une jeune femme très fière.

Trop fière, peut-être. Mais ce qu'une femme ne sait pas ne pourra pas lui faire de mal…

Robbie n'en crut pas ses oreilles.

— Je ne pourrai jamais cacher quoi que ce soit à la femme que j'aime, déclara-t-il.

— Dans ce cas, tu es bien naïf, répliqua Sir John. Est-ce que nous commencerions à toucher du doigt le cœur du problème ? Est-ce qu'une autre femme t'a donné des espoirs de mariage ?

Robbie baissa la tête. En dépit de la passion avec laquelle elle l'avait embrassé et de son affection pour lui, Rowenna ne lui avait jamais laissé croire une telle chose. Au contraire. Il n'avait aucun espoir, juste un profond découragement, plus amer encore que lorsqu'il avait cru être amoureux de Mary. Rowenna l'aimait comme un ami, mais il était clair que leur baiser n'avait été qu'une distraction pour elle. Comme le fait de danser avec d'autres hommes ou d'embrasser Wat et les garçons du village. Robbie essaya de revivre leur dernière conversation, à la recherche du moindre signe d'un amour partagé. Mais il n'y avait rien et le peu d'espoir qu'il conservait encore s'évapora. Même lorsqu'elle avait cru qu'il s'apprêtait à lui demander sa main, Rowenna s'était contentée d'en rire.

— Aucune femme ne m'a offert son cœur, répondit-il à regret.

— Tu ne sais encore rien du monde, maître Danby. Allons, viens : tu es attendu au tournoi, ce matin. Gagne tes épreuves et réfléchis à ce que je t'ai dit. Si tu refuses ma proposition, sache que je considérerai cela comme un rejet de tout ce que je t'ai donné.

Il y avait moins de public dans les tribunes qu'au début du tournoi. Les émeutes et le retard pris dans les épreuves avaient étouffé l'intérêt des gens pour la joute.

La plupart des spectateurs restants étaient directement concernés par les épreuves : les seigneurs accompagnés par leurs écuyers, leurs épouses, et les bonnes amies des chevaliers en lice. Robbie chercha Rowenna parmi les visages qui se pressaient autour des barrières, mais il ne la vit nulle part. Sans doute n'avait-elle pas pris la peine de venir. Son rire si joyeux lui manquait, tout comme ses yeux pétillants d'excitation. Robbie regretta de ne pas retrouver la chaleur de son corps contre lui ou la douceur de ses baisers. Le baisemain qu'il fit à Mary le laissa de marbre. Il se défoula dans la lice, l'épée au poing, pour étouffer sa frustration et obtint la troisième place. Il eut plus de succès au tir à l'arc : toutes ses flèches atteignirent le centre de la cible. Peut-être parce qu'il imaginait que c'était son propre cœur qu'il perçait ainsi.

Il accepta son prix sous les applaudissements, conscient du regard de Mary sur lui. Quand il vint saluer son maître à la fin des épreuves, elle lui fit signe d'approcher. Sachant qu'on l'observait avec attention, Robbie ne put se permettre de refuser. L'ignorer en public aurait été la pire des insultes – surtout si, comme l'avait dit Sir John, tout le monde le croyait amoureux d'elle. Il fit de son mieux pour lui parler avec une politesse formelle. Il aurait été injuste de faire preuve de la moindre chaleur maintenant qu'il savait que son amour pour elle était mort. Il s'efforça donc de ne pas remarquer l'agacement qu'il lisait dans ses yeux à chaque fois qu'il bégayait. Pourquoi est-ce qu'elle avait jeté son dévolu sur lui, s'il l'exaspérait à ce point ?

Robbie contempla son expression placide – qu'une personne malintentionnée aurait pu trouver vide – et l'écouta parler avec une grande aisance à tous ceux qui leur rendaient visite. Elle trouvait des compliments à adresser à chacun avec finesse. Elle était élégante, issue d'une bonne famille, riche et accomplie. La femme parfaite pour tout chevalier ambitieux. Sir John avait raison :

Robbie aurait été idiot de refuser le respect et l'honneur que ce mariage lui apporterait. Après tout, ne l'avait-il pas aimée ? N'était-elle pas toujours aussi belle et séduisante ? Ils pourraient être heureux ensemble, s'ils le voulaient.

Mais, plus Robbie y songeait, plus son estomac se nouait. Si jamais il existait la moindre chance que Rowenna partage ses sentiments, il ne pouvait pas la repousser !

Avant de récupérer son arc pour l'épreuve suivante, il glissa quelques mots à l'oreille de Sir John.

— J'ai réfléchi à votre offre, Monseigneur. C'est très généreux à vous de me permettre de célébrer mon adoubement avec ma famille. Je les recevrai, ce soir, et je prendrai ma décision avant la fin du souper.

Il en profiterait pour parler à Rowenna. Un mot, un regard insistant lui permettraient de savoir s'il y avait ou non le moindre espoir. Ce soir-là, il s'engagerait définitivement sur un sentier ou l'autre, sans retour possible.

Chapitre 12

La robe lie-de-vin paraissait trop élégante pour un dîner privé, et elle était encore froissée après sa nuit passée sur le sol de la chambre. Rowenna opta donc pour sa robe bleue préférée et attacha ses cheveux avec le ruban clair qu'elle avait acheté au marché. Elle était déjà en route pour l'auberge quand elle se rappela que Mary avait porté cette couleur pour le bal…

Hal marchait entre Rowenna et sa mère, offrant un bras à chacune des deux femmes. Il dut sentir l'hésitation de Rowenna, car il ralentit soudain le pas.

— Quelque chose ne va pas ?

— Non, rien. Je me disais juste que j'aurais dû porter une autre robe…

— Ce n'est qu'une petite soirée pour la famille et les amis, dit Joanna. Inutile de te tracasser. Et puis, tu es ravissante dans cette tenue ; il faudrait qu'un homme soit aveugle pour penser autrement.

— Qui a parlé d'un homme ?

Ses parents échangèrent un regard entendu, que Rowenna ignora de son mieux.

— Cette robe est tellement simple, soupira-t-elle en tirant sur le décolleté pour qu'il dévoile un peu plus ses clavicules.

— Tu es aussi belle que n'importe quelle femme de la cour, la rassura Hal. Tu seras la lumière de la soirée.

— Une soirée où l'on accepte la fille d'un bâtard, marmonna Rowenna entre ses dents. Aucune robe ne pourra effacer cela…

Joanna toussota et Rowenna leva tout de suite les yeux vers son père. Pourvu qu'il ne l'ait pas entendue, songea-t-elle avec regret. Elle perçut une pointe d'amertume dans le rire de son père. La dernière chose qu'elle voulait faire était bien d'attiser sa frustration, d'autant plus qu'il n'était pas responsable du mépris des gens…

Elle accéléra le pas. Au moins, Sir John ne considérait pas la famille de Rowenna comme indigne de siéger à sa table. Et de toute manière, Mary porterait sûrement une nouvelle robe d'une autre couleur et Robbie ne pourrait pas les comparer.

Roger et Lucy étaient déjà arrivés avec leurs filles. La famille de Rowenna fut la dernière à paraître et l'aubergiste lui-même les accueillit. Ce souper inattendu et le nombre de convives avaient l'air de le ravir. Il avait rempli la salle de lampes. Bien que la nuit soit douce, un grand feu ronflait dans l'âtre et l'atmosphère était déjà étouffante. Un parfum gourmand de porc rôti flottait sous le plafond, mêlé à l'odeur de la cire chaude. Deux musiciens jouaient dans un coin de la pièce.

Rowenna ne put s'empêcher de battre la mesure. Avec un peu de chance, on danserait… Elle aurait l'occasion de prouver à Cecil Hugone qu'il fallait plus qu'un bal pour la fatiguer. Dans cette chaleur pesante, elle fut au moins heureuse d'avoir opté pour une robe aux manches larges qui garderait ses bras au frais avec le mouvement. Soudain, Rowenna se mordit la lèvre. C'étaient ses moments de danse avec Cecil qui avaient provoqué sa dispute avec Robbie. Mieux valait s'asseoir sur son orgueil et ne pas risquer une nouvelle chamaillerie… Cecil pouvait bien croire ce qu'il voulait, après tout.

La porte qui séparait le salon privé de Sir John et

la grande salle avait été ouverte. Néanmoins, il y avait toujours une frontière invisible entre le maître et ses gens, remarqua Rowenna. La famille de Sir John était confortablement installée sur des chaises garnies de coussins tandis que le reste de la maisonnée devait se contenter des longues tables et des tabourets de bois qui meublaient la salle commune de l'auberge. Cecil était assis en bout de table, non loin de son maître. Robbie, lui, avait visiblement été autorisé à siéger avec la famille. Maintenant que son adoubement avait été annoncé, on faisait honneur à son nouveau rang.

Il portait ses plus beaux vêtements. Ses cheveux lâchés venaient effleurer le col de son tabard. Rowenna ne put s'empêcher de se souvenir de la douceur des boucles de son cousin sous ses doigts et une vague de désir monta en elle.

Hélas, son plaisir fut de courte durée. Mary était assise à côté de Robbie, dans un siège au dossier bas tiré au plus près du sien. Rowenna n'avait pas un seul instant douté que la nièce de Sir John serait présente ; néanmoins, elle n'aimait pas la voir aux côtés de Robbie. N'était-elle pas censée servir sa maîtresse ? Tous deux étaient penchés l'un vers l'autre. Mary parlait vite, à voix basse, et Robbie écoutait avec un sourire poli. La jeune femme portait une autre robe bleue, bordée cette fois de fourrure claire. En juin… Rowenna eut du mal à réprimer une grimace. Elle devait avoir beaucoup trop chaud dans cette tenue, mais la robe, lacée très serré, mettait en valeur sa maigre poitrine et sa taille fine. Elle lui donnait une silhouette plus élégante et plus souple que la veille.

Robbie leva les yeux à l'arrivée des derniers invités et leur sourit. Mary, elle, ne s'interrompit pas. N'avait-elle pas remarqué leur entrée ? Ou bien – et c'était plus crédible – elle s'en moquait complètement… Robbie l'interrompit en posant une main sur son bras et lui indiqua sa famille d'un signe de tête. Un geste étrangement possessif et intime. Rowenna serra les dents et fit de son mieux pour sourire. À la suite de ses parents, elle alla saluer Sir John et Lady Isobel. Elle attendit en silence que Hal et Joanna se soient présentés. Hal parla un instant de la commande de Sir John avant de rejoindre Roger et Lucy à table. Robbie et Mary les accueillirent aussi. Rowenna fit de son mieux pour ne pas les regarder. Quelque chose, dans leur manière de se rasseoir côte à côte, la fit tressaillir. Arrivée à son tour devant Sir John, elle lui fit sa plus belle révérence.

— Je me souviens de vous, jeune femme, déclara le vieil homme en la dévisageant de la tête aux pieds. C'est vous qui êtes venue nous enlever maître Danby le soir de notre arrivée. J'espère que vous ne comptez pas nous priver de sa présence, aujourd'hui.

Rowenna sentit ses joues s'empourprer. Sir John avait l'air de sous-entendre qu'elle avait des vues particulièrement déplacées sur Robbie. Et mieux valait ne pas laisser cet homme deviner à quel point il approchait de la vérité. Elle baissa donc les yeux d'un air modeste.

— Oh non, Monseigneur. Je n'oserais pas l'arracher à sa famille ou à son devoir, ce soir. Je n'ai aucune intention de m'accaparer mon cousin.

Elle bégaya presque, s'attendant à être foudroyée sur place pour son mensonge. Était-ce ce que Robbie ressentait à chaque fois qu'il devait parler en public ? Elle lui jeta un rapide coup d'œil et fut surprise de le voir la dévisager. Elle s'attendait presque à surprendre un sourire complice, mais le visage du jeune homme restait étonnamment grave. Il aurait pourtant dû être heureux, ce soir-là. Quelque chose n'allait pas…

— Bonsoir, cousin Robbie, lui dit-elle quand elle arriva devant lui. Permets-moi de te féliciter pour ton adoubement. Nul ne le mérite plus que toi.

Robbie eut un demi-sourire, mais il restait un peu crispé.

— Bonsoir, cousine. M-merci pour t-ta gentillesse.

Il pinça soudain les lèvres. Mary s'était assombrie en l'entendant buter sur les mots et Rowenna fut prise d'une envie soudaine de la gifler. Elle se détourna et se concentra sur Robbie, déchirée entre sa compassion face au combat de son cousin pour s'exprimer en public et sa colère en constatant l'impatience de Mary. Si seulement elle avait eu une autre cruche à portée de main pour lui faire ravaler son regard cruel… Cette fois, sa décision était prise : elle parlerait à Robbie à la première occasion.

— Je me souviens de vous, lança Mary d'une voix hautaine. C'est vous qui m'avez aspergée d'eau, hier soir.

Rowenna sentit son rire s'étrangler dans sa gorge. Robbie les regarda tour à tour sans rien dire. Était-il amusé ou fâché ?

— J'espère que cela ne vous a pas trop gênée, répondit Rowenna le plus sincèrement qu'elle put.

Si seulement cela avait été du vin et pas de l'eau !

— Ça a séché, lâcha Mary.

Lucy et Joanna échangèrent quelques mots à voix basse mais s'interrompirent dès que Rowenna les rejoignit. Elles lui demandèrent des détails sur ce qui s'était passé pendant le bal, mais elle s'emmêla si bien dans ses explications tant elle avait peur de révéler ce qui était arrivé dans le jardin qu'elle ne leur répondit que succinctement. Quelques minutes plus tard, Robbie s'éloigna de son maître et Rowenna trouva une excuse pour le rejoindre près de la table où il arrangeait des coupes sur un plateau. Il s'écarta un peu pour lui laisser de la place.

— Te voilà, dit-il à voix basse.

Ces simples mots complices firent frissonner Rowenna de plaisir, comme un chat qu'on aurait caressé en pleine sieste.

— Oui, me voilà, répéta-t-elle d'une voix tremblante.

Depuis quand était-elle aussi nerveuse avec lui ? Elle

fit de son mieux pour se reprendre avant que Robbie ne s'en aperçoive.

Lui aussi paraissait nerveux. Sa main hésitait en alignant méticuleusement les coupes sur le plateau. Il lui lança un petit regard en coin.

— Est-ce que t-tu as vraiment renversé une cruche d'eau sur Mary ?

Sa voix ne trahissait rien de ses émotions, mais une étincelle d'amusement traversa son regard, l'espace d'un instant.

— J'étais trop concentrée sur une conversation… intéressante, et j'ai été maladroite. Heureusement, Mary n'a pas eu à s'en plaindre trop.

— Oui, heureusement.

C'était le moment, la chance que Rowenna avait attendue. Il fallait qu'elle lui dise pourquoi elle avait fait cela – mais cela l'obligerait à lui avouer qu'elle avait espionné la conversation de Mary et Robbie pourrait lui en vouloir. À raison. Elle voulait à tout prix éviter de provoquer une nouvelle dispute.

— Je suis contente de te voir, se contenta-t-elle donc de dire. Je voulais te féliciter hier soir, mais tu étais tellement occupé et Geoff a insisté pour me raccompagner…

— Je suis navré de ne pas t'avoir escortée moi-même, répondit Robbie d'une voix si basse que Rowenna dut tendre l'oreille.

Il avait l'air si sincère et si désolé.

— Crois-moi, si j'avais pu, j'aurais préféré rester avec toi.

Il lui caressa le dos de la main du bout des doigts, discrètement. Rowenna sentit son cœur fondre de plaisir, mais ne trouva pas le courage d'avouer à Robbie ce qu'elle ressentait pour lui comme elle se l'était promis. Il lui avait bien dit de cacher ses sentiments. C'était le moment ou jamais de mettre le conseil de son cousin à exécution : il ne fallait pas qu'il se doute des désirs qu'il éveillait en elle. Si elle avait pu l'attirer dans un endroit plus privé, elle lui aurait sans doute ouvert son cœur sans hésiter ; mais il y avait beaucoup trop de monde, ici.

— Oh Robbie, ce n'est pas grave ! lâcha-t-elle avec un rire forcé en serrant sa main un instant. Je suis arrivée saine et sauve à la maison. Je te remercie de t'être soucié de moi, mais je te rassure : j'étais très bien avec Geoff.

— Tu le p-penses vraiment ?

Il parut plus sérieux que jamais, comme s'il venait de recevoir une blessure mortelle. Rowenna renversa la tête en arrière et sourit. Il fallait à tout prix l'empêcher de culpabiliser.

— Bien sûr. Il me fallait une escorte, et il faisait l'affaire aussi bien que toi. Je n'aurais surtout pas voulu te priver de ton moment de gloire.

— Tu ne m'aurais privé de rien. Je t'ai dit que je *voulais* te raccompagner.

Il se pencha un peu plus vers elle et prit sa main entre les siennes. Une flamme irrésistible remonta le long du bras de Rowenna. Oh ! comme elle aurait voulu pouvoir lui dire que c'était un mensonge, que nul ne pouvait le remplacer à ses yeux ! Mais où trouver le courage de lui avouer la vérité ?

Elle posa donc son autre main sur le bras de Robbie et esquissa un nouveau sourire.

— Je suis très heureuse avec toi, mais je t'en veux aussi un peu, tu sais. Pourquoi est-ce que tu ne m'as pas dit qu'on allait t'adouber, quand tu es venu me voir à la maison ? Tu le savais déjà, n'est-ce pas ?

Le sourire timide de son cousin s'illumina avec fierté et tout son visage rayonna. Il fallut toute la volonté du monde à Rowenna pour garder un air sévère – sans doute peu convaincant.

— Tu m'as demandé de t'aider à répéter tes vœux et

je me suis moquée de toi. Si j'avais su, j'aurais été plus sérieuse…

Elle s'interrompit un instant. Le souvenir de leur autre « répétition » lui revint, ainsi que tous ces mots d'amour qu'elle aurait aimé pouvoir prendre pour elle. Robbie avait eu l'air tellement sincère qu'il avait été difficile pour elle de croire qu'il en aimait vraiment une autre. Quelle idiote elle avait été de ne pas l'embrasser sur le moment ! Elle regrettait tellement cette opportunité manquée qu'elle aurait pu fondre en larmes. Mais il n'était pas encore trop tard…

— Je peux être sérieuse, tu sais. Quand il faut. Tu me crois, n'est-ce pas ?

— Bien sûr, répondit gravement Robbie.

Il avait soudain l'air si triste que le cœur de Rowenna se brisa. Elle lui caressa doucement la joue, l'obligeant à la regarder. La barbe naissante de Robbie était douce sous ses doigts. Elle se souvint de la sensation sous ses lèvres et laissa un instant ce souvenir l'emporter. Sans doute la trouvait-il distraite. Rowenna voulut s'en excuser mais remarqua qu'il regardait quelque chose derrière elle avec une moue insondable. Il jeta soudain un coup d'œil par-dessus son épaule vers la table où étaient assis leurs parents et ses yeux s'assombrirent.

— Est-ce que Roger t'en veut de ne pas lui avoir annoncé la nouvelle toi-même ? s'enquit Rowenna.

Robbie eut un étrange sourire amer.

— Non. Il aime bien les secrets.

Ils étaient dans un coin sombre de la salle, presque cachés derrière un rideau. Rowenna en profita pour reprendre la main de Robbie entre les siennes.

— Je t'ai cherchée dans les tribunes du tournoi, aujourd'hui, dit Robbie.

Il la contemplait avec attention, comme s'il cherchait

dans son expression quelque chose qu'elle ne comprenait pas vraiment.

— Je voulais y aller pour te parler, mais Père m'a interdit de quitter la maison, répondit Rowenna, agacée. Il me reste si peu de temps à York, et il refuse même que je sorte dans la rue ! Dieu merci, Cecil est venu me rendre visite. Sans lui, je n'aurais vu personne de toute la journée.

— Cecil est venu ?

Robbie fronça les sourcils. Était-il jaloux ? Non, mieux valait ne pas en espérer autant.

— Oui, pour la commande de Sir John. J'aurais préféré qu'on t'envoie à sa place, bien sûr. Mère a dessiné une garde magnifique pour les dagues. Elles sont très belles, avec des feuilles, des glands et…

Rowenna s'interrompit et se mordit la lèvre. Tout ce qu'elle disait était si stupide ! Si Robbie n'avait pas encore deviné ce qu'elle ressentait vraiment pour lui, c'était qu'il était sourd.

— Tu aurais préféré que ce soit moi qui vienne ? demanda-t-il dans un souffle.

Il était toujours penché sur elle, les lèvres légèrement entrouvertes et, pendant une ou deux délicieuses secondes, Rowenna crut qu'il allait l'embrasser. Son cœur se mit à battre plus fort. Elle sentit sa respiration s'étrangler dans sa gorge. Elle avait tellement envie de s'abandonner à ses désirs qu'il lui fallut tout son courage pour ne pas ouvrir son cœur à Robbie et lui dire à quel point elle l'aimait. Douloureusement, elle parvint à sourire comme si de rien n'était.

— Bien sûr ! répondit-elle d'une voix aussi enjouée que possible. Je suis toujours contente de te voir ! J'ai rarement la chance de passer du temps avec mes amis…

Robbie ne la quittait pas des yeux.

— Nous sommes donc amis et cousins ? C'est comme ça que tu me vois ? Rien ne pourrait te faire changer d'avis ?

Décidément, il était bien énigmatique ! Craignait-il que quelque chose vienne ternir leur affection ? Une simple conversation avec Cecil – ou une danse – n'avait pourtant pas un tel pouvoir !

Rowenna l'examina avec attention, étudiant ses cils épais et ses yeux noisette qui la contemplaient intensément. Que se passait-il ? Elle n'aurait eu qu'un geste à faire pour l'embrasser. Robbie pinçait les lèvres et elle mourait d'envie de les saisir pour les sentir fondre sous les siennes. Mais la mise en garde de sa mère résonnait encore à ses oreilles et elle reprit d'une voix qu'elle voulut joyeuse :

— Robbie, tu as toujours été, tu seras toujours mon meilleur ami. Aucun secret, aucun adoubement et aucun baiser volé ne changera cela.

Le temps s'arrêta autour d'eux. Un silence tomba. Les pupilles de Robbie se dilatèrent, puis se rétractèrent. Il finit par lui adresser un sourire tendre et affectueux.

— Dans ce cas, déclara-t-il, nous serons toujours amis.

Sa solennité donna presque à Rowenna envie de pleurer, sans qu'elle comprenne pourquoi. Soudain, elle vit du coin de l'œil Mary approcher.

— Robbie, mon oncle attend son verre, dit la jeune femme. Puis-je te rappeler qu'il t'a demandé de le servir ?

Robbie lâcha la main de Rowenna, et en cet instant, son sourire eut l'amertume du regret.

— Il faudra que nous parlions.

Rowenna acquiesça sans s'en rendre compte. Elle aurait voulu lui dire tant de choses encore, mais déjà Mary se glissait entre eux et les séparait. Elle lança un sourire serein à Robbie et indiqua la table près de laquelle ils se tenaient d'un signe de tête.

— Tu devrais aussi dire aux serviteurs de mon oncle de placer les cruches bien au milieu de la table. Je ne voudrais pas qu'on finisse tous mouillés…

Le vin était trop bon pour le gâcher sur sa robe. Garce

prétentieuse. Harpie. Porchère. Rowenna serra les dents et sourit de plus belle.

Robbie prit le plateau. Rowenna ajusta les coupes dessus et tourna l'anse de la cruche vers lui d'un air de défi. De nouveau, une petite étincelle complice traversa le regard de Robbie. C'était déjà ça.

— Voilà, personne ne risque de la renverser, plaisanta-t-elle. Tu ferais mieux d'obéir à ton maître.

Robbie la regarda encore un instant, hésitant, mais elle lui indiqua discrètement Mary.

— Vas-y. J'ai promis à Cecil de prendre le temps de le saluer et il m'en voudrait de ne pas le faire. Nous reparlerons plus tard.

Sans un mot, Robbie se fraya un chemin vers la table de Sir John.

— Votre cousin vous apprécie beaucoup, remarqua Mary. J'aurais aimé savoir qui vous étiez plus tôt : cela aurait été agréable d'avoir une autre fille de mon âge à qui parler, à York. Étonnamment, il ne vous a jamais mentionnée…

Elle se fendit d'un sourire mesquin. Elle essayait sans doute de lui faire croire que Robbie était son confident, mais Rowenna savait très bien qu'ils avaient à peine échangé quelques mots depuis leur rencontre. Résistant à l'envie de dire à Mary qu'elle avait entendu ses moqueries cruelles, au bal, elle se contenta de sourire. Encore.

— J'imagine qu'on doit se sentir bien seule sans personne à qui se confier, mais il me semble que vous étiez avec une amie, hier soir.

Elle jeta un coup d'œil à Robbie, qui servait Sir John. Il se tenait très droit, la tête respectueusement inclinée vers son maître, et leurs regards se croisèrent pendant un instant. Rowenna eut vaguement l'impression de voir son visage s'assombrir et lui adressa un petit clin d'œil, mais il se détourna. Elle-même se tourna alors de nouveau vers Mary, les lèvres pincées.

— En ce qui concerne Robbie, il parle peu tant qu'il n'a pas quelque chose d'intéressant à dire. Ou une personne intéressante à qui s'adresser.

Le sourire satisfait de Mary se figea, puis se mua en une moue peu seyante.

— Dans ce cas, je vais devoir apprendre à le faire parler. Heureusement, nous aurons bientôt tout notre temps pour cela…

Elle salua Rowenna avant d'aller rejoindre Robbie, la laissant seule et troublée par ses paroles. Oui, Mary aurait tout le temps d'apprendre à connaître Robbie, tandis que Rowenna, elle, allait retrouver la routine solitaire de sa vie à Ravenscrag.

Cecil était en train de discuter avec l'un des serviteurs de Sir John, mais en voyant Rowenna seule, il s'empressa de la rejoindre. Ils passèrent un moment à parler de tout et de rien. Cela ne dérangea pas Rowenna, qui en profita pour observer Robbie tout à loisir. Qu'elle le veuille ou non, ses regards vagabondaient toujours plus ou moins dans sa direction. Il était de l'autre côté de la salle, avec ses parents et Mary, mais ne quittait pas Rowenna et Cecil des yeux. Rowenna s'efforça de lui faire signe et de lui adresser un sourire douloureux. Au bout d'un moment, Robbie se pencha vers Mary et lui glissa quelques mots à l'oreille. Tous deux s'approchèrent de Sir John, assis en tête de table, et lui parlèrent à voix basse. La voix de Cecil se mêla au brouhaha ambiant alors que Rowenna essayait de deviner ce qu'ils se disaient.

Elle n'eut pas besoin de tendre l'oreille bien longtemps : Sir John se leva et réclama le silence. Tous les convives se turent en quelques instants, suspendus à ses lèvres.

— Mes amis, déclara-t-il, nous sommes rassemblés ici pour célébrer le succès de Robbie au tournoi, ses actes courageux pendant les émeutes et son adoubement prochain…

Il attendit que s'apaisent les acclamations. Rowenna dut ravaler les larmes d'émotion qui lui montaient aux yeux en voyant son cousin accepter fièrement les félicitations. Mais Sir John n'avait pas encore fini. Il regarda Robbie, puis Mary.

— Avant d'entamer le souper, j'ai le plaisir de vous annoncer une autre nouvelle. Mes liens avec maître Danby, mon écuyer favori, vont bientôt être renforcés par son union avec ma nièce Mary.

Un sifflement assourdissant emplit les oreilles de Rowenna et elle sentit un voile de sueur glacée recouvrir sa peau. À l'intérieur, une petite voix se mit à hurler. *Trop tard… Trop tard.* Elle dut se mordre la lèvre pour s'assurer qu'elle ne criait pas réellement. Était-ce ce que Robbie avait essayé de lui dire ? À côté d'elle, Cecil se crispa. On pouvait presque voir la tension de ses tendons dans sa mâchoire et son cou.

— Vous le saviez ? lui demanda Rowenna à voix basse.

— Non. Robbie ne m'accorde pas ses confidences. Vous avez l'air bien surprise vous aussi. Il ne vous en a pas parlé ?

— Je crois que je ne lui en ai pas laissé l'opportunité, lâcha Rowenna.

Elle s'appuya contre le bord de la table pour ne pas perdre l'équilibre et se rendit soudain compte que Cecil la soutenait. Il la dévisageait avec une gravité empreinte de pitié. Est-ce qu'elle était si transparente ? Pouvait-il lire sa détresse sur son visage ? Il lui prit la main et la serra doucement, sans rien dire. Ce simple geste affectueux lui serait monté droit au cœur dans d'autres circonstances, mais Rowenna était trop bouleversée pour l'apprécier. Elle embrassa la pièce du regard, remarquant à peine les gens qui se pressaient autour de Robbie et Mary pour les féliciter. Joanna la vit et, après avoir glissé un mot à Hal, s'approcha d'elle. Cecil s'écarta discrètement pour les laisser seules.

— Ne dis rien, murmura Rowenna sans même laisser à sa mère le temps de parler.

La moindre pitié risquait de briser le peu de contrôle qu'elle gardait encore sur ses émotions. Elle sentit sa lèvre se mettre à trembler et la mordit violemment. Joanna la serra dans ses bras avant de remplir deux coupes de vin.

Rowenna prit celle qu'elle lui tendait avec reconnaissance.

— Tu avais tort, Mère, lâcha-t-elle. Je dois dire à Robbie ce que je ressens pour lui.

— Et quel bien est-ce que cela ferait, maintenant ?

— Mieux vaut le faire avant qu'il ne soit marié, non ?

— Mieux vaut ne pas le faire du tout ! répliqua sèchement sa mère. Il est fiancé. Si quoi que ce soit venait mettre son mariage en danger, cela causerait un énorme scandale.

Elle prit Rowenna par les épaules et l'obligea à la regarder.

— Je te l'ai déjà dit : une femme sensée ne s'attarde pas sur ce qu'elle ne peut pas avoir. Elle doit se concentrer sur les autres options qui se présentent à elle.

Rowenna vida sa coupe et la rendit à sa mère. Si elle ne pouvait pas épouser Robbie, alors autant ne pas se marier du tout. Quel autre homme aurait pu la faire rire comme lui, éveiller son amour et la faire autant frissonner à l'intérieur ?

— Je vais rentrer, décréta-t-elle.

— Non, tu dois rester. Qu'est-ce que Robbie penserait en te voyant partir ? Va leur présenter tes félicitations.

Le cœur brisé, Rowenna s'approcha de la foule qui entourait le couple. Elle les regarda parler à chacun – ou plutôt, c'était Mary qui parlait. Robbie se contentait de rester près d'elle en silence. Son sourire semblait forcé et ses yeux restaient sombres tandis que sa fiancée pétillait de joie. On aurait cru voir un homme en route pour l'échafaud, pas un jeune écuyer ambitieux qui voit tous ses rêves se réaliser. Une boule se forma dans la gorge de Rowenna. Ses yeux se mirent à brûler. Elle n'allait pas pouvoir retenir ses larmes bien longtemps… Elle ravala tant bien que mal sa douleur, prit une profonde inspiration, sourit et s'avança à son tour.

— Est-ce que nous aurons droit à tes félicitations, cousine ? demanda Robbie.

Il la dévisageait avec une telle insistance que Mary dut forcément s'en apercevoir. Rowenna se força à embrasser la future épouse sur la joue, puis se tourna vers son cousin. Il fit un pas vers elle mais elle recula avant qu'il ne la touche. Elle avait pourtant tellement envie de sentir de nouveau ses bras chauds et tendres se refermer sur elle, comme la veille… Mais il appartenait à Mary, maintenant. Rowenna n'avait plus le droit de le toucher. Voyant son geste de recul, Robbie eut un instant d'arrêt, les yeux plus tristes que jamais, puis il se contenta de lui prendre la main et de la serrer entre les siennes. Rowenna le laissa faire, juste assez longtemps pour ne pas paraître impolie, puis s'écarta de nouveau. Elle parvint, sans savoir comment, à prononcer ses félicitations avant de fuir. Son cœur déjà en miettes se brisa davantage quand elle sentit le regard angoissé de Robbie dans son dos.

Elle aurait voulu s'enfuir de l'auberge, courir dans les rues en criant sa douleur, mais les serviteurs commençaient déjà à disposer les plats à table et elle dut se rasseoir. Désemparée, elle vit Mary s'installer aux côtés de Robbie avec un sourire rayonnant. La seule consolation de Rowenna était la certitude que son cousin avait enfin obtenu tout ce dont il avait rêvé. Peut-être que Mary serait une bonne épouse, après tout ; et s'il ne découvrait jamais ce qu'elle avait pu dire à son sujet, il serait sans doute heureux avec elle…

Le repas fut une interminable torture. Rowenna sentit à peine le goût des aliments qui passaient sur sa langue et pesaient dans son estomac. Assises près d'elle, Anne et Lisbet débattaient de la meilleure manière de s'attirer l'affection de leur future belle-sœur. Elle les laissa parler sans intervenir. Roger et Lucy avaient été installés à la table de Sir John. Rowenna eut une maigre consolation en voyant Mary essayer vainement de charmer Lucy. Manifestement, elle ne parvenait pas à impressionner sa future belle-mère. Rowenna fit de son mieux pour ne pas regarder Robbie, occupé à servir sa fiancée et à remplir son verre dès qu'il était vide. Il souriait toujours, comme une effigie, mais ses regards étaient insondables. Lorsqu'il croisa par accident le regard de Rowenna, son visage retrouva sa solennité. Elle se détourna à contrecœur. Elle ne voulait surtout pas le mettre mal à l'aise.

Avait-il déjà demandé la main de Mary lorsqu'il l'avait embrassée dans le jardin, au bal ? Non, sans doute pas. Robbie était un homme d'honneur, son idéal de justice coulait dans ses veines. Jamais il ne se serait permis de les insulter comme cela, toutes les deux.

Dans ce cas, cela avait dû se passer après le départ de Rowenna en compagnie de Geoffrey. Et après l'annonce de son adoubement, puisque c'était ça qui avait éveillé l'intérêt de Mary. Ça, et les saphirs que portait Lucy…

À la fin du repas, les convives quittèrent les tables pour discuter en petits groupes. Rowenna alla trouver Mary pendant que Robbie parlait avec Cecil. Toutes deux les observèrent un instant en silence.

— Depuis combien de temps êtes-vous amoureuse de mon cousin ? demanda finalement Rowenna, d'une voix beaucoup trop tremblante.

— Amoureuse ?

Mary la dévisagea d'un air surpris, une main sur le cœur. Son geste était bien trop marqué pour être sincère.

— Oh ! peut-être que l'amour est une chose à prendre en compte dans *votre* monde… Parfois, j'aimerais ne pas avoir à penser à ma fortune et à mon rang ; vous avez bien de la chance de ne pas subir toutes ces angoisses !

Rowenna serra les dents. Pouvait-on encore croire qu'elle se marierait par amour, maintenant que l'homme qui faisait battre son cœur était fiancé à une autre ? Elle se pencha un peu vers Mary pour ne pas être entendue de qui que ce soit d'autre.

— J'ai dit à Robbie que j'avais renversé cette cruche d'eau parce que j'étais trop prise par une conversation. En fait, c'est vous que j'écoutais. Dois-je lui répéter ce que vous avez dit sur lui ? Les moqueries que vous vous êtes permises ? Croyez-vous qu'il voudra encore vous épouser après cela ?

— Vous ne le ferez pas, à moins que vous ne vouliez le blesser, répondit Mary. Nous allons nous marier, tout le monde le sait maintenant. Robbie a beaucoup trop d'honneur pour humilier une femme en la rejetant après lui avoir montré son affection.

— Vous n'aviez pas la moindre affection pour lui, hier encore. Qu'est-ce qui a changé ?

Le sourire de Mary restait aussi serein qu'à son habitude.

— Robbie a fait ses preuves. Son avenir est désormais tout tracé. Il fera un excellent époux. Il n'a pas besoin que je l'aime pour être heureux. Il lui suffit de le croire et de m'aimer en retour. Vous voulez qu'il soit heureux, n'est-ce pas ? Je vois bien que vous tenez beaucoup à lui.

Rowenna baissa la tête sans répondre. Elle bouillonnait de rage. Profitant de son silence, Mary s'éloigna et, très vite, Cecil vint prendre sa place. Du coin de l'œil, Rowenna vit Robbie la surveiller. Certes, il n'aimait pas la voir avec son ami, mais elle avait besoin de soutien et Cecil était gentil avec elle.

Elle s'assit donc sur un banc et lui laissa la place de se glisser à côté d'elle. Pendant quelques minutes, elle l'écouta parler de sa vie dans la maison de Sir John. Elle sourit et rit quand c'était nécessaire. Elle n'était pas plus joyeuse, mais au moins, la menace des larmes semblait être passée pour le moment.

Les paroles de sa mère revinrent soudain hanter Rowenna.

Il n'y avait plus d'espoir pour elle, avec Robbie. Puisqu'elle ne pouvait pas l'épouser, Cecil ferait l'affaire aussi bien qu'un autre, non ?

Chapitre 13

L'annonce avait été faite. La chose était décidée. Robbie mangea, but, écouta les conversations et sourit. Personne n'aurait pu se douter qu'il était loin de se sentir l'écuyer le plus heureux d'York, qu'au contraire son cœur n'était plus qu'un champ de ruines. Mary papillonnait d'une personne à l'autre. De toute évidence, la promesse d'un mariage prochain l'enchantait. Était-elle plus satisfaite par son nouveau statut de fiancée ou par la perspective de passer sa vie avec lui ? Pour le moment, elle était prise d'assaut par Lisbet et Anne, qui semblaient aussi excitées qu'elle.

Contrairement à Roger et Lucy. Ils s'approchèrent de lui, et Robbie comprit qu'ils étaient furieux avant même qu'ils commencent à parler.

— Viens nous voir, demain, lui dit Roger froidement.

— Oui, je viendrai, promit-il.

Alors qu'ils tournaient les talons, Lucy se ravisa et lui lança :

— Qu'est-ce qui t'a pris ?

Sans lui laisser le temps de répondre, elle rejoignit son mari, Hal et Joanna à une autre table. Robbie agrippa fermement sa coupe et but une longue gorgée de vin. Voir sa mère en colère le bouleversait et, à sa grande surprise, la désapprobation de Roger lui était presque aussi insoutenable.

Puis, il y avait Rowenna.

Ses boucles brunes et sa robe bleue lui faisaient une silhouette si séduisante qu'il était facile de la remarquer dans la salle. Pour l'instant, elle était assise près d'une fenêtre ouverte en compagnie de Cecil. Une petite brise faisait voleter les quelques cheveux qui s'étaient libérés de leurs rubans. Elle rejeta soudain la tête en arrière et éclata de rire.

Tout le corps de Robbie s'échauffa sous le coup d'une jalousie incontrôlable. Il se répéta encore et encore leur dernière conversation. Elle ne l'aimait pas comme il l'aimait. Leur amitié lui suffisait et la compagnie de Cecil semblait la rendre heureuse. Pendant quelques instants, tandis qu'ils discutaient à voix basse, il avait cru que les sentiments de la jeune femme étaient différents ; mais aucune de ses paroles ne lui avait permis de penser qu'elle était amoureuse. Il avait eu besoin de réponses avant de prendre sa décision, et elle les lui avait données.

Cecil murmura quelques mots à l'oreille de Rowenna. Elle jeta un coup d'œil en direction de Robbie et leurs regards se croisèrent. Le sourire de Rowenna s'effaça un instant. Elle pinça les lèvres et ses grands yeux noirs le dénudèrent jusqu'à l'âme. Robbie la connaissait suffisamment bien pour sentir qu'elle aussi le désapprouvait.

Elle lui avait déjà fait comprendre qu'elle trouvait Mary frivole et idiote – et elle avait raison. Robbie regrettait amèrement de ne pas l'avoir écoutée. De plus, Mary ne s'était pas privée pour se moquer d'elle cruellement avec cette histoire de cruche d'eau. Bien sûr que Rowenna n'approuvait pas son choix d'épouse.

Son choix !

Plus il y pensait, plus Robbie se rendait compte qu'il n'avait pas *eu* d'autre choix que de demander la main de Mary. Une terrible tristesse lui monta à la gorge. Il aurait tant voulu expliquer à Rowenna ce qui s'était passé. Il *fallait* qu'elle comprenne qu'il n'avait pas eu son mot à dire dans cette affaire.

Il la regarda plus attentivement et remarqua à quel point ses yeux brillaient, presque comme s'ils étaient humides. Elle était vulnérable et Cecil la réconfortait… Cecil. Pas lui. Elle cligna soudain des paupières et les larmes que Robbie avait cru voir perler disparurent, remplacées par une dureté qu'il n'avait encore jamais vue chez elle. Elle lui adressa un petit signe de tête, gravement, avant de se concentrer de nouveau sur Cecil et de minauder. Celui-ci se leva et lui tendit la main. Rowenna hésita un instant, puis la prit et se redressa avec élégance. Sans doute ne remarqua-t-elle pas la manière dont Cecil s'humecta les lèvres et lissa son pourpoint. Robbie, lui, avait déjà souvent vu cette expression vorace. Cecil devait essayer de la séduire et, même s'il avait parlé d'amour, cela ne suffisait pas à rassurer Robbie.

Il se fraya un chemin au milieu des convives en priant pour que personne ne vienne lui parler. Il les atteignit à l'instant où Cecil offrait son bras à Rowenna et il l'appela. Elle se retourna en entendant son nom. Cecil lança à Robbie un regard à la fois triomphateur et mauvais.

— Est-ce que je peux faire quelque chose pour toi, Rob ? s'enquit-il. Je reviens vite : j'ai juste proposé à Rowenna et à sa mère de les escorter jusque chez elles.

— J'ai besoin de parler à ma cousine.

— Voulez-vous que je vous attende ? demanda Cecil à Rowenna. Nous pourrons poursuivre notre conversation en chemin.

Elle dévisagea Robbie avec un mélange de dédain et de tristesse, puis haussa les épaules.

— Inutile, je suis fatiguée. Ce que tu as à me dire devra attendre que j'aie repris des forces, Robbie.

C'était un mensonge ! Il fallait plus qu'un repas et quelques heures de conversation pour fatiguer Rowenna.

Elle avait trop de vie en elle et elle savourait tout ce qui pouvait lui faire oublier sa vie solitaire à Ravenscrag. C'était un rejet à peine camouflé. Robbie venait de perdre sa précieuse amitié… Il s'efforça de sourire, ravalant à son tour des larmes amères, et dit simplement :

— Oui, ça peut attendre.

Il les regarda rejoindre Joanna et partir. Ce ne fut qu'à ce moment qu'il put de nouveau respirer correctement. Si tante Joanna était là, sa présence protégerait au moins Rowenna des avances de Cecil… Et lui-même aurait des années pour lui expliquer les tristes circonstances qui l'avaient amené à demander Mary en mariage – à condition qu'elle accepte de l'écouter. Il retourna à sa place et écouta sa fiancée parler de robes, de potins. À présent qu'il n'était plus aveuglé par sa beauté, il voyait bien qu'ils n'avaient rien en commun. L'esprit vif de Rowenna lui manquait. Si seulement il avait eu le courage de l'arracher des griffes de Cecil pour lui expliquer son erreur…

Le lendemain matin, dès que ses devoirs lui accordèrent un moment de répit, Robbie rendit visite à ses parents. Il avait espéré voir aussi Rowenna, mais elle était partie très tôt au marché avec sa mère et les sœurs de Robbie, ravies de passer une journée de plus en ville.

Dès qu'elle le vit, Lucy le serra dans ses bras, puis s'écarta pour lui lancer un regard noir.

— Seigneur, Robbie ! Pourquoi as-tu décidé d'épouser cette insipide petite chipie ? Ton adoubement t'aurait-il fait tourner la tête ?

— Tu ne pourrais pas simplement être contente pour moi, Mère ? demanda Robbie en lui prenant les mains.

Lucy renifla.

— Si tu penses être heureux avec elle, alors je pourrai sans doute faire un effort. J'espère bien que tu lui as dit que mes saphirs reviendront à Lisbet et Anne, pour leur servir de dot à leur mariage. Pendant le tournoi, ta Mary ne les a pas quittés des yeux.

Robbie contempla la bague de Lucy, qui brillait au soleil. Bien sûr que Mary pensait en hériter, un jour. Elle se disait sans doute que la famille avait des coffrets remplis de pierres… Quand il lui avait parlé, lors du tournoi, Robbie avait exagéré la richesse de sa famille pour l'impressionner. Mary avait visiblement cru ses mensonges et avait eu la délicatesse de ne pas demander à Sir John une estimation réelle de leur fortune. Si elle l'avait fait, elle n'aurait sans doute pas été aussi pressée d'attirer son attention.

Lucy déposa un petit baiser sur la joue de Robbie et annonça :

— Je vais rejoindre Joanna et les filles au marché. Je suis sûre qu'elles ont convaincu ce pauvre jeune homme de leur servir de porteur…

Elle quitta la pièce, laissant Robbie seul avec Roger. Dès que ses pas se furent évanouis, Roger sortit du garde-manger l'une des excellentes bouteilles de vin de Hal et remplit deux grands verres.

— Un toast ? proposa-t-il. À un adoubement bien mérité !

Robbie s'efforça de sourire et prit la coupe que lui tendait son beau-père. Le vin était vraiment très bon – trop pour les circonstances.

— Mère n'est pas contente, lâcha Robbie.

— Non, en effet. Nous ne nous attendions pas à ces fiançailles. Je ne suis pas certain d'être aussi sévère qu'elle au sujet de Mary, mais elle est meilleure juge que moi quand il s'agit d'évaluer quelqu'un. Pourquoi as-tu fait cela, mon garçon ?

Sa condescendance fit tressaillir Robbie.

— Quand nous en avons parlé, tu m'as dit que tu approuvais mon choix ! protesta-t-il.

— Jamais de la vie ! se récria Roger.

Robbie vida sa coupe d'un trait et la remplit de nouveau. Il dévisagea son beau-père sans cacher sa colère.

— Tu m'as dit que toute la famille m'approuverait, après nous avoir vus ensemble. Que mes yeux trahissaient mes sentiments, ou je ne sais quelle autre bêtise.

— Quand donc vous ai-je vus ensemble ?

Roger parut perplexe pendant quelques instants, puis il fronça les sourcils et soupira.

— Pas Mary ! Je parlais de Rowenna, quand tu l'as sauvée des émeutiers. Si je n'avais pas su la chose impossible, j'aurais presque pu croire que vous étiez déjà amants à la manière dont vous vous êtes enlacés.

Robbie sentit une brûlure descendre de sa gorge au fond de son estomac. Il ravala son choc et repensa à l'élan protecteur qui l'avait saisi quand il avait serré Rowenna contre lui, et aux étincelles qui avaient embrasé ses sens quand elle lui avait rendu son étreinte. Est-ce que ça avait commencé là ? Son amour pour elle ? Il se passa la main dans les cheveux, incrédule. Comment avaient-ils pu si mal se comprendre ?

— Pourquoi est-ce que tu ne m'as pas dit de qui tu parlais ?

Roger leva les yeux au ciel.

— Je pensais que c'était évident. En vous voyant ensemble, tous les deux, c'était la seule déduction logique. Nous avons tous remarqué à quel point ta pauvre cousine est amoureuse de toi ; elle l'est depuis des années. Pourquoi crois-tu qu'elle a tant insisté auprès de son père pour qu'il t'invite dès le soir de ton arrivée ?

— Rowenna ? Amoureuse de moi ?

Le cœur de Robbie était en miettes depuis leur dernière conversation et ce qu'il avait vu comme un rejet définitif.

À présent, il se mit à tambouriner si fort que ses côtes pouvaient à peine le contenir, comme s'il voulait s'envoler jusqu'à elle.

— Je ne savais pas, balbutia-t-il. Je croyais qu'il n'y avait aucun espoir…

— Est-ce que tu as au moins pris la peine de lui poser la question ?

Robbie fit non de la tête. Il était sans doute l'homme le plus stupide de toute l'histoire de l'humanité ! Hélas, il était inutile d'espérer, maintenant. Les dents serrées, il leva les yeux vers son beau-père, s'attendant à y lire de la pitié – ou pire, de la moquerie. Mais Roger se contenta de hausser les épaules avec sa nonchalance habituelle et de se servir un second verre de vin.

— Tu n'as qu'à dire à Mary que tu ne peux pas l'épouser. Si tu veux, je me ferai un plaisir de jurer que Rowenna et toi vous êtes fiancés depuis votre enfance.

— Non, je ne peux pas ! s'écria Robbie. Jamais je n'oserais mentir à Mary de cette façon. Ce serait lâche. Aucun homme d'honneur ne peut rejeter une femme après avoir annoncé ses fiançailles en public.

Roger grimaça.

— Aucun homme d'honneur peut-être, mais beaucoup d'hommes sensés l'ont déjà fait.

— C'est ce que tu aurais fait à ma place ?

Robbie dévisagea froidement Roger tandis que les paroles de Sir John revenaient résonner à ses oreilles.

— J'ai entendu parler de toutes les femmes que tu as séduites avant de les abandonner. Combien d'entre elles as-tu quittées juste parce qu'elles ne te convenaient plus ?

— Trop, et j'ai perdu une compagne précieuse à cause de cela, soupira Roger avant de sourire. Heureusement, j'ai rencontré ta mère et je remercie tous les jours le Ciel de l'avoir mise sur ma route. Est-ce que tu serais aussi heureux que moi, avec ta Mary ?

Il attendit, les bras croisés, avec un air supérieur qui fit tressaillir Robbie de plus belle.

— Bien sûr, c'est à toi de choisir. Je suis sûr que tu trouveras une forme de bonheur dans ce mariage, si tu décides de t'y tenir…

Il remplit une troisième fois sa coupe et tendit la bouteille à Robbie, qui refusa. Il n'aurait pas été sage de boire davantage, étant donné son trouble.

— Je ne suis pas comme toi, répliqua-t-il. Tant que Mary voudra devenir ma femme, mon honneur me commandera de l'épouser.

Roger passa une main lasse dans ses cheveux.

— Dans ce cas, tu devrais commencer à réfléchir à un moyen de la faire changer d'avis pour qu'elle te libère de ton serment.

Robbie serra les dents, sans répondre.

— Rien ne t'oblige à suivre mon conseil, reprit Roger. De toute manière, tu ne m'écoutes jamais… Si tu décides de te rendre malheureux, c'est ton choix ; mais souviens-toi qu'il n'y a pas que ton bonheur en jeu, ici.

Exaspéré, Robbie le salua froidement et récupéra sa cape. Roger le rappela au moment où il allait quitter la maison. Il se retourna avec impatience.

— Quoi encore ?

— Joanna dit que Rowenna a pleuré toute la nuit.

L'estomac de Robbie se noua. Rowenna souffrait, et c'était sa faute… Roger n'aurait pas dû lui dire cela. Il s'enfuit avant de laisser sa colère exploser. Dehors, le soleil brillait et l'aveugla un instant. Tandis qu'il hésitait, sur le pas de la porte, il entendit le rire musical de Rowenna flotter jusqu'à lui. Au moins, *elle* avait l'air de passer une bonne journée.

Et elle n'était pas seule. Cecil l'accompagnait. Il portait un panier et un paquet soigneusement enveloppé sous l'autre bras. C'était donc lui, le « pauvre jeune homme » dont avait parlé Lucy. Robbie avait cru qu'il s'agissait de Geoffrey… Cecil n'était pas digne d'escorter Rowenna.

Elle tenait la laisse du chiot Simon et avait repoussé sa cape légère en arrière pour ne pas avoir trop chaud. Ils n'avaient pas encore remarqué Robbie et discutaient avec animation, comme s'ils se connaissaient depuis des années – pas juste quelques jours. Robbie sentit son cœur s'arrêter. Était-ce si surprenant qu'il ait cru qu'elle ne l'aimait pas, quand elle paraissait tellement à l'aise avec tout le monde ?

Il s'approcha d'eux. Simon fut le premier à le voir et se mit à tirer furieusement sur sa laisse. Rowenna leva les yeux pour voir ce qui l'excitait tant et reconnut Robbie. En un éclair, son sourire lumineux s'évanouit et elle pinça les lèvres. Pas assez vite, cependant, pour empêcher Robbie de surprendre une étincelle au fond de ses yeux. Elle se pencha pour calmer le chien et Robbie fit de même tandis que Cecil restait debout, encombré par ses paquets.

— B-b-bonjour, Ro, murmura Robbie.

Il caressa Simon derrière les oreilles. Il aurait tant voulu passer ses doigts dans les cheveux de Rowenna à la place et dénouer les rubans qui emprisonnaient ses boucles brunes.

Elle rougit légèrement, puis se redressa en tirant sur la laisse pour que Simon s'asseye à ses pieds. Finalement, elle déchargea Cecil de son panier. Hélas, l'écuyer ne semblait pas prêt à s'éclipser. Se souvenant de l'audace de Rowenna, quand elle était venue à sa rescousse pendant le bal pour l'entraîner au jardin, Robbie se campa entre eux.

— Cousine, il faut que je te parle d'une affaire de famille… plutôt délicate. Tu veux bien nous excuser, Cecil ?

En achevant sa phrase, Robbie se rendit compte qu'il n'avait pas bégayé une seule fois. Rowenna le dévisagea un instant, comme si elle était prête à refuser, mais sous le regard insistant de Robbie, elle prit le second paquet des mains de Cecil.

— Bien sûr, dit-elle. Veuillez m'excuser, maître Hugone, et merci pour votre aide. Nous nous reverrons bientôt, sans doute. Entre-temps, je vous promets de réfléchir à votre proposition.

Robbie sentit son estomac se nouer de plus belle. Quelle intrigue scabreuse Cecil était-il en train de préparer ? Rowenna avait hâte de se marier, et il lui paraissait certainement bien plus séduisant que Geoffrey. Il avait même prétendu avoir de l'affection pour elle, mais Robbie avait déjà vu trop de femmes tomber dans ses filets pour le croire.

Rowenna et lui attendirent en silence que Cecil s'éloigne. Robbie ne pouvait s'empêcher d'étudier sa cousine du coin de l'œil. Elle avait l'air si solennelle… Quand elle se tourna vers lui, il sonda son regard à la recherche du moindre indice qui aurait pu donner raison à Roger.

— Allons marcher dans le jardin, proposa-t-il finalement.

Il offrit son bras à Rowenna, mais elle le refusa et se mit en route à ses côtés – avec une pointe de raideur, lui sembla-t-il.

— Tu ne veux pas prendre mon bras ?

Elle lui lança un regard sombre et acéré.

— Je doute que ta future femme apprécie cela, pas toi ?

Arrivée devant la fontaine du jardin, Rowenna se figea, les lèvres pincées. Il y avait plus de monde dans les allées, cette fois. Des enfants couraient dans tous les sens et un gros chien se mit immédiatement à tourner autour de Simon. Robbie préférait lui parler dans un endroit plus intime et l'entraîna à l'écart, à l'ombre de quelques arbres.

Le soleil dansait sur le visage de Rowenna, illuminant ses joues et sa gorge. Robbie remarqua pour la première fois à quel point ses yeux étaient cernés.

Il se souvint soudain de la dernière phrase de son beau-père.

— Tu as l'air fatiguée, commença-t-il. Tu as mal dormi ?

— Un peu. C'est sans importance.

Robbie s'approcha d'elle, hanté par l'envie de la toucher, mais elle recula d'un pas.

— De quoi voulais-tu me parler ? Fais vite. Je m'amusais beaucoup avec Cecil.

Robbie serra les mâchoires.

— J'ai vu cela. Quelle était sa proposition ?

— Il m'a fait remarquer que Lady Isobel aurait besoin d'une nouvelle suivante, après le mariage de Mary. Il a suggéré que je lui demande de me prendre à son service. Vivre sous le toit de Sir John me permettrait enfin de voyager dans toute l'Angleterre comme j'en ai toujours rêvé !

Son regard s'illumina. Robbie ne l'avait pas vue aussi heureuse depuis des jours... Mais le projet qu'elle semblait tant chérir lui parut monstrueux.

— Tu vivrais aussi sous le même toit que Cecil, dit-il avec amertume.

Rowenna lui lança un regard furieux.

— Quel mal y a-t-il à cela ? Cecil m'aime bien, je le vois. Les femmes sont capables de voir qu'un homme s'intéresse à elles, tu sais ! En tout cas, je m'en *croyais* capable.

Elle s'interrompit soudain et sa lèvre se mit à trembler. Elle avait l'air au bord des larmes et Robbie n'aurait pas supporté de la voir pleurer. Mais elle se reprit et se redressa, toute à sa colère.

— Le soir du bal, si j'avais prétendu que Cecil m'*avait* embrassée avant toi, qu'est-ce que tu aurais fait ?

— Rien. Tu es libre d'embrasser qui tu veux.

Menteur, murmura une voix au fond de lui. Si elle avait avoué une telle chose, il se serait sans doute effondré.

Rowenna le jaugea encore un instant avant de reprendre :

— Pourquoi est-ce que tu m'as demandé de venir ici, Robbie ? Pour savoir comment j'ai dormi ou me réprimander sur le choix de mes amis ?

Robbie lui prit la main et l'attira un peu plus loin dans l'ombre des arbres. C'était risqué, mais il ne put se retenir. Il s'assit à côté d'elle sur le banc le plus proche. Rowenna prit le temps d'ajuster les plis de sa jupe, sans le toucher. Il avait tellement besoin de la prendre dans ses bras ! La barrière invisible qu'elle érigeait entre eux lui brisait le cœur.

— Je voulais tout t'expliquer. Au sujet de M-Mary et de nos fiançailles.

Rowenna soupira.

— Il n'y a rien à expliquer. Tu m'as parlé sans cesse de ton amour pour elle depuis ton arrivée à York. Je suis heureuse que tu aies réussi à gagner le cœur de ta bien-aimée. C'est aussi noble et encore plus glorieux que toutes tes victoires dans la lice.

Elle paraissait aussi joyeuse que d'ordinaire, mais Robbie perçut de nouveau une ombre au fond de ses yeux. Ses joues empourprées trahissaient son émotion. Si seulement elle savait à quel point il avait été aveuglé…

— Tu me désapprouves, dit-il simplement.

— J'ai juste été surprise de la rapidité avec laquelle tu lui as demandé sa main. Tu n'as pas dû passer beaucoup de temps avec elle au bal, après que nous…

Elle baissa les yeux et mordit sa lèvre qui avait recommencé à trembler.

— Après mon départ.

Elle voulut se détourner, mais Robbie l'en empêcha en posant doucement les mains sur ses épaules. Il constata tristement que ses yeux avaient retrouvé leur dureté.

— Est-ce que tu l'avais déjà demandée en mariage quand nous nous sommes embrassés ?

Robbie sentit son sang battre plus fort contre ses tempes et son pauvre cœur torturé s'emballa de plus belle.

— Non ! J'ai plus d'honneur que ça ! protesta-t-il, les joues en feu. L'oncle de M-Mary, mon m-maître, m'a parlé hier matin et m'a dit qu'il voulait nous voir mariés.

Rowenna le regardait avec la plus grande gravité.

— Dans ce cas, tu as bien de la chance que les souhaits de ton maître coïncident avec les tiens. En quoi est-ce que ça me concerne ?

— J'ai l'impression que tu me méprises, avoua Robbie.

— Robbie, non !

Elle secoua la tête avec fièvre avant de se détourner d'un seul coup, les bras croisés et les yeux au ciel.

— Si… Pardonne-moi. Hier soir, je t'ai dit que je serais toujours ton amie, quoi qu'il arrive, mais j'ai déjà trahi cette promesse. Je n'arrive pas à être heureuse pour toi.

— Je t'ai demandé de me féliciter pour mes fiançailles, et tu l'as fait, remarqua Robbie.

Rowenna se mit à caresser le chiot, installé à ses pieds, les yeux obstinément baissés.

— Je t'ai félicité d'avoir obtenu ce que tu voulais, lâcha-t-elle. Je n'ai pas dit que j'approuvais ton choix. J'espère que tu connaîtras tout le bonheur dont tu rêves avec elle, mais j'en doute fort.

— Pourquoi cela ?

Rowenna ouvrit la bouche pour répondre, puis se ravisa et secoua de nouveau la tête. Elle reprit la laisse de Simon.

— Je ferais mieux d'y aller. Cette conversation ne nous apportera rien de bon.

— Ro…, insista Robbie.

Il lui prit le poignet et sentit la pulsation régulière de son sang sous ses doigts. Son propre pouls s'accéléra. Rowenna se mordillait de nouveau la lèvre, comme si elle hésitait à lui dire quelque chose d'important. Robbie laissa courir son autre main le long du bras de sa cousine, sur la manche ajustée de sa robe, conscient de sa peau sous l'étoffe légère.

— N-nous ne nous cachons rien, Ro. Tu te souviens ?

— *Tu* m'as caché des choses.

Robbie baissa la tête de peur qu'elle voie à quel point il avait honte en songeant au lourd secret qu'il gardait encore enterré dans son cœur. Dans son geste, leurs fronts se rapprochèrent et Rowenna le dévisagea, les yeux grands ouverts. Se souvenait-elle de leur baiser, et de toutes les autres fois où ils auraient pu s'embrasser encore ?

— Je t'en prie…

— Elle ne t'aime pas, murmura-t-elle enfin.

C'était tout ? Il avait espéré qu'elle lui donne une bonne raison de mettre fin à ses fiançailles. Il se frotta les yeux du dos de la main.

— Je sais.

Rowenna ouvrit la bouche, incrédule.

— Et tu comptes quand même l'épouser ? Est-elle si importante à tes yeux pour que tu t'humilies à ce point ?

Robbie vit clairement son dédain et sa perplexité. La honte l'envahit de plus belle.

— Mon maître a pris sa décision et j'ai juré d'épouser Mary, reprit-il avec obstination. Maintenant, je dois tenir parole. Après tout, je lui ai laissé croire que je l'aimais.

— Ce n'est pas le cas ? s'écria Rowenna en redressant soudain la tête.

Robbie gardait les yeux baissés sur leurs mains. Il n'osait pas croiser son regard.

— Je l'ai cru, pendant un temps. Mais je vois bien que ce n'était qu'une faiblesse passagère…

Il s'attendait à une expression de mépris, mais Rowenna lui adressa son premier vrai sourire depuis le début de leur conversation – teinté d'une exaspération qui lui rappela leur enfance.

— J'aurais pu te le dire dès le moment où tu m'as parlé d'elle.

— Tu aurais dû, répondit-il, navré. Et cette fois, c'est à mon tour de te prévenir d'une chose, pour que tu ne te retrouves pas dans ma situation. N'entre pas au service de Lady Isobel. Ne t'attache pas trop à Cecil.

— Pourquoi ? Il est amusant et charmant…

— Je ne veux pas te voir souffrir.

Rowenna eut un petit rire cynique et Robbie sentit son estomac se nouer de plus belle.

— Que c'est gentil de ta part, lâcha-t-elle. Seulement, tu n'es pas là pour veiller sur mon cœur ; tu dois t'occuper de celui d'une autre, maintenant.

Robbie fit de son mieux pour ignorer cette dernière attaque, qui aurait pourtant pu le terrasser.

— Peut-être. Mais je tiens à te mettre en garde quand même. Cecil a l'habitude de pousser les femmes à tomber amoureuses de lui et puis, quand il commence à s'ennuyer, il les abandonne sans un regard en arrière.

Il s'interrompit soudain, conscient qu'on aurait pu l'accuser d'avoir fait la même chose en délaissant Mary pour Rowenna. Quel hypocrite ! Il sonda un instant son cœur à la recherche du moindre doute. Rien : ses sentiments n'avaient pas changé. Il voyait l'idée de se marier avec Mary comme une chaîne qui l'enserrait et dont il ne pouvait se défaire. Elle l'empêchait même de respirer.

— Heureusement pour moi, rétorqua Rowenna, je ne suis pas amoureuse de Cecil. Je pourrais tomber sous son charme, sans doute. Avec un peu de bonne volonté. En tout cas, il me plaît plus que Geoff, c'est certain…

Robbie tendit instinctivement une main vers elle et, quand elle se recula, il serra les dents.

— Tu n'aimes pas mon nouvel ami et je n'aime pas ta fiancée. Je crois que nous sommes tous les deux déçus de la même manière.

Le cœur de Robbie allait exploser tant il avait besoin de lui dire à quel point il l'aimait. Il ravala tant bien que mal cet aveu qu'il n'avait plus le droit de faire.

— Tu ne me décevras jamais, Ro. Je tiens trop à toi pour cela.

Cette fois, quand il lui prit les mains, Rowenna le laissa faire. Robbie leva les yeux sur elle, soudain intimidé. Il eut le temps de voir l'ombre d'une incertitude traverser son regard, ainsi qu'une once de cette passion dont elle avait fait preuve quand il l'avait embrassée. Puis elle se détourna et son visage redevint de marbre.

— Peut-être que Cecil ne m'abandonnera pas, tu sais, murmura-t-elle. Peut-être que nous ne nous ennuierons pas ensemble.

— Il ne t-te rendra pas heureuse. Il ne te fera pas rire et il ne sera pas capable d'apprécier tes qualités, répliqua Robbie, sûr de lui. Il ne t'épousera jamais.

— Tu n'en sais rien !

— Oh si ! cria-t-il, incapable de se maîtriser.

Rowenna redressa la tête et ses yeux lancèrent des éclairs. La tension entre eux ressemblait à celle qui précède un combat.

— Comment peux-tu en être aussi sûr ? Qu'est-ce qui ne va pas, chez moi ?

Elle cala ses poings contre ses hanches et le dévisagea froidement, comme si elle le mettait au défi d'énumérer ses défauts. Robbie ne pouvait détacher ses regards d'elle, à présent, trop envoûté par les courbes de sa poitrine, de sa taille et par la finesse de sa gorge. Tout son corps appelait les caresses, la découverte, l'adoration. La chair de Robbie répondit par une longue plainte silencieuse qui le fit frissonner de désir. Plus elle le toisait, plus il tombait en son pouvoir.

— Tu es parfaite, Ro. Mais Cecil est un homme ambitieux. Il veut faire un beau mariage.

— J'ai de l'argent. Mon père est riche. Bien plus riche que le *tien*, fit remarquer Rowenna avec un petit signe de tête en direction de la maison de Hal.

Robbie hésita un instant, puis admit dans un souffle :

— Il veut épouser une femme noble…

En un éclair, le visage de Rowenna se décomposa.

— Pas la fille d'un bâtard, acheva-t-elle à sa place.

— Je suis désolé.

— Inutile, coupa-t-elle en levant une main impérieuse.

Un sanglot secoua ses épaules, mais elle le ravala et lui adressa un sourire mal assuré.

— Mon père a travaillé toute sa vie pour faire oublier son passé, mais ce ne sera jamais suffisant. Mon nom me rend indigne de Cecil ou de tous les hommes de son rang. Et il aurait raison de me repousser. Qui voudrait d'une femme issue d'une famille aussi peu respectable ? Même toi, tu n'en veux pas.

Elle se détourna, les bras croisés pour contenir sa douleur. Robbie passa un bras autour de ses épaules. Elle ne résista pas mais se raidit. Une barrière s'était dressée entre eux.

— Si un homme t'aime vraiment, il ne se souciera jamais de ta naissance, dit-il en l'attirant à lui.

Étonnamment, elle le laissa faire.

— Tu prétends que j'ai de la valeur à tes yeux, et pourtant tu fais tout pour me rappeler d'où je viens. J'ai entendu Mary dire que l'idée même d'illégitimité te dégoûtait. Il ne m'en faut pas plus pour comprendre ce que tu dois vraiment penser de moi ou de ma famille.

— Jamais je ne t'ai méprisée et jamais je n'ai regardé ton père de haut ! Tu sais bien que je ne pense pas qu'il devrait avoir honte de ce qu'il est. Comment le pourrais-je, quand je… ?

Robbie se tut au dernier moment. Son secret ne devait pas éclater au grand jour. Tout ce qu'il venait de dire était vrai, mais Rowenna ne devait pas deviner ce qui le poussait à parler ainsi. Si jamais Mary apprenait que son fiancé était lui-même un bâtard, serait-elle toujours aussi pressée de l'épouser ? Robbie s'écarta un peu et serra de nouveau la main de Rowenna entre les siennes.

— Tu auras une belle dot et tu viens d'une famille *très* respectable, reprit-il. Et puis, même sans cela, tu vaux dix de ces filles qui minaudent à la cour. Ne l'oublie jamais.

Il prit le visage de Rowenna entre ses mains et l'obligea à redresser la tête. Ses pouces effleuraient l'arrondi des pommettes de la jeune femme et ses doigts pouvaient enfin s'enfouir dans ses boucles souples. La peau tendre de Rowenna s'échauffait sous ses mains. Elle ferma les yeux, ses paupières papillotant un instant.

— Tu es belle, murmura Robbie. Tu es parfaite. Si belle… Aucun homme ne pourrait désirer une autre femme. C'est Cecil qui n'est pas assez bien pour *toi*, pas l'inverse ! L'autre jour, quand nous nous sommes retrouvés ici, je parlais avec le cœur, tu sais…

— Oui, des belles paroles capables de séduire n'importe qui. Mais c'est à Mary qu'elles s'adressaient.

Un éclair d'espoir traversa Robbie. Avait-elle été séduite ? Était-ce une façon de lui déclarer son amour ?

— Non, c'est à toi que je parlais.

Rowenna accueillit cet aveu par une moue de dégoût et son regard s'assombrit. Robbie s'écarta brusquement. Il avait presque l'impression de s'être brûlé les mains à son contact et vit qu'elles tremblaient. Il dut serrer les poings pour se calmer.

— Ne me fais pas cela, reprit Rowenna faiblement. Ce n'est pas juste. Ne me tourmente pas en me promettant des choses que tu ne serais pas prêt à m'offrir.

Ses lèvres frémissaient et une fureur à peine contenue embrasait son regard. Elle se leva dans un cri de colère et tourna les talons en tirant Simon derrière elle. Robbie se précipita à sa poursuite et la rattrapa en quelques enjambées.

— Ne t'en va pas !

Elle fit volte-face et il vit avec consternation des larmes couler sur ses joues.

— Nous ne devons pas nous montrer ensemble comme ça, Robbie. Les gens risquent de parler et aucun de nous ne veut causer de scandale, n'est-ce pas ? dit-elle sèchement.

Robbie ne sut que répondre. Malgré la colère et les mises en garde de Rowenna, il avait une envie furieuse de l'embrasser. Un scandale était peut-être ce qu'il lui fallait pour tomber en disgrâce aux yeux de Mary. Il aurait pu supporter cette humiliation si cela avait eu pour conséquence de le libérer de sa promesse ; mais il ne pouvait pas faire subir un tel affront à Rowenna, qui devait déjà se battre contre tant de préjugés…

— Bonne journée, Robbie. Retourne auprès de ta promise.

Elle reprit sa route sans un regard en arrière, la tête haute et les épaules crispées, laissant Robbie plus affaibli qu'après une journée de tournoi et plus bouleversé que jamais.

Il ne bougea pas, se contentant de regarder Rowenna sortir de sa vie. Il venait de commettre la pire erreur de toute son existence… Elle avait à peine disparu derrière le bosquet le plus proche qu'il se mit à courir après elle.

Chapitre 14

Rowenna rassembla tout son courage pour retenir le plus gros de ses larmes. Mieux valait être en colère que triste. Robbie était idiot, et elle ne valait pas mieux puisqu'elle l'aimait…

Il lui avait pourtant dit qu'il tenait à elle, songea-t-elle, la gorge nouée.

D'un autre côté, il savait que Mary ne l'aimait pas et était tout de même prêt à l'épouser.

Il ne restait plus à Rowenna qu'une chose à faire : épouser Geoff ou Cecil. N'importe lequel. Il n'y avait pas la moindre différence.

Elle prit Simon dans ses bras et enfouit son visage dans sa fourrure chaude et soyeuse, puis prit la direction opposée à celle de sa maison. Elle ne pouvait pas rentrer tant qu'elle était dans cet état : on lui poserait des questions et elle n'avait aucune envie d'y répondre.

Elle n'avait pas encore atteint le fond du jardin quand Robbie la rattrapa. Il la prit par le bras pour l'obliger à s'arrêter.

— Lâche-moi ! cria-t-elle.

Deux femmes, qui se promenaient non loin de là, se tournèrent vers eux d'un air inquiet. Sans doute avaient-elles peur que Robbie l'agresse.

— J-je t'en prie, arrête. Il faut que… J'ai besoin de…

Il fronça les sourcils, signe qu'il s'efforçait de faire

sortir les mots qui restaient coincés dans sa gorge. Jamais encore Rowenna ne l'avait vu aussi bouleversé et sa fureur s'adoucit un peu. Elle avait tellement envie de se jeter dans ses bras ! C'était une torture… Hélas, elle n'avait plus le droit de le toucher.

— Je vais bien, lança-t-elle aux deux femmes pour les rassurer.

Elles jetèrent un dernier regard venimeux à Robbie, mais n'insistèrent pas et reprirent leur promenade.

Robbie lâcha son bras, semblant guetter néanmoins le moindre signe de fuite. Il était essoufflé, bien qu'il n'ait pas couru longtemps, et ses cheveux retombaient en boucles désordonnées sur son front. Rowenna fut tentée de les repousser en arrière mais s'en empêcha.

— Quoi encore ? demanda-t-elle, les joues en feu. Tu ne m'as pas encore fait assez de mal comme ça ? Tu es revenu me dire de qui je devrais tomber amoureuse ou pas ? Me montrer l'homme qui aurait enfin ton approbation ? Celui qui aurait ton aval pour me courtiser ?

Elle sentit la rage lui remonter à la gorge.

— Je n'ai pas besoin de ta bénédiction, Robbie Danby. Ni concernant mon comportement, ni concernant mon rang, et encore moins pour moi-même ! Ce n'est pas moi qui demande une femme en mariage juste après en avoir embrassé une autre, ne l'oublie pas. Et après, tu as l'audace de me dire que tu tiens à moi !

— Tu as raison, lâcha piteusement Robbie. Je n'ai aucun droit sur toi. Mais ne pense surtout pas que mon affection pour toi a disparu ou que je n'ai pas souffert de te voir papillonner entre Cecil, Geoffrey et moi pendant le bal…

— C'est l'image que tu as de moi ? s'étrangla Rowenna.

Il ne lui aurait pas fait plus de mal s'il l'avait poignardée en plein cœur. Elle s'appuya au mur pour ne pas chanceler.

— Tu penses que je suis une femme légère, capable

de trouver son bonheur dans les bras de n'importe quel homme ?

— C'est faux ? s'enquit Robbie d'une voix glaciale, si faible qu'elle l'entendit à peine.

Il la dévisageait sans ciller. Son regard intense semblait vouloir sonder tous les secrets du cœur de Rowenna et elle sentit une flamme s'éveiller au creux de son estomac.

— Je n'ai pas *papillonné* ! J'ai dansé avec plusieurs partenaires, tout comme *toi*. Est-ce que je devrais t'accuser d'avoir des vues sur cette matrone pleine de bijoux avec qui tu as dansé ?

Elle était tellement furieuse que son doigt tremblait quand elle le pointa sur lui tout en parlant.

— Et comment pourrais-je faire la différence entre les baisers que tu as échangés avec Wat Corridge, ton badinage avec Cecil et ce que nous avons fait dans le jardin ? demanda Robbie avec dédain.

S'il avait seulement mesuré le poids de ses paroles, les frissons atroces qu'elles provoquaient en elle, il n'aurait pas parlé avec une telle cruauté… Rowenna ravala une fois de plus les larmes qui lui montaient aux yeux et baissa la tête, de peur que Robbie puisse lire l'étendue de ses sentiments sur son visage.

— Ne me demande pas de me justifier, répondit-elle sèchement. Bien sûr, un homme peut parler d'amour à une femme et en épouser une autre, ce n'est pas un problème ! Mais qu'une femme prenne plaisir à discuter avec plus d'un homme, elle devient une catin. Que veux-tu que je fasse ? Il me faut un mari et je ne peux pas attendre patiemment qu'on me remarque. Je ne peux pas prier dans mon coin pour qu'un homme arrive enfin à voir autre chose en moi que la fille d'un bâtard !

Elle reposa Simon et s'approcha de Robbie sans le quitter des yeux. Il essaya de parler, mais elle le fit taire d'un soupir exaspéré.

— Tu oses m'accuser de légèreté, alors que tu t'apprêtes à épouser Mary, une femme qui ne t'aime pas et que tu n'aimes pas.

Robbie laissa ses mains retomber ballantes à ses côtés. Il se mit à faire les cent pas dans l'allée, raide comme un bâton. Les tendons de son cou saillaient comme s'ils allaient se déchirer.

— Je te l'ai déjà dit : mon maître l'exige. Je désespère de devoir le faire, mais je ne peux pas renoncer maintenant sans insulter Mary ou jeter le déshonneur sur mon nom.

— Quelle importance, que Sir John veuille ce mariage ou non ? Il ne te possède pas corps et âme. Dans une semaine, tu seras fait chevalier. Tu deviendras ton propre maître. Ton père est noble, un baron, et tu deviendras Lord Danby après lui.

Robbie pâlit à ces mots. Ses épaules tressaillirent et il se détourna.

— Je ne peux pas humilier Mary en public après lui avoir demandé sa main…

— Tu ne lui as pas offert ton cœur ! hurla Rowenna, hors d'elle. Elle le sait très bien ! Dis-lui simplement que tu ne veux pas l'épouser.

— C'est ce que Roger m'a conseillé aussi, répliqua Robbie avec une grimace. Je lui ai répondu que c'était une question d'honneur. Si quelqu'un doit mettre fin à nos fiançailles, c'est elle. Pas moi.

— Et, bien entendu, tu serais prêt à tout plutôt qu'écouter ton père, grommela Rowenna. Si tu étais vraiment un homme d'honneur, tu dirais la vérité à Mary : que tu ne l'aimes pas.

Robbie se crispa. Il redressa lentement la tête et son regard plongea au fond des yeux de Rowenna.

— Que c'est toi que j'aime…

— Tais-toi !

Une fois de plus, le cœur de Rowenna se déchira. Robbie voulut lui prendre la main, elle croisa les bras.

— C'est pourtant vrai, murmura-t-il.

— Ah bon ? Hier encore, tu aimais Mary ! Comment puis-je te faire confiance ? À qui offriras-tu ton cœur, demain ?

— À personne. Tu es la seule.

Le désespoir envahit Rowenna. Elle avait tellement rêvé d'entendre ces mots – mais pas de cette façon. Pas comme un jouet que l'on remue sous le nez d'un chat mais qui reste perpétuellement hors de sa portée. Elle enfouit son visage dans ses mains et se détourna. Robbie la prit dans ses bras et la serra contre lui. Son torse large, chaud et rassurant se pressa contre son dos.

— Tes sentiments sont encore plus changeants que les miens, Robbie. Moi, au moins, je n'ai jamais parlé d'amour aux hommes que j'ai embrassés. Je ne veux plus entendre ces mots sortir de ta bouche, ni maintenant, ni plus tard.

Il appuya le menton sur son épaule, les lèvres tout près de son oreille. Sentir le souffle de Robbie dans le creux de son cou était le pire des tourments…

— Si j'avais pensé, ne serait-ce qu'un seul instant, que je pouvais gagner ton cœur, je n'aurais jamais accepté d'épouser Mary, chuchota-t-il.

Leur étrange conversation de la veille lui revint soudain en mémoire et Rowenna soupira. Robbie avait maladroitement essayé de découvrir ce qu'elle ressentait vraiment, et elle avait été tellement aveuglée par le besoin de cacher son amour qu'elle lui avait fait croire qu'il lui était aussi peu cher que Geoffrey. Elle se souvint aussi des mots qu'il avait prononcés, le soir du bal, et de sa jalousie face à Cecil. Sur le moment, elle avait pensé qu'il se souciait de leur nom, de leur famille, mais elle n'en était plus sûre à présent. De toute façon, quel intérêt y aurait-il à lui briser le cœur maintenant en lui disant à quel point elle l'aimait ? Il était trop tard – pour tous les deux.

— Et pourtant…

Rowenna essuya impatiemment ses joues humides d'un revers de manche avant de poursuivre :

— Pourtant, c'est toi qui m'as conseillé de cacher mes sentiments.

— J'avais tort.

Il la contourna avec souplesse et lui prit de nouveau le visage entre ses mains chaudes, essuyant ses dernières larmes. Il se pencha sur elle, appuyant son front contre le sien.

— Quand je t'ai embrassée…

La phrase murmurée mourut contre le cou de Rowenna. Elle sentit la barbe de Robbie frotter sa peau sensible et un petit gémissement de désir lui échappa. Sans doute réveilla-t-elle une étincelle dans le cœur de Robbie, car il la prit dans ses bras, glissant une main dans son dos et l'autre au creux de ses reins.

— Mes mots d'amour étaient pour toi, Ro, reprit-il dans un souffle qui caressa la joue de Rowenna. Je ne m'en suis pas rendu compte sur le moment, mais je n'aurais jamais pu les prononcer si facilement s'ils n'avaient pas été sincères. J'étais trop aveuglé pour le voir…

Elle se souvenait aussi bien que lui de cette soirée où ils avaient « répété » sa déclaration d'amour, dans ce même jardin. Instinctivement, Rowenna se pressa un peu plus contre lui, enveloppée par sa force. Elle aurait dû éviter à tout prix la moindre intimité avec Robbie, maintenant qu'il était fiancé. Mais elle était incapable de résister à ses caresses. Tout ce qu'elle avait encore la force de faire, c'était cacher le désir qui brûlait en elle alors même qu'elle s'abandonnait à son étreinte. Elle aurait pu rester là pour l'éternité, mais la magie fut brisée beaucoup trop vite. Robbie lâcha sa taille pour refermer les mains sur ses bras et, gentiment mais fermement, l'écarter de lui. Comme d'habitude, il était plus maître de ses émotions, plus sage qu'elle.

— Nous ne devons pas ! murmura-t-il. Je ne suis plus un homme libre…

— Raisonnable et digne de confiance. Comme toujours. Oh ! je déteste quand tu as raison, comme maintenant ! lâcha Rowenna en faisant de son mieux pour ne pas paraître trop triste.

Robbie secoua la tête et chassa quelques cheveux égarés de ses joues. Si Rowenna en croyait son expression, elle n'était pas la seule à désespérer.

— Est-ce que tu me détestes ?

Rowenna le dévisagea un instant et retrouva le petit garçon qui l'avait soutenue pendant leur enfance sous les traits de l'homme qui avait fendu la foule pour la sauver et qui l'avait embrassée avec tant de passion. Sa colère s'évanouit définitivement. Elle restait simplement triste. Pour eux deux. Si jamais Robbie renonçait à ses fiançailles, il ne serait plus l'homme d'honneur dont elle était tombée amoureuse… Le cœur brisé, elle s'efforça de sourire.

— Non, je ne pourrai jamais te détester. Tu es un homme bien, Robbie Danby. Le meilleur.

Elle lui caressa la joue, incapable d'ignorer le frisson qui le traversa à cet instant. Elle-même sentit tous les nerfs de son corps se réveiller à l'unisson, animés par une nouvelle vague de désir.

— Je préfère te dire adieu maintenant. Si nous restons trop longtemps ensemble ici, j'ai peur de ce qui pourrait se passer.

— Tu n-ne viendras pas à m-ma cérémonie d'adoubement ?

La voix de Robbie se brisa. Il avait l'air perdu et Rowenna se souvint de sa promesse d'être là pour l'encourager.

— Je viendrai, dit-elle finalement. Mais après cela, nous ne nous reverrons plus.

Puisqu'elle n'aurait plus jamais l'occasion de le faire, elle se hissa sur la pointe des pieds et déposa un petit baiser sur les lèvres de Robbie. Elle fit de son mieux pour graver leur chaleur et leur douceur dans sa mémoire à tout jamais. Puis, traînant Simon derrière elle, elle quitta le jardin et ne se retourna pas avant d'avoir atteint la porte de sa maison. C'était sa faute, si tout cela était arrivé. Si elle n'avait pas été à ce point déterminée à dissimuler ses sentiments pour Robbie, il aurait eu une chance de comprendre à quel point elle l'aimait à temps. Maintenant, il était trop tard et rien ne pourrait les sauver – à moins que Mary ne renonce elle-même à ses fiançailles.

Rowenna s'immobilisa un instant devant la porte, lissa ses cheveux et prit une profonde inspiration avant d'affronter ses parents. Elle allait les supplier de la laisser entrer au service de Lady Isobel. Au bout de quelques mois, elle pourrait même accepter d'épouser Cecil, qu'il l'aime ou pas.

De toute manière, quelle importance, puisque son cœur appartenait à un autre ?

Quatre jours passèrent. Robbie ne revit pas Rowenna. Il n'eut de contact avec la famille de Hal qu'à travers une courte note manuscrite confirmant leur présence à la cérémonie qui aurait lieu dans l'église St Peter. Rowenna n'était pas expressément mentionnée dans le message de son père et Robbie se demandait encore si elle allait vraiment tenir sa promesse.

Il répétait ses vœux plusieurs fois par jour mais n'arrivait jamais au bout sans bégayer. Sa voix ne passait pas la barrière de ses lèvres, refusait de sortir, quoi qu'il fasse. Il continuait aussi à remplir ses nombreux devoirs pour

Sir John avec son efficacité coutumière, mais il n'en tirait plus aucune joie.

Mary lui laissait très peu de temps libre. Elle l'invitait souvent à venir discuter avec elle, quand elle devait tenir compagnie à Lady Isobel, ou à se promener en ville. Elle s'ingéniait à donner à tout le monde l'impression qu'elle lui était toute dévouée, mais ses attentions laissaient Robbie de marbre. Il tenta bien souvent de réveiller artificiellement la passion qu'il avait autrefois ressentie dès qu'elle posait les yeux sur lui. En vain. Il l'écoutait parler de la toilette qu'elle porterait à l'église, du festin qui suivrait la cérémonie de l'adoubement et de la date de leur futur mariage.

Finalement, incapable de se taire plus longtemps, Robbie alla la voir le matin qui précédait le jour de la cérémonie. Elle cousait seule dans l'antichambre et lui sourit avec chaleur quand il approcha.

— C'est votre dernier jour en tant qu'écuyer, maître Danby.

— Je dois vous parler. Je n-n-ne crois p-p-pas que nous d-d-devrions nous m-m-m…

Robbie ne la quittait pas des yeux, conscient de l'exaspération qui la faisait grimacer à chaque nouveau bégaiement. Elle n'essayait peut-être même pas de la cacher. Finalement, elle se pencha de nouveau sur sa broderie comme s'il n'avait pas parlé.

— Ma conscience m'oblige à vous dire que je ne vous aime pas, lâcha d'un seul coup Robbie.

— Moi non plus, répondit Mary en posant enfin son ouvrage pour lui accorder toute son attention. Ça n'a aucune importance. Vous êtes bel homme et je sais que vous me trouvez séduisante. Je suis sûre que nous apprendrons à nous apprécier au fil du temps. Si je n'en avais pas été convaincue, je n'aurais pas accepté ce mariage.

Sa voix restait si froide… Elle mettait autant de passion à parler de leur avenir qu'elle en aurait mis à négocier l'achat d'un cheval !

— Nous ne serons jamais heureux ensemble, reprit Robbie. J'aime quelqu'un d'autre… Je suis vraiment désolé.

Une vague de fureur déforma un instant le beau visage de Mary et elle planta rageusement son aiguille dans le tissu. Mais tout cela se passa si vite et elle retrouva si facilement sa sérénité coutumière que Robbie eut presque l'impression d'avoir rêvé.

— Votre cousine brune si maladroite ? Je m'en suis doutée quand je vous ai vus ensemble…

Elle croisa les mains sur ses genoux avec une patience condescendante.

— Soyez raisonnable, maître Danby. Elle est la fille d'un bâtard. Aucun homme sensé n'accepterait de nouer une alliance avec une famille aussi humble.

Robbie sentit ses joues s'empourprer. Rowenna avait presque employé les mêmes mots. Si jamais Mary avait su la vérité au sujet de sa naissance, elle l'aurait méprisé comme elle méprisait sa cousine… Il se leva, les poings serrés.

— Dans ce cas, si ma famille est trop modeste à vos yeux, vous n'auriez jamais dû accepter de m'épouser. Libérez-moi de ma promesse.

— Inutile. Il ne s'agit que de votre oncle, ce ne sont pas des liens assez intimes pour me gêner.

Elle tendit la main à Robbie pour qu'il l'aide à se relever. Il déposa par devoir un baiser sur le bout de ses doigts et se laissa retomber sur le siège pour réfléchir dès qu'elle eut quitté la pièce.

Une idée obsédante commençait à prendre racine au fond de son esprit, trop présente pour être ignorée. En crachant son venin sur Rowenna, Mary lui avait, sans le faire exprès, montré le chemin de sa liberté. Bien sûr, cela lui coûterait très cher… Aurait-il la force d'en supporter les conséquences ?

Il demanda l'autorisation de s'absenter un moment et arpenta la ville dans toutes les directions, l'esprit en feu, avant de se diriger vers la maison de Hal. Peut-être était-il trop perturbé par ses propres problèmes, mais il avait vaguement l'impression que la colère grondait de nouveau dans les rues. Les émeutes avaient certes été étouffées, seulement cela ne pourrait pas durer éternellement. Combien de temps pouvait-on espérer maintenir le calme en ville ?

Par la porte entrouverte de la réserve, Robbie entendit Rowenna chantonner pour elle-même. Il sentit son corps frissonner de plaisir au son de la voix mélodieuse de sa cousine, mais elle s'arrêta dès qu'il s'adressa à Hal. Robbie espéra un instant qu'elle sorte pour lui parler. Hélas, elle se contenta de fermer la porte et de reprendre son chant. Conscient de l'air intrigué de son oncle, Robbie s'efforça d'oublier sa cousine pour le moment et demanda à voir Roger et Lucy en privé.

— L'atelier est libre, répondit Hal.

Robbie ouvrit la voie, les paumes moites et les nerfs à vif.

— Quelque chose ne va pas ? s'enquit Roger dès qu'ils furent seuls. Des rumeurs prétendent que Gisbourne rassemble une foule en colère dans la campagne. Heureusement que nous avons retardé notre départ : nous nous serions retrouvés face à eux !

— Ce n'est pas pour cela que je suis venu, coupa Robbie.

Sans laisser à ses parents le temps de lui poser la moindre question, il prit une profonde inspiration et déclara lentement :

— Je ne peux pas rester fiancé à Mary, mais elle refuse de me libérer.

Sa mère le serra dans ses bras et Robbie lui tapota la main. Dans quelques minutes, elle serait sans doute folle de rage, songea-t-il…

— Tu m'as dit de penser à un moyen de la pousser à la rupture, dit-il à Roger, et c'est ce que j'ai fait…

Son beau-père le dévisageait avec attention. Si ses parents avaient rendu la vérité publique depuis le début, rien de tout cela ne serait arrivé…

— Mary est une femme fière. Elle refusera d'épouser un bâtard. J'ai l'intention de lui avouer la vérité au sujet de ma naissance.

La réaction de ses parents fut exactement celle à laquelle Robbie s'était attendu.

— Que comptes-tu gagner en dévoilant cela maintenant ? s'écria Lucy.

Roger, lui, paraissait au comble de la fureur.

— Est-ce que tu es idiot ? Tu penses vraiment que l'on va t'adouber, si tu dis à tout le monde que nous avons menti à ton sujet ?

— Je comprends les conséquences d'un aveu public, répondit Robbie, les bras croisés et ravalant sa peur.

En effet, entendre ces paroles prononcées tout haut était terrifiant. La bravoure dont Robbie avait fait preuve pendant les émeutes aurait dû suffire à lui accorder un adoubement, mais sa naissance illégitime risquait de tout compromettre. Au mieux, on lui poserait de nombreuses questions au sujet de son père. De toute manière, même un bâtard de sang noble pouvait devenir un proscrit.

— Cet aveu me permettrait de gagner ma liberté tout en gardant mon honneur. Si je perds ma chance de devenir chevalier, alors c'est un prix que je suis prêt à payer.

— Bien sûr, je serais heureuse que ces fiançailles absurdes se terminent, mais pas à un tel coût, reprit Lucy. Tu rêves d'être anobli depuis si longtemps.

— Il y a une chose que je désire davantage encore,

répondit Robbie en jetant malgré lui un regard en direction de l'étage.

— Rowenna ? demanda Roger en levant les yeux vers le plafond à son tour. Tu espères obtenir sa main ?

Est-ce que Rowenna les avait entendus crier ? Robbie brûlait depuis de longues années de partager son fardeau avec elle, mais accepterait-elle de l'épouser quand elle saurait la vérité ? Il redressa la tête et soutint le regard incrédule de son beau-père.

— Je dois au moins essayer.

— Quelle romance insensée ! soupira Roger.

Cependant, sa voix trahit une touche d'humour et d'approbation qui donna à Robbie la force dont il avait besoin pour tenir bon.

— Tu n'es pas obligé d'avouer la vérité, murmura Lucy. Nous trouverons un autre moyen de te libérer.

Cette fois, la colère que Robbie avait réprimée depuis qu'il avait appris le Secret explosa :

— Et quel moyen ? Il n'y a rien ! J'ai passé trop d'années à vivre sous un nom que je ne mérite pas. Les mensonges que je profère chaque jour me rongent. Que je sois ou non fiancé à Mary ne change rien : je ne peux plus vivre ainsi !

— Je te l'interdis ! tonna Roger. Je refuse de te voir gâcher ta vie.

Robbie le toisa.

— Me l'interdire ? C'est moi qui devrais choisir, pas toi ! J'ai fini de t'obéir aveuglément !

— Tu n'as pas besoin de gâcher ton avenir en dévoilant cela devant tout le monde, supplia encore Lucy.

Elle se précipita vers lui et le prit par les épaules pour le serrer contre elle comme elle le faisait quand il était petit. Mais Robbie s'arracha à son étreinte et elle laissa ses mains retomber. Son regard était si sombre, si triste…

— Qui est mon père ? demanda Robbie. Pourquoi

est-ce que tu refuses de me le dire ? C'était un garçon de taverne qui te plaisait ?

Une violente gifle lui fouetta la joue et, pendant quelques instants, il perdit ses repères. Quand il redressa la tête, Roger était devant lui, rouge de colère.

— Si tu veux remettre un jour les pieds chez moi, je te conseille de ne plus jamais parler à ma femme de cette façon, gronda-t-il.

— P-pourquoi voudrais-je revenir d-dans une maison pleine de m-mensonges ? hurla Robbie.

Son beau-père et lui se firent face un instant, les poings serrés, prêts à se battre. Roger eut une grimace de dédain.

— C'est vraiment ce que tu veux, mon garçon ? demanda-t-il d'une voix menaçante.

Il était plus vieux, certes, mais plus fort. Même avec l'énergie de sa jeunesse, Robbie pourrait-il triompher d'un tel adversaire ? Quoi qu'il en soit, il ne se laisserait jamais frapper sans répliquer, songea-t-il. Il s'apprêtait à le prouver quand Lucy s'interposa entre eux et les écarta l'un de l'autre d'une main ferme.

— Non ! Je ne veux pas voir les deux hommes que j'aime se battre !

Sa voix autoritaire sut atteindre cette partie du cœur de Robbie qui avait pris l'habitude de lui obéir depuis l'enfance. Il finit par baisser la tête dans un soupir. Du coin de l'œil, il vit Roger l'imiter. Il y avait quelques fils argentés dans les boucles brunes de son beau-père. Des boucles qui ressemblaient tellement à celles de Robbie qu'on aurait facilement pu les croire du même sang. Ce n'était pas étonnant que le mensonge ait tenu pendant toutes ces années.

— Si tu refuses de penser à ton avenir, pense à la honte de ta mère, reprit Roger entre ses dents. C'est sa réputation que tu mets en danger.

Sa réputation. Robbie prit une profonde inspiration. Il

pensait que Roger se souciait plus de son propre honneur que de celui de sa femme. Que c'était pour *se* protéger qu'il tenait tant à cacher la vérité…

Lucy lui adressa un regard noir.

— Ma honte est enterrée depuis longtemps et tu le sais très bien.

Elle posa les mains sur les épaules de Robbie et le dévisagea.

— Ton père était un homme de noble naissance, plus important et plus riche que les Danby, mais il a refusé de te reconnaître. Si je n'avais pas rencontré Roger, tu aurais grandi dans l'auberge de Tom à la sortie de Mattonfield, pauvre et méprisé par tout le monde. C'est vraiment ce que tu désires ? Le risque est trop important, Robbie !

— Comparé à la certitude de devoir mentir toute ma vie ? répliqua-t-il sèchement. Je sais très bien que je vais me mettre à la merci du destin ; que je l'ai toujours été. Et si Lisbet et Anne avaient été des garçons ? Et si tu avais donné naissance à un fils à la place de Joan, le jour de mon départ ? Est-ce que j'aurais été déshérité au profit de vos fils légitimes ? Qu'est-ce que vous auriez fait de moi, hein ? Vous m'auriez renvoyé chez oncle Tom pour travailler à l'auberge au fin fond du Cheshire, ou placé comme apprenti chez oncle Hal pour que j'apprenne un travail digne de mon statut ? Ou bien serais-je devenu l'écuyer de mes frères, destiné à les servir toute ma vie ?

— Pas du tout ! cria Lucy.

Ses yeux s'emplirent de larmes et Robbie sentit la culpabilité l'étouffer.

— Nous aurions assuré ton avenir. Tu es un Danby et, quand tu seras fait chevalier demain, tu pourras gagner ton propre honneur, tes propres titres.

— Dans ce cas, que je le fasse sous mon vrai nom, quel qu'il puisse être.

— Tu risques de tout perdre, le prévint Roger. Réfléchis aux conséquences.

Robbie se passa la main dans les cheveux, la tête sur le point d'exploser. Le sacrifice de sa richesse, de son rang, du soutien de Sir John et de la réputation qu'il s'était bâtie en défendant la ville n'était rien, comparé à une vie passée avec Mary et sans Rowenna.

— J'accepterai toutes les conséquences de mes actes. Et si vous deviez ne jamais me pardonner, je l'accepterais aussi.

Robbie salua ses parents et quitta la maison, mais il n'avait pas encore fait dix pas que Rowenna l'appelait depuis la fenêtre de l'étage. Il tressaillit, ferma les yeux et pensa un instant reprendre sa route comme s'il ne l'avait pas entendue ; mais il aurait été incapable de l'ignorer, tout comme les saisons étaient incapables d'interrompre leur cycle.

— J'ai entendu des cris, Robbie. Qu'est-ce qui ne va pas ?

Elle était penchée à sa fenêtre, dont elle avait repoussé le volet. Son regard paraissait inquiet, presque affolé.

Robbie tendit la main vers elle, comme s'il avait espéré la toucher, et elle se pencha davantage.

— Attends-moi, je descends !

Le gouffre qui les séparait aurait pu contenir un monde. Chaque secret que Robbie lui avait caché l'avait creusé un peu plus. Il eut une envie soudaine de tout lui avouer mais se retint. Elle découvrirait la vérité bien assez tôt et Robbie pouvait seulement espérer qu'elle ne lui tournerait pas le dos, ensuite. De toute manière, les paroles qui emplissaient son cœur s'entassaient dans sa gorge et l'étouffaient. Si Rowenna le rejoignait, il ne pourrait pas s'empêcher de la prendre dans ses bras ou de lui voler un dernier baiser avant de rentrer.

— Non, décida-t-il finalement. Je dois vraiment partir.

Elle lui adressa un regard plus déterminé que jamais et sa tête disparut à l'intérieur. La soirée approchait et Robbie devait se préparer pour sa nuit de vigile, mais il attendit. Rowenna allait, sans aucun doute, ignorer son refus et sortir. Comme il s'y attendait, la porte s'ouvrit bientôt et sa cousine se faufila dehors.

— Pourquoi est-ce que tu es en colère contre Roger ? demanda-t-elle en approchant à grands pas. Tu étais si proche de lui quand tu vivais encore à Wharram… Qu'est-ce qui s'est passé, le jour de ton départ ?

— Est-ce que tu me tournerais le dos, si tu savais ? murmura Robbie, plus pour lui-même que pour elle.

Son estomac se nouait et une anxiété incontrôlable l'envahit. Leur amitié semblait déjà brisée à tout jamais…

— Jamais je ne te tournerai le dos ! Tu peux tout me dire. Je serai toujours de ton côté.

Robbie lui prit la main et la porta brièvement à ses lèvres. Il ne put ignorer le frisson qui la traversa. S'il n'avait pas été tenu par sa promesse à Mary, il l'aurait prise dans ses bras et l'aurait embrassée avec toute la fièvre qui enflammait sa chair. Il l'aurait serrée contre lui jusqu'à ce qu'elle ne doute plus de son amour pour elle.

— Tu es mon amie la plus chère, et je n'aime pas te cacher des choses, mais j'ai donné ma parole et ne suis pas libre de partager tout ce que je voudrais avec toi…

Il eut un petit sourire triste.

— Tu ne m'en voudras pas de tenir mes serments, n'est-ce pas ? Du moins, pour l'instant.

— Bien sûr que non ! s'écria Rowenna, visiblement incapable de cacher sa douleur sous un masque d'indifférence. Si tu as prêté serment, tu ne peux pas le renier pour moi, quels qu'aient été nos sentiments.

Robbie sentit la terreur emplir son ventre. Quels qu'*aient été*… Pas « quels que *soient* ».

— Le plus douloureux, dans toute cette histoire, restera la perte de ton amitié, soupira-t-il.

Rowenna éclata soudain en sanglots, au grand désespoir de Robbie. De gros sanglots rageurs qui secouaient tout son corps.

— Pardonne-moi, Ro…

Il essaya de la prendre dans ses bras, mais elle s'écarta brutalement.

— Laisse-moi tranquille. Je me déteste de pleurer si facilement, surtout si cela te fait croire que c'est ta faute.

Elle s'essuya les yeux et ravala bravement sa tristesse.

— J'ai quelque chose à te dire. Mon père a accepté que j'aille parler à Lady Isobel. Demain, après la cérémonie, je lui demanderai de me prendre à son service.

— Ne fais pas ça ! coupa Robbie.

Il fut envahi de visions d'elle et Cecil ensemble. Cecil, dont les mots doux avaient déjà blessé et déshonoré tant de jeunes femmes.

— Pourquoi pas ? s'enquit-elle en balayant rageusement ses larmes. Rien ne m'attend ici, ou à la maison.

— Cecil va te briser le cœur.

— Parce que tu le crois encore intact ? rugit Rowenna, sans même essayer d'étouffer sa douleur.

Robbie se redressa, raide, et tourna les talons sans répondre. Il rentra directement à l'auberge, rassembla toutes les affaires dont il aurait besoin, puis dit adieu à son maître et à ses amis – sans doute pour la dernière fois. S'il dévoilait la vérité sur sa naissance pendant la cérémonie, il perdrait leur estime et leur amitié. Dans sa chambre, il déverrouilla le petit coffre qu'il avait glissé sous son lit et récupéra sa bourse. Son regard tomba sur le ruban de Rowenna…

Dans un état second, il se prépara à sa nuit de vigile. Il se lava, puis enfila sa tenue rouge et son surcot blanc. Nul n'aurait pu deviner la présence autour de son bras d'un vieux ruban décoloré et taché de sang, sous ses vêtements cérémoniels. Robbie s'agenouilla devant l'autel, dans la chapelle, joignit les mains et commença à prier. Hélas, son esprit tourmenté ne lui laissait pas de répit. Il aurait dû réfléchir solennellement à son avenir, à son rôle de chevalier. Au lieu de quoi, il ne pouvait songer à autre chose qu'à son cœur déchiré par la décision qu'il allait devoir prendre. Comme il l'avait prédit avec une pointe d'humour amer, il passa la nuit à se lamenter sur Rowenna et l'avenir qu'ils auraient pu construire ensemble. Comment pouvait-il prétendre à la pureté, quand des pensées aussi profanes venaient interrompre sa prière ?

Chapitre 15

Après dix longues heures de jeûne et d'immobilité, Robbie était fatigué et courbatu. Bien entendu, il aurait pu se dire que tout homme capable de surmonter une telle épreuve méritait bien son adoubement ; mais il sentait plus que jamais à quel point il ne pouvait accepter un tel honneur. Il avait certes passé la nuit à genoux devant l'autel, mais il n'avait reçu aucune vision sainte. Il n'avait pas senti le divin le pénétrer comme n'importe quel autre aspirant chevalier. Il avait le vertige et des nausées, mais uniquement à cause du manque de nourriture et de sommeil…

Tandis que la communauté se rassemblait pour la messe, Robbie chercha dans la foule les visages de ses proches. Sa mère et Roger étaient installés devant, avec les filles. Hal et Joanna, eux, avaient rejoint les autres membres de la guilde. Robbie retrouva courage en voyant son oncle vêtu de velours et d'or. Si un bâtard pouvait s'élever si haut à force de talent et de persévérance, pourquoi pas lui ? Après la cérémonie, il serait chevalier et, bientôt, aurait une épouse qui lui assurerait le soutien de Sir John. Une épouse.

Une femme dont il ne voulait pas. Même après avoir perdu définitivement l'amour de Rowenna, Robbie ne pouvait se résoudre à passer sa vie avec Mary. C'était impossible.

Soudain, il aperçut à leur tour Sir John et sa suite. Mary était assise auprès de Lady Isobel, souriant d'un air serein comme toujours. Mais, alors qu'il la contemplait, Robbie ne ressentit pas la moindre chaleur. L'adoration d'autrefois avait bel et bien disparu, laissant derrière elle une indifférence glacée. Cecil était là aussi, à quelques sièges de Mary ; et, près de lui, Robbie reconnut Rowenna. Ils étaient penchés l'un vers l'autre. Cecil lui glissa quelques mots à l'oreille et elle sourit. La pierre qui pesait dans le cœur de Robbie explosa au moment même où Rowenna croisa son regard. Le sourire de sa cousine se figea, elle prit un air solennel et grave. Elle ne le quittait pas des yeux et l'estomac de Robbie se noua : il avait perdu l'affection de la jeune femme. Pour toujours. Soudain, elle lui adressa un petit sourire, pas aussi joyeux et complice qu'à l'accoutumée, et articula deux mots qui pouvaient ressembler à « bonne chance ». Robbie répondit par un léger signe de tête. En dépit de ses efforts, il n'avait pas le courage de lui rendre son sourire – pas quand elle se tenait si près de Cecil.

Il se retourna donc vers l'autel et écouta d'une oreille l'interminable messe. Sir John, qui était son tuteur, le rejoignit enfin. Il lui adressa un regard grave que Robbie lui rendit. Son maître ne se doutait absolument pas du scandale que Robbie s'apprêtait à faire éclater…

Il prononça ses vœux clairement, avec plus d'assurance qu'il ne l'aurait cru, sans quitter Rowenna des yeux. « Imagine que je suis la seule dans l'église », lui avait-elle dit. Son sourire était un phare au milieu de la foule.

L'heure de l'adoubement était enfin arrivée, et Robbie avait pris sa décision. Tandis que Sir John s'emparait de l'épée et du bouclier, Robbie se dressa face à la foule, prêt à détruire son avenir.

— Robert Danby, à genoux.

Robbie ne bougea pas. Il redressa la tête et parla d'une voix claire :

— Je ne peux prétendre à l'honneur d'être chevalier. Vous qui me voyez, sachez que je me présente à vous sous un nom que je n'ai pas le droit de porter.

Un murmure abasourdi traversa l'église. Roger avait bondi de son siège et lançait à Robbie des regards assassins. Lucy, elle, se contenta de secouer la tête d'un air triste. Robbie n'osa pas regarder Rowenna – ou Mary.

Près de lui, Sir John avait pâli.

— Est-ce une plaisanterie de mauvais goût ? gronda-t-il.

— Hélas non, Monseigneur. Je ne sais pas quel nom je porte réellement, mais je ne suis pas le fils de Roger Danby et je ne peux pas être adoubé en tant que tel.

Cette fois, la foule se souleva. Les murmures indignés gagnèrent en puissance, devinrent des exclamations, et tout le bâtiment vibra d'une centaine de voix. Certains exigeaient l'arrestation immédiate de Robbie pour imposture, d'autres le soutenaient. Au milieu de ce tumulte, Robbie restait immobile, enveloppé dans un voile de sérénité. Le poids du mensonge s'en était enfin allé… Il finit par descendre les marches et s'éloigner de l'autel. À peine eut-il atteint les premiers bancs que Roger se campa devant lui.

— Tu as pris ta décision, et maintenant, tu vas devoir vivre avec les conséquences de ton choix. J'espère pour toi que cela en valait la peine.

Robbie soutint son regard, sans ciller.

— Moi aussi.

Son beau-père lui tendit la main et, après un instant d'hésitation, Robbie la serra. Plus loin, au bout de la rangée, se tenait Rowenna. Robbie s'approcha, écartant d'un geste Cecil quand celui-ci tenta de s'interposer. Le beau visage de Rowenna était inondé de larmes, qu'elle essuya vivement quand il s'arrêta devant elle.

— Est-ce que tu as perdu la tête ? s'écria-t-elle.

Derrière ses sanglots, on devinait une fureur froide. Robbie n'eut même pas le temps de lui répondre : elle se détourna brutalement et quitta l'église en courant, la tête baissée. Robbie aurait pu supporter beaucoup de choses, mais pas ce rejet qu'il avait pourtant tellement craint.

Il traversa la nef d'un pas lent et se soumit au jugement de Mary. Elle le dévisageait avec une hideuse froideur. Comment avait-il pu la trouver belle ?

— Pardonnez-moi, dit-il simplement. J'aurais dû vous en parler avant.

Mary leva une main impérieuse, lentement, puis lui asséna une gifle retentissante.

— Sale menteur, vil…

Elle n'acheva pas sa phrase, poussa un hurlement de rage et de dégoût, puis se jeta dans les bras d'Amy.

Robbie poursuivit sa route sans se retourner. Il était presque heureux de sentir sa joue brûler. Cette douleur était la clé de sa liberté.

Rowenna n'était pas sur la place, devant l'église, quand il émergea en plein soleil. Pourvu qu'elle soit rentrée saine et sauve à la maison…, songea-t-il avec angoisse.

— Rob ! appela soudain une voix dans son dos. Danby, attends !

C'était Cecil. À contrecœur, Robbie se retourna.

— Tu n'as pas entendu ce que j'ai dit ? Ne m'appelle plus Danby, grommela-t-il. Est-ce que tu as vu où est partie Rowenna ?

— Chez elle, sans doute. Est-ce que c'est vrai, Rob ? Est-ce que tu as gardé ce secret pour toi, pendant toutes ces années ?

Cecil le dévisageait d'un air incrédule. Finalement, son regard s'adoucit.

— Je peux faire quelque chose pour t'aider ?

— Pourquoi ? demanda Robbie, envahi par un soupçon soudain.

Depuis leur entrée au service de Sir John, ils avaient été rivaux, à tel point que le moindre geste désintéressé paraissait suspect.

Cecil éclata de rire, mais il y avait de la bonté au fond de ses yeux.

— Parce que je n'ai encore jamais vu un homme jeter son avenir aux chiens d'une manière aussi spectaculaire. Et puis, maintenant que tu n'es plus là, je peux enfin essayer de prendre ta place… Je deviendrai l'écuyer préféré de Sir John et j'aurai peut-être même une chance d'obtenir les faveurs de Mary.

Robbie le regarda droit dans les yeux.

— Tu veux l'épouser ? Vas-y. Ne te gêne pas.

Cecil parut désarçonné par cette réponse.

— Et toi ? Qu'est-ce que tu vas faire ?

Robbie se redressa. Il ne pouvait pas rentrer à l'auberge et, bien qu'il ait envie de revoir Rowenna à tout prix, il n'osait pas aller chez Hal. Sa famille risquait de lui claquer la porte au nez, et il n'aurait pas pu le supporter. Mieux valait attendre le lendemain pour essayer de parler à ses parents.

— Je pense que je vais commencer par me soûler. Après, je prendrai le temps de réfléchir à mon avenir.

— Tu ne bois jamais, Rob, lui rappela Cecil.

— Ce sera une nouvelle expérience.

Il posa les mains sur les épaules de son ami et retrouva son sérieux.

— Il y a une taverne, près de la porte de Bootham. Est-ce que tu accepterais de m'y apporter les affaires que j'ai laissées dans notre chambre ? J'y serai à la tombée de la nuit.

— Bien sûr, répondit Cecil.

Une fois seul, Robbie se promena sans but dans les rues pendant des heures.

La colère qui grondait derrière les portes closes depuis des jours menaçait d'exploser une nouvelle fois. Robbie remarqua que la plupart des commerçants barricadaient leurs boutiques. Déjà, quelques hommes roulaient des épaules d'un air mauvais en croisant les soldats en patrouille.

Quand Robbie en eut assez de marcher et d'être bousculé, il se rendit à la taverne et acheta une bouteille de vin. Il la contempla sans l'entamer en attendant l'arrivée de Cecil. Qu'est-ce que l'avenir réservait à un écuyer sans nom et sans maître comme lui ? Certes, il était libéré de Mary – c'était évident – mais il avait aussi perdu Rowenna…

Rowenna courut jusqu'à la maison, le corps traversé par une multitude d'émotions incontrôlables. La culpabilité était sans doute la plus intense de toutes. L'aveu public de Robbie l'avait frappée en plein cœur, la laissant figée sur place, abasourdie. Mais, au lieu de lui apporter son soutien quand il était venu la voir, elle s'était enfuie. Elle fut la première à rentrer et se jeta sur son lit, la tête enfouie dans les plis de l'édredon pour pleurer. Robbie lui avait menti… Une colère sourde bouillait en elle, la privant de toutes ses forces. Mais, d'un autre côté, son cousin était toujours le même : l'homme qu'elle aimait depuis leur enfance.

Soudain, la porte d'entrée claqua et Rowenna descendit l'escalier en courant. Ses parents et ceux de Robbie venaient d'arriver. Joanna soutenait Lucy, qui avançait en chancelant, les yeux rougis.

— Où est Robbie ? demanda Rowenna.

Roger écarta les bras avec impuissance.

— Comment le saurions-nous ? Cet imbécile est parti à ta poursuite et personne ne l'a vu depuis.

— Ce qu'il a dit… C'est vrai ? murmura Rowenna.

Leurs regards suffirent à lui répondre.

— Comment avez-vous pu me cacher ça ? Comment Robbie a-t-il pu… ? Et pourquoi a-t-il décidé de rendre la chose publique *aujourd'hui* ?

— Tu n'as donc pas compris ? lui demanda sa mère.

Rowenna secoua la tête. Son oncle déboucla sa cape sans un mot et l'accrocha près de la porte. D'un seul coup, il lui parut plus vieux et plus usé.

— Nous n'allons pas partir à sa recherche ? s'étrangla Rowenna.

— Pas encore. J'ai passé l'après-midi à parler à Sir John, pour essayer de lui expliquer pourquoi j'avais menti…

Roger était plus pâle que jamais. Toute sa vitalité l'avait quitté. Rowenna avait encore du mal à croire qu'il n'était pas le père de Robbie. Si son cousin avait pu voir l'amour et la douleur qui assombrissaient le regard de son beau-père, il ne l'aurait jamais rejeté. Il n'aurait jamais tourné le dos à une famille qui tenait tant à lui…

— Robbie a besoin de temps pour décider de son avenir. Nous serons là quand il aura envie de nous parler, déclara Lucy. Ce drame demandait à éclater depuis longtemps…

— Est-ce qu'il sait que vous êtes prêts à lui parler ?

De nouveau, les yeux de Lucy s'emplirent de larmes. Roger la serra contre lui.

— Il ne voudra pas m'écouter. Pas aujourd'hui, affirma-t-il.

Une terreur glacée fit soudain frissonner Rowenna. Et si Robbie ne venait pas ? Et s'il ne voulait pas les voir ? *La* voir ? Elle croisa les bras, dévisageant tour à tour les quatre adultes.

— Si vous refusez de partir à sa recherche, j'irai.

Sans laisser à sa mère le temps de la rattraper, Rowenna se précipita dans la rue. Elle courut droit devant elle, plongea dans l'ombre d'une allée au coin de la rue et attendit, le cœur battant, d'entendre le moindre signe de poursuite de sa famille. Tapie dans sa cachette, elle prit le temps de réfléchir un peu. Elle était sortie sans cape, sans argent, et sans savoir où chercher son cousin. La cité était immense et il faudrait bien décider par où commencer. Elle passa devant le jardin où ils avaient tant parlé et retourna à l'église St Peter.

Quelque chose n'allait pas… De loin, Rowenna entendit des cris de rage – ils semblaient provenir de l'extérieur des remparts… Quelques patrouilles armées se précipitaient vers la porte de Bootham et Rowenna aperçut de terrifiants groupes d'hommes en haillons descendre dans les rues. Elle serra les poings, ignorant le voile poisseux de sueur dans le creux de ses paumes. Deux hommes armés de bâtons passèrent près d'elle en courant et elle eut à peine le temps de se coller au mur pour les éviter. Il fallait garder son calme. Jamais elle ne retrouverait Robbie si elle se contentait d'arpenter les rues au hasard. Pour suivre sa piste, peut-être que le mieux à faire était de se rendre à l'auberge où logeait Sir John, se dit-elle. Elle était déjà à mi-chemin quand elle tomba sur Cecil, qui arrivait dans l'autre sens.

Rowenna ne lui laissa pas le temps de la saluer et lui demanda s'il savait où trouver Robbie. Il lui montra le gros sac de cuir qu'il portait, accompagné d'un étui à arc.

— Je sais où il sera bientôt : dans une taverne à l'autre bout de la ville. Il m'a demandé de lui apporter ses affaires…

— Est-ce que je peux vous accompagner ?

Cecil sourit.

— Si vous préférez, vous pouvez même lui apporter tout cela vous-même. Je ne voudrais pas perdre ma soirée à jouer les messagers, alors qu'un combat est sur le point d'éclater.

— Un combat ?

Tout à coup, Rowenna sentit l'air quitter ses poumons, comme lorsqu'elle avait cru que la foule en colère allait la piétiner dans la lice. Elle ressentait presque la poussée oppressante des corps, les coups de bottes. Elle n'arrivait plus à respirer, étalée dans la boue, incapable de se relever, sans rien d'autre à faire qu'attendre la mort…

Comment avait-elle pu quitter la maison, alors que la ville était de nouveau prête à se soulever ?

— John Gisbourne est aux portes d'York et il demande à entrer dans la cité. C'est peut-être ma chance d'être anobli, surtout maintenant que cet idiot de Robbie a renoncé à son rang.

Rowenna ignora cette insulte : Robbie ne l'avait pas volée.

— Est-ce que vous voulez bien lui apporter tout cela ? demanda Cecil en lui tendant son chargement.

Rowenna croisa un instant les bras, inquiète. Elle ne voulait pas prendre le risque d'être emportée de nouveau dans un mouvement de foule mortel. Mais Robbie…

Il lui avait évité le pire, une semaine auparavant. Il était venu à son secours, comme à chaque fois qu'elle avait des ennuis, et elle l'aimait plus que jamais. À présent, il errait quelque part dans les rues d'York, le cœur brisé, banni d'une famille à laquelle il avait cru appartenir, autrefois. Désespéré et sans personne pour l'aider.

Elle ne pouvait pas – ne *voulait* pas – le condamner à traverser cette épreuve seul.

— Dites-moi où il est, finit-elle par répondre en s'emparant des sacs.

La taverne était proche de la porte de Bootham, là d'où provenaient les cris et où convergeait la foule. Rowenna se faufila avec beaucoup de difficulté au milieu des gens. Étaient-ils là pour aider l'ancien maire à forcer les portes de la ville ou pour l'en empêcher ? Rowenna n'aurait su le dire. La porte de la taverne était fermée et elle tambourina de toutes ses forces jusqu'à ce qu'un garçon à l'air terrifié veuille bien la faire entrer.

— Est-ce qu'il y a un maître Danby, ici ? demanda-t-elle, essoufflée. Je cherche mon cousin !

— Est-ce que je mérite encore ce nom ?

Robbie était assis dans le coin le plus sombre de la pièce, les bras croisés sur la tunique rouge qu'il avait portée pour la cérémonie. Une bouteille de vin était posée sur la table, devant lui. Il avait l'air las, mais son regard s'illumina un peu quand il croisa le sien.

— Comment m'as-tu trouvé ?

— Cecil m'a dit où tu étais.

Rowenna lui tendit l'arc et la sacoche, mais Robbie ne les prit pas. Il la dévisagea un instant avec une grimace.

— Tu as vu Cecil ?

Il soupira, d'un air désemparé, et attrapa la bouteille par le goulot. Cependant il se ravisa au dernier moment, la reposa et se leva.

— Pourquoi es-tu venue, Ro ? Est-ce que tu es là pour m'annoncer tes fiançailles avec m-maître Hugone, ou ton entrée au service de Lady Isobel ? Est-ce que tu es venue me juger et me tourner le dos une seconde fois ?

— Arrête, tu es ridicule ! cria Rowenna.

Robbie avait l'air tellement inquiet qu'elle s'adoucit immédiatement et reprit :

— Tu sais bien que je n'ai aucun sentiment pour Cecil. J'ai parlé d'entrer au service de Lady Isobel uniquement parce que je ne voyais pas d'autre moyen d'éviter un mariage avec Geoffrey. Et si je suis venue ici, c'est parce que j'ai peur pour toi. Tout le monde a peur, à la maison. S'il te plaît, rentre avec moi.

— Roger m'a prévenu. Il m'a dit de ne pas dévoiler la

vérité et je l'ai fait quand même. Tu crois vraiment qu'il m'accueillera à bras ouverts ?

— Oui, j'en suis sûre. Je l'ai vu…

Rowenna croisa soudain les bras.

— Depuis quand est-ce que tu te soucies de ce qu'il pense, d'ailleurs ? Tu m'as toujours affirmé que tu refusais de marcher dans son ombre et tu l'as prouvé, aujourd'hui. Tourne le dos au monde entier si tu veux, mais n'oublie pas que tes parents ne sont pas les seuls que tu abandonnerais derrière toi. D'autres personnes t'aiment, Robbie, et tu leur manquerais amèrement…

Elle s'approcha dans un élan soudain. Elle aurait tant voulu le serrer dans ses bras, le réconforter et se rassurer après la terreur qui l'avait suivie dans la rue. Mais Robbie leva une main impérieuse et elle se figea. Les autres clients de la taverne, qui buvaient et guettaient l'agitation de la rue depuis les fenêtres en échangeant des commentaires, se retournaient à présent vers eux sans cacher leur curiosité. Robbie interpella le garçon qui avait fait entrer Rowenna.

— Est-ce que vous avez une pièce, à l'étage ? Nous avons besoin de parler en privé.

Le garçon montra le plafond du doigt. Oui, exactement là où on pouvait s'attendre à trouver l'étage… En dépit de la situation, Rowenna ne put réprimer un sourire. Robbie croisa son regard et, l'espace d'un instant, ses traits se détendirent un peu. Il laissa Rowenna passer devant lui et bientôt, ils se retrouvèrent tous les deux dans une petite chambre donnant sur la rue. Le mobilier était constitué d'une table bancale, d'un tabouret à trois pieds et d'un lit. Rowenna ignora le lit, dont la simple vue réveillait une myriade de pensées inconvenantes.

Robbie et elle se firent face, au milieu de la pièce, à deux pas de distance, et se dévisagèrent un long moment sans rien dire. Rowenna était assourdie par le battement régulier du sang à ses oreilles, qui se mêlait à la rumeur dangereuse de la foule, dans la rue. Elle aurait voulu hurler, le frapper, mais réprima sa colère.

— Depuis quand connais-tu la vérité ? demanda-t-elle avec un calme qui la surprit elle-même.

Robbie serra les dents.

— Depuis le soir où Roger m'a annoncé que j'allais devenir l'écuyer de Sir John. Il m'attendait à la maison quand je suis rentré, après notre conversation.

Rowenna ne put cacher sa stupéfaction. Depuis si longtemps ? Elle dévisagea Robbie, éberluée.

— Pendant toutes ces années, tu as souffert et tu ne m'en as rien dit… Est-ce que tu n'avais pas assez confiance en moi ? Tu ne me croyais pas capable de garder ton secret ?

Robbie la laissa à peine finir avant de traverser l'espace qui les séparait et de poser les mains sur ses épaules pour la dévisager plus gravement que jamais.

— Je *voulais* te le dire, crois-moi. Mais j'ai juré à Roger de n'en parler à personne. Et, même si j'avais eu le droit de t'avouer la vérité, ce n'est pas le genre de choses que l'on explique dans une lettre…

Rowenna croisa les bras pour s'empêcher de serrer Robbie contre son cœur.

— Non, répliqua-t-elle sèchement. Il valait mieux que j'apprenne tout comme ça, devant la moitié d'York et toutes les personnes que nous aimons.

Il eut soudain l'air tellement coupable qu'elle s'en voulut d'avoir été si dure. Quand Robbie avait crié son secret au milieu de l'église, au lieu de lui dire que cela n'avait aucune importance pour elle, elle avait hurlé et s'était enfuie. Ce n'était pas étonnant qu'il se soit tu pendant toutes ces années : il était clair qu'elle était indigne de sa confiance…

— Ce genre d'action dramatique ne te ressemble pas.

Robbie haussa les épaules et but une gorgée de vin.

— Je ne suis plus certain d'être toujours le même

homme. Je crois qu'il est temps pour moi de découvrir qui je suis vraiment.

Rowenna lui prit la bouteille des mains et fut surprise de la découvrir presque pleine.

— Combien de ces bouteilles as-tu déjà vidées ?

— Aucune, c'est la première. J'avais l'intention de me soûler toute la soirée, mais je n'ai pas pu m'y résoudre. Je ne sais pas ce qui couve, de l'autre côté des remparts, mais c'est inquiétant… Et je préfère garder l'esprit clair.

— Alors, c'est que tu as encore un peu de bon sens ! Me voilà rassurée.

Elle but à son tour, sans quitter Robbie des yeux. Allait-il relever son défi ? Non, il lui prit la bouteille, certes, mais au lieu de boire, il la posa sur la table.

— Dis-moi pourquoi tu as fait ça, reprit Rowenna, intriguée. Tu es bien placé pour voir à quel point la vie de mon père est difficile et à quel point sa naissance m'empêche de mener ma vie comme je le voudrais. La moitié d'York nous méprise…

D'un seul coup, la colère qu'elle avait tant bien que mal contrôlée éclata.

— Bon sang, Robbie ! Pourquoi te condamner au même destin que moi ?

— Je ne serai condamné que si les personnes que j'aime le plus me tournent le dos à cause de ce que j'ai fait, répondit Robbie avec une pointe d'amertume.

Rowenna posa doucement la main sur son cœur, comme elle l'avait fait pendant le tournoi pour examiner ses blessures. Dès qu'elle l'effleura de ses doigts, elle vit les muscles du cou de Robbie se crisper et il ferma les yeux. Son cœur battait fort sous sa tunique de lainage fin. Il recouvrit la main de Rowenna de la sienne pour la retenir et s'approcha un peu plus, la tête baissée. Pendant un long moment, il resta silencieux. Rowenna attendit patiemment. Si elle le poussait dans ses retranchements, il risquait de rentrer dans sa coquille.

Finalement, Robbie émergea de sa rêverie et la regarda. Ses yeux étaient plus clairs et plus lumineux que jamais.

— Tant que Mary voulait de moi, mon honneur m'obligeait à tenir parole et à devenir son époux. Mais jamais elle ne s'unira à un bâtard ; peu importe le nombre de saphirs que ce mariage pourrait lui apporter.

— Alors, tu as sciemment saboté ton avenir en sachant qu'ainsi elle refuserait de devenir ta femme ?

Il eut un drôle de petit sourire qui fit frissonner Rowenna.

— Maintenant, je suis libre. Libre de choisir la vie que *je* veux.

La voix de Robbie était ferme et son regard brûlait d'une détermination nouvelle. En fin de compte, ce qui avait eu l'air d'une action impulsive avait été mûrement réfléchi. Robbie ne faisait jamais rien sans peser les conséquences avec soin…

— Et cela en valait la peine ? demanda Rowenna.

Son cœur s'envolait. Robbie était libre. Il n'appartenait plus à Mary.

— Je n-ne sais pas. Je sais que tu veux faire un b-beau mariage et je ne…

Il tressaillit et Rowenna vit à quel point il avait du mal à faire sortir les mots de sa gorge. Il s'interrompit, mais il n'était pas difficile de comprendre ce qui l'inquiétait tant.

— Robbie, je me moque de ton statut ou de celui de ton vrai père, protesta-t-elle, stupéfaite. C'est toi que je veux, peu importe ce que tu es ou qui tu es !

Le regard de Robbie restait torturé.

— Tu m'as fui…

— J'étais sous le choc ! Tu as détruit tout ce pour quoi tu as tant travaillé, sans la moindre hésitation. J'étais en colère parce que cela m'a paru stupide, et parce que tu ne m'as jamais fait assez confiance pour me mettre dans la confidence. Ne me dis pas que cela t'étonne.

Il se détourna et lâcha :

— Peu importe. Tu m'as brisé le cœur…

Rowenna ne put résister plus longtemps au désir de l'enlacer. Elle s'approcha, les bras ouverts, et Robbie l'imita. Ils s'abandonnèrent enfin à cette étreinte longtemps attendue. Ils chancelèrent. Ils se serrèrent plus fort, emportés par la puissance de leurs sentiments. Sans chercher à comprendre ce qui se passait, ils s'écroulèrent sur le lit. Leurs mains fiévreuses s'agrippaient où elles pouvaient pour rester l'un contre l'autre.

Les lèvres de Robbie trouvèrent les siennes. Elle se délecta au coin de sa bouche de la saveur du vin qu'ils avaient partagé. Cette fois, ils s'embrassèrent sans la moindre hésitation, avec une passion qui laissa Rowenna tremblante, au bord du vertige. Elle rejeta la tête en arrière et entrouvrit les lèvres pour effleurer le bout de la langue de Robbie. Il laissa descendre ses paumes le long du corps de Rowenna pour caresser langoureusement sa poitrine, son ventre. Et leur baiser devint plus intense encore. Brûlant. Rowenna se laissa aller, savourant le goût de cet homme. Elle referma les doigts sur ses bras, sentant ses muscles se tendre sous sa tunique.

Elle l'attira un peu plus près d'elle, caressa son dos puissant. Elle se cambra pour rencontrer son corps. Elle ne pouvait plus étouffer son désir plus longtemps. Quels que soient ses mouvements, Robbie la dévorait des yeux, emplissait tout son champ de vision. Il se pencha dans son cou et lui mordilla le lobe de l'oreille. Son souffle caressait les joues de Rowenna, allumant des braises sur son passage.

Elle se cala contre ses hanches et sentit une excitation incontrôlable monter en elle. Un petit gémissement animal échappa des lèvres de Robbie tandis qu'elle se frottait contre son bassin. Il s'étendit au-dessus d'elle, le regard animé du même désir que celui qui la consumait. Son pouce glissa de l'oreille de Rowenna au creux de sa gorge. C'était comme un tison délicieux appliqué contre sa peau. Il poussa un second gémissement, plus doux, et passa une main derrière la cuisse de Rowenna pour soutenir son genou. N'écoutant que son instinct, Rowenna empoigna les fesses de Robbie et l'attira entre ses jambes.

Le corps de son cousin se raidit soudain et la main qui l'avait enlacée si tendrement se pétrifia.

— Rowenna, non…

Elle s'écarta un peu et le regarda dans les yeux, surprise.

— Je croyais que tu me voulais autant que je te veux…

Elle lui caressa les avant-bras et, quand ses doigts rencontrèrent la peau chaude de Robbie, ses muscles fermes, un frisson monta de ses reins. Robbie ravala sa salive, lui prit le visage avec douceur et l'attira tout près du sien.

— C'est une torture d'être avec toi sans pouvoir te toucher. Je te désire au point que la simple idée de te faire l'amour me fait perdre toutes mes forces. Mais pas ici. Pas comme ça.

Rowenna jeta un rapide coup d'œil vers la fenêtre. Le soleil commençait déjà à disparaître derrière les toits des maisons d'en face, jetant une lumière cuivrée dans toute la chambre. Comme toujours, Robbie était le plus raisonnable des deux.

Elle se rassit au bord du lit, rajusta son corsage et rattacha un ruban que Robbie avait dénoué. Elle avait failli s'offrir à lui… Cela faisait si longtemps qu'elle rêvait de ce moment, des caresses de Robbie ; mais s'ils avaient fait l'amour, sa réputation aurait été en ruine. Elle aurait prouvé qu'elle ne valait pas plus que ce que Lady Trique voyait en elle : une fille sans honneur, sans valeurs.

— Je ferais mieux de rentrer. Mère va se demander où je suis.

— Il se fait tard et la foule s'agite, dehors, répliqua Robbie, l'oreille tendue et les sens en alerte. Mieux vaudrait que tu passes la nuit ici.

Rowenna ne put s'empêcher de regarder le lit sur lequel ils étaient assis.

— Ce serait très imprudent, tu ne crois pas ?

Il suivit son regard et eut un petit sourire mutin.

— Tu as raison. Je vais te raccompagner sur une partie du chemin.

Une partie… Il n'entrerait pas dans la maison et ne parlerait pas à Roger ce soir-là. À ce rythme-là, leur réconciliation prendrait encore des années, songea Rowenna.

— Soit tu me raccompagnes jusqu'au bout, soit tu me laisses partir seule, dit-elle fermement, non sans lui caresser la joue. Je ne t'oblige pas à venir dès ce soir, tu sais. La maison n'est pas loin. Reste ici, si tu veux. Réfléchis à ce que tu as envie de faire. Quand tu auras pris ta décision, tu sauras où me trouver.

Elle quitta la chambre sans laisser à Robbie le temps de protester, de peur de céder de nouveau au désir qui la dévorait. Dans la rue, la foule était plus dense qu'à son arrivée et Rowenna dut jouer des coudes pour se frayer un chemin. Elle n'avait pas encore fait dix pas en direction de la maison quand une exclamation victorieuse s'éleva de toutes les poitrines. La porte, pourtant bien défendue, venait de s'ouvrir dans un grondement de tonnerre. Les rebelles de John Gisbourne se précipitèrent dans la brèche, à pied et à cheval. En quelques secondes à peine, la ville entière devint un champ de bataille.

Chapitre 16

Robbie bondit du lit à l'instant où Rowenna quitta la pièce. Ils avaient vraiment failli perdre tout contrôle, cette fois, et il en restait tout retourné. Il ajusta ses vêtements froissés et se pencha à la fenêtre pour inspirer profondément l'air chaud de cette soirée d'été – et apercevoir encore une fois Rowenna, s'il le pouvait.

L'agitation était à son comble, dans la rue étroite. Robbie vit sa cousine sortir de la taverne et essayer de se faufiler au milieu de la masse de gens. Tout à coup, il comprit son erreur et sentit son cœur s'emballer : elle n'atteindrait jamais sa maison saine et sauve, si cela continuait ainsi ! Il aurait dû insister pour l'escorter ! Il avait déjà la main sur le loquet de la porte quand un grondement assourdissant retentit, suivi par un rugissement de triomphe. Robbie courut de nouveau jusqu'à la fenêtre et vit les hautes portes de Bootham s'ouvrir en grand sous la pression d'une foule d'émeutiers portant les capuchons blancs de Gisbourne. Les assaillants envahirent la rue, descendant vers la ville comme Rowenna venait de le faire.

Robbie chercha instinctivement son épée à sa ceinture mais, bien sûr, elle n'y était pas. Il lâcha un juron et jeta un regard paniqué autour de lui à la recherche de quelque chose qui pourrait lui servir d'arme. Ses yeux se posèrent sur le tabouret. Il brisa l'un des pieds pour s'en servir de massue, puis se souvint que Rowenna avait apporté son arc. Sans perdre un instant, il le passa dans son dos et courut dehors. Une troupe de cavaliers manqua de le piétiner à peine la porte passée.

Il remonta Petergate en courant. Au bout de la rue se dessinait déjà l'église dans laquelle il avait fait son annonce le matin même. L'horreur du tournoi le saisit une nouvelle fois à la gorge. Rowenna était là, quelque part devant lui ; mais cette fois, les gens qui l'empêchaient d'avancer n'étaient ni perdus, ni confus. C'était une meute enragée, assoiffée de sang. On commençait déjà à jeter des torches par les portes ouvertes des maisons et quelques bâtiments se mirent à flamber. Le crépitement atroce du feu et l'odeur de bois calciné terrifièrent Robbie plus encore que les cris de la foule. Des gens hurlaient en essayant d'étouffer les flammes. On sortait en courant tout ce que l'on pouvait des maisons prises d'assaut sous les coups furieux d'une horde bien décidée à détruire tout ce qu'elle pouvait.

Enfin, Robbie aperçut Rowenna ! Elle longeait une rangée de maisons, dos au mur. Il tenta de l'appeler, mais elle était trop loin pour l'entendre. Elle prenait tant de soin à éviter les émeutiers qu'elle ne remarqua même pas l'homme au capuchon blanc qui se détacha de la foule pour s'approcher d'elle. Robbie serra plus fermement sa massue de fortune. Hélas, il n'atteindrait jamais Rowenna à temps ; il avait à peine fait la moitié du chemin qu'il vit l'homme attraper sa cousine par le bras et entreprendre de la traîner dans une ruelle. Rowenna se débattit de toutes ses forces, mais elle ne faisait pas le poids face à son agresseur.

Robbie bondit sur une caisse retournée, attrapa son arc et, sans perdre un instant, tira. La flèche atteignit l'homme entre les omoplates. Il chancela un instant, sa tête roula sur le côté et il s'écroula sur le pavé, entraînant Rowenna dans sa chute. Elle contempla son assaillant sans comprendre pendant quelques secondes, puis se mit à chercher des yeux l'archer qui venait de la sauver. Robbie l'appela de nouveau, aussi fort qu'il le pouvait, et fendit la marée humaine à grand renfort de coudes pour atteindre la ruelle. Un profond soulagement illumina les traits de Rowenna quand elle le vit enfin. Le temps qu'il la rejoigne, elle se releva tant bien que mal et Robbie put la prendre dans ses bras. Il avait eu si peur qu'il la serra trop fort et lui arracha un petit cri de protestation. À contrecœur, il la laissa s'écarter.

— Je suis venu pour te reconduire à la maison, murmura-t-il, le visage enfoui dans ses cheveux.

Il jeta un coup d'œil au violeur étalé derrière elle et immobile. Mort. C'était la première fois que Robbie tuait un homme. Sa gorge s'emplit de bile amère mais il ignora cette sensation d'écœurement. Ce n'était pas le moment d'y penser. Pas encore.

Rowenna s'agrippa soudain à ses bras.

— Robbie, tu dois dire au maire ce qui se passe, ici. Il faut organiser la défense de la ville !

À ces mots, une étincelle d'envie traversa Robbie. Il avait déjà su s'attirer la reconnaissance du maire en défendant York. Il pouvait recommencer. Il était sur le point d'acquiescer quand un bruit de verre brisé fit tressaillir Rowenna. Elle était très pâle – trop pâle – et ses vêtements, ses cheveux étaient en désordre. Robbie comprit soudain que son besoin de la protéger et de veiller sur elle était le plus fort.

— Je ne suis pas obligé de lui porter le message personnellement. Je suis venu pour toi, Ro.

— Je ne suis pas blessée et je n'ai pas besoin de garde du corps ! protesta-t-elle, alors que ce qui venait de se passer prouvait bien le contraire. Robbie, c'est peut-être ta chance de te racheter. Tu peux encore devenir le chevalier que tu as toujours rêvé d'être !

Robbie l'attira contre lui de nouveau. Après sa maladroite tentative de séduction, à la taverne, il arrivait à peine à se maîtriser quand il était si près d'elle. Il chassa les cheveux qui encombraient le front de sa cousine et y déposa un petit baiser.

— S'il devait t'arriver quoi que ce soit, mon avenir ne vaudrait plus la peine d'être vécu…

Elle allait encore protester, Robbie le sentit et s'empressa de plaquer ses lèvres contre les siennes pour l'empêcher de parler. Elle se tenait toujours à lui et lui rendit son baiser avec une fièvre qui le laissa essoufflé, en extase. Si jamais le danger les attendait dès la sortie de la ruelle, cela n'avait plus d'importance. La passion de Rowenna suffisait à lui donner le courage de dix hommes. Quand il s'écarta enfin d'elle, elle le dévisagea d'un air surpris. Robbie prit avec douceur le visage de la jeune femme entre ses mains et fit de son mieux pour avoir l'air grave – ce qui n'était pas facile, étant donné le désir qui brûlait toujours dans ses veines.

— Rowenna Danby, déclara-t-il, je te demande solennellement de faire ce que je dis et quand je le dis, pour la première fois de ta vie. C'est notre seule chance.

Elle acquiesça sans un mot. Cette docilité soudaine ne durerait sans doute pas très longtemps, mais Robbie profita de l'obéissance de sa cousine pour la prendre par la main et l'entraîner dans son sillage. Il y avait de plus en plus de monde dans les rues. Impossible, maintenant, de différencier les émeutiers menés par l'ancien maire de ceux qui profitaient simplement du désordre ambiant pour reprendre les combats des jours précédents. Si Simon de Quixlay ne savait pas encore ce qui se passait, il l'apprendrait très vite : la foule semblait converger vers le centre de la cité et la Maison de la Guilde. Robbie et Rowenna s'engouffrèrent dans la petite ruelle qui contournait l'église et débouchèrent dans l'arrière-cour du tailleur de pierre.

Ce raccourci les conduisait à quelques pas de la maison de Rowenna. En ressortant de la cour, ils faillirent percuter de plein fouet un groupe armé et durent se jeter dans un atelier ouvert pour se mettre à l'abri, dans le coin le plus sombre et le plus éloigné de la porte.

— On n'arrivera jamais jusqu'à la maison ! s'écria Rowenna. C'est beaucoup trop dangereux.

Elle avait sans doute raison. Mieux valait rester dans leur cachette pour le moment. Hélas, alors que Robbie s'apprêtait à la consoler de son mieux, un tison enflammé vola par la porte ouverte et atterrit au milieu de l'atelier. Une volée d'étincelles en jaillit sous le choc et embrasa les joncs qui recouvraient la terre battue. Les tapis de paille de l'entrée, asséchés par des semaines de chaleur, prirent feu en quelques secondes.

Robbie recula instinctivement dans son coin. La panique l'étouffa comme une main de fer refermée sur sa gorge.

— Nous allons mourir ! hurla Rowenna.

Robbie lutta de son mieux pour ne pas laisser la terreur prendre le dessus. Piégé comme un rat, il regarda les flammes s'élever entre lui et la liberté. Une sueur poisseuse se mit à recouvrir tout son corps.

— Je ne te laisserai pas mourir comme ça, murmura-t-il à Rowenna.

Il la serra dans ses bras et, par-dessus la tête de sa cousine, contempla l'atroce spectacle. La fumée lui piquait les yeux. Des langues de feu encore plus hautes que celles qu'il voyait là se dessinèrent dans un coin de sa mémoire. D'où venait donc une telle vision démoniaque ? Robbie n'aurait su le dire. Tout ce qui comptait pour lui, c'était que les meubles n'étaient pas encore en feu et que la porte restait ouverte.

— Nous devons courir à travers les flammes, lança-t-il. Vite, tant qu'elles n'ont pas envahi toute la pièce !

Il chercha la main de Rowenna à l'aveuglette et l'agrippa

fermement. Le feu s'étendait. Conscient qu'il n'aurait peut-être pas d'autre chance de le lui dire, Robbie regarda Rowenna dans les yeux et murmura :

— Je t'aime.

— Moi aussi.

Elle serra un peu plus sa main dans la sienne.

— On y va ensemble.

Ils échangèrent un dernier regard, puis s'élancèrent vers la porte. Main dans la main, ils bondirent par-dessus les flammes. La robe de Rowenna flottait dans son dos et l'ourlet prit feu. Elle hurla tandis qu'ils s'écroulaient tous les deux sur le pavé et commença à battre fébrilement le tissu pour étouffer les flammes. Robbie l'attira par terre avec lui et la fit rouler, puis il rassembla les plis de sa jupe et les frotta dans la poussière. Il frappa à son tour l'étoffe roussie, ignorant la douleur qui cuisait ses paumes et ses doigts, jusqu'à ce qu'enfin le feu s'éteigne pour de bon. Rowenna et lui s'allongèrent alors au milieu de la cour, enlacés, et sanglotèrent de soulagement. C'était comme si le chaos qui régnait tout autour d'eux s'apaisait soudain, pendant un court moment.

Robbie caressa les joues de Rowenna et essuya ses larmes. Elle l'aimait… Elle l'avait dit. Il préférait ne pas en parler tant qu'ils ne seraient pas sains et saufs, mais son corps entier chantait !

— Je crois que je préfère te sauver d'un troupeau d'oies, plaisanta-t-il.

Garder le sourire était la meilleure chose à faire pour le moment. Ils éclatèrent tous les deux de rire, avec la nervosité de deux personnes qui venaient d'échapper à la mort. Une fois calmés, ils s'élancèrent main dans la main vers la maison.

La demeure de Hal n'était plus très loin et, dès que Robbie et Rowenna eurent passé le coin de la rue, ils virent Roger et son frère, armés d'épées, à la tête d'une petite troupe de voisins. Ils étaient occupés à appréhender une bande d'émeutiers. Dès qu'il les vit, Hal se précipita pour serrer sa fille dans ses bras. Il répéta son nom encore et encore. Nichée dans les plis du pourpoint de son père, Rowenna fondit en larmes. Robbie, gêné, se tint à l'écart et fit de son mieux pour réprimer la jalousie possessive qui le poussait à reprendre de force la main de Rowenna. Il finit par se tourner vers Roger.

— Il faut prévenir le maire au plus vite.

— C'est déjà fait, répondit Roger. La milice et les soldats se rassemblent.

Un lourd silence tomba entre eux, et il aurait pu durer très longtemps si Hal n'avait pas dissipé le malaise en donnant à Robbie une grande tape dans le dos.

— Tu as sauvé ma fille et tu l'as ramenée à la maison. Je ne pourrai jamais te remercier assez pour cela... J'ai une dette éternelle envers toi, Robbie. À partir de maintenant, quels que soient les obstacles que tu auras à surmonter, tu peux compter sur mon aide.

Rowenna, toujours dans les bras de son père, lança un grand sourire à Robbie. Il la contempla un long moment, remarquant l'ourlet noirci de sa jupe, ses cheveux défaits et un bleu qui se dessinait sur sa pommette – d'où venait-il ?

— Robbie m'a sauvé la vie. Deux fois, déclara Rowenna. Il a tué un homme qui allait m'agresser, puis nous avons été pris au piège dans une maison en feu. J'aurais brûlé vive s'il n'avait pas été là.

Robbie fit jouer ses doigts avec une grimace. Jusqu'à cet instant, il n'avait pas remarqué les cloques qui se formaient là où les flammes avaient léché ses mains.

— Un incendie ?

Roger et Hal échangèrent un regard mystérieux, puis Roger tendit sa main à Robbie – la main rose et trop lisse qui l'avait toujours intrigué.

— Tu as été brûlé ? demanda Robbie.

— Oui, quand tu étais bébé. C'est l'une des très nombreuses choses que nous aurions dû te raconter plus tôt, ta mère et moi. Apparemment, tous les Danby ont un don pour se précipiter tête baissée au moindre signe de danger. Et tu *es* un Danby. Ne laisse jamais personne te dire le contraire.

— Je ne reviens pas sur ce que j'ai dit à l'église, répliqua Robbie en se redressant.

Il avait du mal à trouver ses mots ; mais cette fois, ce n'était pas à cause de sa langue indocile. C'était parce qu'une grosse boule venait peser au fond de sa gorge et l'étouffait.

Roger le dévisagea un instant.

— Je ne m'attends pas à autre chose de ta part. Tu n'es peut-être pas de mon sang, mais tu restes bien mon fils. Ton impétuosité et ton obstination le prouvent. Le maire veut que tous les hommes capables prêtent main-forte à la milice pour défendre la ville. Tu veux les rejoindre ? Tu veux venir avec moi ?

Il tendit une nouvelle fois la main et, après une courte hésitation, Robbie la prit.

Rowenna s'arracha à l'étreinte de son père et se jeta dans les bras de Robbie. Elle le serra contre elle, la joue pressée contre sa poitrine.

— Je t'attendrai, murmura-t-elle avant de lever les yeux vers Roger. Ramène-le-moi sain et sauf, oncle Roger…

— Je pense que Robbie est tout à fait capable d'assurer sa propre sécurité, répondit Roger avec un sourire.

— Surtout maintenant que tu es là pour moi. Comment pourrais-je courir le risque de ne plus te revoir ?

Robbie embrassa sa cousine sur la joue et sentit une fossette se creuser sous ses lèvres, comme à chaque fois qu'elle souriait. Ce n'était pas le baiser sensuel et passionné qu'il aurait voulu lui donner, mais il devrait s'en contenter tant que leurs pères les regardaient. Il se promit de rattraper le temps perdu dès qu'il en aurait l'occasion.

— Reviens-moi, chuchota encore Rowenna.

Robbie la regarda rejoindre la maison avec son père et se glisser à l'intérieur. Quand la porte se fut refermée sur eux, il emboîta le pas de Roger en direction de la ville.

Il ne rentra que lorsque le plus gros des émeutes et des violences se fut calmé. Le jour se levait déjà et Robbie avait mal partout à force de se battre sur tous les fronts.

C'était la seconde nuit de suite qu'il passait sans dormir et il n'était plus vraiment certain de séparer la réalité de son imagination. Le matelas moelleux sur lequel il se laissa tomber était peut-être réel, mais les mains douces qui l'aidèrent à se débarrasser de sa tunique rembourrée rendue raide par la sueur et la boue, qui évitèrent avec soin le moindre frottement sur ses muscles endoloris et qui remontèrent les couvertures sur son corps ne pouvaient qu'appartenir à un rêve. Un délicat parfum l'enveloppa et un baiser si tendre qu'il le fit fondre l'envoya au pays des songes.

Quand Robbie se réveilla, le jour était levé depuis longtemps. Ses doigts étaient poisseux et une forte odeur d'onguent lui rappela qu'il s'était brûlé. Heureusement, ses mains ne lui faisaient pas aussi mal que la veille. Il ouvrit les yeux et vit Rowenna, assise au pied du lit. Les yeux baissés, elle était concentrée sur un ouvrage qu'elle cousait avec dextérité. Robbie se redressa tant bien que mal, appuyé sur un coude, et elle leva la tête. Son sourire fit danser des papillons dans l'estomac de Robbie.

— Que fais-tu dans ma chambre ? demanda-t-il, un peu désorienté.

— C'est toi qui es dans la mienne, répondit-elle en

souriant de plus belle, une fossette au creux de la joue. Dans mon lit, pour être exacte.

Robbie se rendit alors compte qu'il était torse nu. Il se redressa d'un coup et grimaça quand ses côtes protestèrent douloureusement. Rowenna le dévisageait d'un air inquiet. Elle posa son ouvrage et vint s'asseoir au bord du lit, tout près de lui.

— Tu es blessé. Laisse-moi faire.

Elle prit un chiffon qui trempait dans une vasque, l'essora et le passa sur son torse, où de nouveaux bleus venaient remplacer les anciens. Robbie ferma les yeux, laissant l'eau froide apaiser ses douleurs. Mais les mains de Rowenna, loin de la rafraîchir, embrasèrent sa peau partout où elles passaient. Songeuse, sa cousine s'attarda même un peu pour suivre le contour de ses pectoraux du bout du doigt.

— J'étais tellement inquiète, lâcha-t-elle. Je n'ai pas dormi de la nuit. Quand tu es rentré, tu tenais à peine debout. Tu ne devais même plus savoir où tu étais…

— Je t'avais promis de revenir.

Le drap fin qui recouvrait ses jambes ne cachait rien de l'émoi que les caresses de Rowenna faisaient naître. Robbie rassembla l'étoffe en gros plis sur ses cuisses et s'assit complètement contre les oreillers. Réprimer son désir pour elle était l'épreuve la plus difficile qu'il ait jamais eu à surmonter – et c'était en comptant les deux hommes ivres qu'il avait dû assommer et ligoter pendant la nuit pour les empêcher de voler une charrette.

— Où as-tu dormi ? s'enquit-il.

Il sentit ses joues s'enflammer. Restait-il du sang dans ses veines, quand tout semblait partagé entre deux parties très distinctes de son corps ?

— Sur une paillasse, près du lit.

Rowenna rougit aussi en lui indiquant un matelas de

fortune par terre, et une pile de couvertures abandonnée à côté.

— Je n'oserais tout de même pas me glisser dans le lit d'un homme inconscient.

— Et dans celui d'un homme conscient ? demanda Robbie avec une pointe de défi.

Il lui prit la main et fit glisser ses doigts sur son poignet, sous la manche large de sa robe. Il ne put réprimer un sourire quand il la sentit frissonner. Rowenna se pencha en avant jusqu'à ce que le parfum envoûtant de ses cheveux l'enveloppe.

— Peut-être. Quand il aura pris un bain.

Elle déposa un petit baiser sur sa joue et Robbie sentit son cœur s'emballer.

— Je vais annoncer à tout le monde que tu es réveillé ! Habille-toi et rends-toi présentable.

Elle quitta la chambre, laissant Robbie enfiler une tunique et un pantalon prêtés par Hal. Hélas, ces vêtements étaient bien trop vieux et usés pour ce qu'il avait prévu de faire ce jour-là…

Il passa néanmoins dans la salle d'un pas hésitant. Comme le soir de son arrivée à York, sa mère se précipita vers lui pour le serrer dans ses bras en pleurant, le gronder un peu, examiner ses brûlures et l'embrasser.

— Est-ce que tu me pardonnes ? demanda Robbie.

Lucy le serra encore plus fort contre elle. Il ne lui en fallut pas plus pour savoir qu'elle ne lui en voulait pas. Rassemblant son courage, Robbie affronta ensuite le regard de Roger. Ils n'avaient pas du tout parlé de cela pendant leurs patrouilles de la nuit.

— Je n'aurais jamais réglé le problème de cette manière, mais je pense que tu as eu raison de suivre ton instinct. Nous aurions dû dire la vérité dès le premier jour, déclara Roger. Je compte t'adopter officiellement : tu deviendras vraiment mon fils et mon héritier. Les titres peuvent être transmis à des fils adoptifs en l'absence de garçon légitime. Cela s'est déjà vu. J'en ferai la demande à Horace de Pickering ; j'aurais dû le faire il y a des années. La transmission de Wharram n'est pas soumise à conditions et, si notre seigneur fait preuve de bonté, le titre peut encore te revenir. Il se montrera sans doute plus généreux que son père et je pense qu'il acceptera. Après tout, tu as déjà prouvé à toute la ville que tu as le courage et la droiture d'un chevalier…

Robbie mit un genou en terre.

— Je ne pourrai jamais te remercier assez pour la gentillesse et la compréhension dont tu as fait preuve, murmura-t-il.

— Oh ! Je fais uniquement cela dans mon intérêt, tu sais ! Le domaine de Wharram a besoin d'un homme comme toi pour veiller sur lui, répondit Roger avant de lui adresser un clin d'œil complice.

Il aida Robbie à se relever et posa les mains sur ses épaules d'un air fier.

Robbie soupira, soulagé.

— Merci… Père.

Roger parut surpris, puis sourit et lui tapota le bras. Il demanda du vin, que les femmes s'empressèrent d'aller chercher. Ils avaient tous encore beaucoup de choses à se dire mais, pour le moment, Robbie se contenta de s'asseoir sur l'une des banquettes pour siroter son vin épicé, entouré par sa famille.

Rowenna s'installa en face de lui, de l'autre côté de la cheminée. Avec autant de monde autour d'eux, ils ne pouvaient que se regarder discrètement et échanger quelques sourires – c'était suffisant, pour l'instant. Finalement, Robbie n'y tint plus et se leva.

— Il f-faut que j'aille voir Sir John. Je dois lui demander pardon, peut-être plus qu'à qui que ce soit d'autre. Je ne pense pas qu'il me reprendra à son service et, pour être honnête, je serais heureux d'un nouveau départ. Cecil mérite largement la place d'écuyer principal de Sir John.

Il s'approcha ensuite de Hal, qui le dévisageait avec une pointe de sévérité. Lui, le bâtard qui avait réussi à construire une vie dont il pouvait être fier. Du coin de l'œil, Robbie vit sa mère glisser quelques mots à l'oreille de Roger, qui la fit taire d'un geste.

— Oncle Hal, je ne suis pas chevalier et je pourrais ne jamais en devenir un, après ce qui s'est passé. Je te promets néanmoins de travailler dur pour regagner le rang que j'ai perdu hier. Je n'ai pas non plus de fortune à offrir, mais si tu m'autorises à aimer Rowenna chaque jour de ma vie, la dette que tu penses avoir envers moi sera remboursée. Et plus encore…

— Je pense que tu t'adresses à la mauvaise personne, Robbie.

Hal indiqua d'un signe de tête Rowenna, qui se mordait la lèvre comme si elle essayait de ne pas fondre en larmes. Robbie s'assit à côté d'elle et lui prit la main. Elle enserra ses doigts avec fièvre.

— Le soir de mes fiançailles, je t'ai demandé si tu étais prête à rester mon amie quoi qu'il arrive, mais je t'ai posé la mauvaise question, déclara-t-il. Ce que j'aurais dû te demander, c'est : avons-nous une chance de devenir plus que des amis ? Pourrais-je un jour devenir *plus* à tes yeux ?

— Tu es tout pour moi, lâcha Rowenna dans un souffle. Personne ne compte autant que toi, ni avant, ni maintenant.

Robbie mit alors un genou en terre.

— Ro, tu m'as un jour demandé si mes sentiments étaient changeants et je peux te dire aujourd'hui que ce n'est pas le cas. Je t'aime certes, mais plus important encore, je suis *amoureux* de toi. P-Plus encore que dans mes rêves les plus fous. Certes, parfois tu m'exaspères et tu me bouleverses, mais tu m'inspires et tu m'aides à rester fort, aussi. T-Tu ferais de moi le plus heureux des hommes si tu acceptais de m'épouser. Je ne peux te promettre ni rang ni fortune. En revanche, je fais vœu de t'aimer chaque jour de ma vie.

Il tira de sa poche le ruban fané et le pressa dans le creux de la paume de sa cousine.

— J'ai gardé ce cadeau pendant des années pour me souvenir de toi. Maintenant, c'est toi que je veux avoir à mes côtés.

— Robbie, espèce d'idiot ! soupira Rowenna, les larmes aux yeux et un sourire dansant sur les lèvres.

Elle referma le poing en froissant le vieux ruban et étouffa un sanglot ému.

— Je me moque que tu sois chevalier, écuyer ou… garçon de taverne ! C'est toi que je veux. Tu es mon meilleur ami et je ne peux pas imaginer passer ma vie avec quelqu'un d'autre que toi. Je ne le voudrais pas. Tu connais tous mes rêves, mes secrets, mes défauts…

— Quels défauts ? Tu es parfaite, Ro : c'est même toi qui le dis !

Robbie sourit et s'écarta juste à temps pour éviter une tape amicale sur le bras. Il attrapa le poignet de Rowenna au passage, retourna sa main et déposa un tendre baiser sur la peau fine de son poignet, là où le sang battait le plus fort. De petites cicatrices claires étaient encore visibles dans sa paume, à la base de ses doigts. Il les caressa et les embrassa à leur tour. Elle frémit. L'espace d'un instant, une flamme de désir traversa son regard, aussi brûlante que celle qui palpitait dans le corps de Robbie. Devoir attendre avant de découvrir toutes les passions qui se cachaient sous le sourire de la jeune femme était une torture ; heureusement, il aurait le reste de sa vie pour oublier sa frustration. Pour l'instant, il allait devoir se contenter de ces baisers chastes. Mais, dès qu'ils se retrouveraient seuls quelque part, il comptait bien montrer à Rowenna l'étendue de son désir…

Robbie se retourna vers leurs parents, faisant de son mieux pour ignorer leurs sourires de joie et de triomphe. Tous ces gens étaient sa famille et leurs liens seraient bientôt renforcés par son mariage avec Rowenna.

— Ils vont s'unir et hériter ensemble du manoir de Wharram, déclara Hal en servant du vin pour tout le monde. Deux Danby ensemble. Est-ce que vous imaginez tout ce qu'ils pourront accomplir ?

— La fille légitime d'un bâtard et le fils adoptif de l'héritier légitime ? Je ne suis pas sûr que ce soit ce que Père aurait eu en tête, lâcha Roger avec un sourire. Mais je suis certain que ça l'aurait amusé.

— Ne parlez pas d'héritage, être ensemble nous suffit largement, déclara Robbie en bondissant de son siège, entraînant Rowenna avec lui. Roger… Père a encore de nombreuses années devant lui.

Il embrassa sa promise, pas assez longtemps à son goût. Mais il pouvait attendre : leurs vies commençaient à peine.

— Qu'est-ce que tu en dis, Ro ? Prête à découvrir le monde avec moi ?

Il l'attira dans ses bras, passant ses mains autour de la taille fine de sa fiancée. Elle se hissa sur la pointe des pieds pour l'enlacer et l'embrasser à son tour.

— Oh oui ! murmura-t-elle.

Les Historiques

HARLEQUIN

Retrouvez en janvier,
dans votre collection

Les Historiques

À la merci du Viking, de Michelle Willingham - N°894

SÉRIE : LES GUERRIERS D'ODIN - TOME 1

Royaume de Maerr, Norvège, IXe siècle

Depuis la tragédie qui a coûté la vie à tous les membres de son clan ainsi qu'à son père, le roi Sigurd, Alarr n'a plus qu'une idée en tête : se venger de ceux qui ont perpétré ce terrible massacre. Et plus particulièrement de Feann de Killcobar, le guerrier irlandais qui a instigué l'attaque et laissé sa marque sur le corps d'Alarr lui-même. Pour accomplir sa vengeance, l'intrépide Viking s'introduit en Irlande avec la ferme intention d'enlever la fille adoptive de Feann, une jeune femme répondant au nom de Breanne. Mais rien ne le prépare à sa confrontation avec la flamboyante rousse : aussi belle que farouche, Breanne fait immédiatement vaciller toutes ses certitudes…

Les secrets du Highlander, de Nicole Locke - N°895

Écosse, XIIIe siècle

Ailsa est hors d'elle : son père, le chef Frederick McCrieff, a offert sa main en mariage à Rory Lochmore, héritier du clan ennemi du sien depuis des générations. Elle se fiche bien que cette union scelle la réconciliation entre leurs deux familles, il n'est pas question qu'elle se laisse traiter comme une vulgaire marchandise ! Encore moins qu'elle lie son destin à celui d'un inconnu ! Mais face à l'allure implacable de son futur époux, elle sent aussitôt sa détermination faiblir. Car dans les yeux étincelants de Rory, elle entrevoit la flamme naissante de la passion… ainsi que des secrets profondément enfouis. Des secrets qui impacteront sa vie à jamais…

Une lady en fuite, de Sarah Mallory - N°896

SÉRIE : SCANDALES EN ARISTOCRATIE - TOME 3

Angleterre, XIXe siècle

Afin d'échapper à un mariage forcé, Nancy a fui la demeure familiale et renoncé à sa vie d'aristocrate anglaise. Tant pis ! Elle préfère cent fois vivre sous une fausse identité et gagner sa vie en tant que cuisinière plutôt que d'être prisonnière d'une union sans amour. Mais un soir, alors qu'elle rentre chez elle après un séjour à Londres, elle trouve un homme blessé. Intriguée par ce lord aux traits mystérieux et virils qui prétend mener une mission secrète pour le compte de la Couronne, elle décide de lui venir en aide. Mais celui-ci la met en garde : en liant son destin au sien, elle compromet la vie paisible qu'elle s'était construite…

Le naufragé sans passé, d'Elisabeth Hobbes - N°897

Bretagne, XIVe siècle

Lorsque Jack ouvre les yeux, le souffle vient aussitôt à lui manquer : au-dessus de lui se tient une femme d'une beauté époustouflante. Une inconnue au visage délicat et aux lèvres si charnues qu'il rêverait d'embrasser. Seulement voilà, Jack ignore tout de cette dernière et de la raison pour laquelle il se trouve alité dans son château. Pis encore ! Il est incapable de se souvenir du moindre événement de sa vie passé. Et lorsque son hôte, la Blanche Tanet, lui révèle qu'il a réchappé de peu au naufrage d'un navire, il tombe des nues. Que lui est-il arrivé ? Et pourquoi a-t-il le pressentiment que la douce Blanche ne lui révèle pas toute la vérité ?

Trilogie intégrale « Les sœurs Shelley », de Louise Allen - N°898

France et Angleterre, XIXe siècle

Meg Shelley doit regagner l'Angleterre au plus vite. Aussi saisit-elle l'occasion d'embarquer à bord du Rose Falmouth, quand l'équipage sauve de la noyade un officier blessé – officier dont elle prétend aussitôt être l'épouse. Mais une fois face au ténébreux major Ross, Meg mesure les conséquences de son audace…

Enceinte d'un homme qui l'a séduite puis abandonnée, Bella Shelley n'a plus qu'une idée en tête : exiger réparation. Mais elle apprend vite que son séducteur a disparu. Son titre et ses terres sont désormais la propriété de son frère, Eliott Calne. Une surprise qui en cache une autre, car Eliott ordonne à Bella de l'épouser quand il découvre son secret…

Accusée à tort d'être une voleuse, Lina Shelley fuit Londres et se réfugie chez un ami de sa tante, l'honorable lord Dreycott. Mais voilà que ce dernier disparaît, léguant sa fortune à son neveu, Quinn Dreycott. Et le désarroi de Lina est à son comble lorsqu'elle fait la connaissance de Quinn, car le beau libertin ne semble pas s'encombrer de convenances…

Le secret d'Elise, de Carol Townend - N°899

SÉRIE : CHEVALIERS DES TERRES DE CHAMPAGNE - TOME 3

Champagne, 1 173

Lorsque Gauvain apprend qu'il est le père d'une petite fille, il peine à y croire. Pourquoi la belle Elise, avec qui il a eu une aventure brève et passionnée, ne lui a-t-elle rien dit ? À présent, elle se tient devant lui, affirmant qu'elle peut s'occuper seule de la petite Perle. Et dire que cette révélation tombe au moment même où on annonce les fiançailles de Gauvain avec dame Roxane, la pupille du roi ! En tant que comte, il sait qu'il doit tenir ses engagements et que les nobles n'épousent de toute façon pas les roturières. Mais comment pourrait-il s'unir à Roxane, quand il est déchiré entre les devoirs de son rang et ses responsabilités de père ? Et, surtout, quand le souvenir d'Elise ne cesse de le hanter ?

Aliénor

Authentique. Exquise. Intrépide.

Portée par des auteurs français,
Aliénor vous propose de vous glisser
dans les pas d'héroïnes
de caractère, le temps d'une
excursion dans les régions françaises
qui ont forgé notre Histoire !

2 romances inédites à découvrir tous les deux mois.

Composé et édité par HarperCollins France.

Achevé d'imprimer en octobre 2020.

CPI
BLACK PRINT

Barcelone

Dépôt légal : novembre 2020.

MIXTE
Papier issu de sources responsables
FSC® C108412

Pour limiter l'empreinte environnementale de ses livres, HarperCollins France s'engage à n'utiliser que du papier fabriqué à partir de bois provenant de forêts gérées durablement et de manière responsable.

Imprimé en Espagne.

OFFRE DÉCOUVERTE !

Vous souhaitez découvrir nos collections ? Recevez **votre 1er colis gratuit* avec 2 cadeaux surprises !** Une fois votre colis de bienvenue reçu, si vous souhaitez continuer à recevoir nos livres, cela se fera automatiquement. Vous recevrez alors vos livres inédits** en avant-première.

Vous n'avez aucune obligation d'achat et cette offre est sans engagement de durée !

*1 livre offert + 2 cadeaux / 2 livres offerts pour la collection Azur + 2 cadeaux. Les collections Gentlemen et Aliénor démarrent avec le 1er colis payant.

**Les livres Ispahan, Sagas, Best-Sellers Féminins, Gentlemen et Hors-Série sont des réédités.

☛ COCHEZ la collection choisie et renvoyez cette page au
Service Lectrices Harlequin – CS 20008 – 59718 Lille Cedex 9 – France

Collections	Références	Prix colis*
❑ **AZUR**	Z0ZFA6	6 livres par mois 28,79€
❑ **BLANCHE**	B0ZFA3	3 livres par mois 23,65€
❑ **LES HISTORIQUES**	H0ZFA2	2 livres par mois 16,59€
❑ **ISPAHAN**	Y0ZFA3	3 livres tous les 2 mois 23,35€
❑ **PASSIONS**	R0ZFA3	3 livres par mois 25,09€
❑ **SAGAS**	N0ZFA3	3 livres tous les 2 mois 27,66€
❑ **BLACK ROSE**	I0ZFA3	3 livres par mois 25,09€
❑ **VICTORIA**	V0ZFA3	3 livres tous les 2 mois 25,69€
❑ **GENTLEMEN**	G0ZFA2	2 livres tous les 2 mois 17,35€
❑ **BEST-SELLERS FÉMININS**	E0ZFA2	2 livres tous les 2 mois 18,75€
❑ **ALIÉNOR**	A0ZFA2	2 livres tous les 2 mois 17,35€
❑ **HORS-SÉRIE**	C0ZFA2	2 livres tous les 2 mois 17,35€

N° d'abonnée Harlequin (si vous en avez un) ________

Mme ❑ Mlle ❑ Nom : ________

Prénom : ________ Adresse : ________

Code Postal : ______ Ville : ________

Pays : ________ Tél. : ________

E-mail : ________

Date de naissance : ________

❑ Oui, je souhaite recevoir par e-mail les offres promotionnelles des éditions Harlequin.
❑ Oui, je souhaite recevoir par e-mail les offres promotionnelles des partenaires des éditions Harlequin.

Date limite : 31 décembre 2020. Vous recevrez votre colis environ 20 jours après réception de ce bon. Offre soumise à acceptation et réservée aux personnes majeures, résidant en France métropolitaine, dans la limite des stocks disponibles. Prix susceptibles de modification en cours d'année. Vous pouvez demander à accéder à vos données personnelles, à les rectifier ou à les effacer. Il vous suffit de nous écrire en nous indiquant vos nom, prénom et adresse à : Service Lectrices Harlequin CS 20008 59718 LILLE Cedex 9. Service Lectrices disponible du lundi au vendredi de 8h à 18h : 01 45 82 47 47.

Harlequin® est une marque déposée du groupe HarperCollins France – 83/85, Bd Vincent Auriol – 75646 Paris cedex 13. SA au capital de 3 120 000€ – R.C. Paris. Siret 31867159100069/APE5811Z.